ROSA BLANCA, SELVA NEGRA

ROSA BLANCA, SELVA NEGRA

Traducción de David León

EOIN DEMPSEY

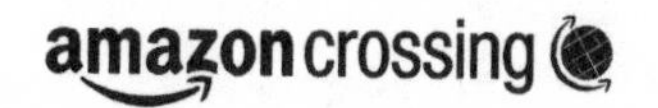

Título original: *White Rose, Black Forest*
Publicado originalmente por Lake Union Publishing, Estados Unidos, 2018

Edición en español publicada por:
Amazon Crossing, Amazon Media EU Sàrl
38, avenue John F. Kennedy, L-1855, Luxembourg
Mayo, 2020

Adaptación de cubierta por lookatcia.com
Imagen de cubierta © H. Armstrong Roberts-ClassicStock © Jochen Schlenker-robertharding / Getty Images; © Krasovski Dmitri © Arne Bramsen © Irina Bg / Shutterstock

Impreso por: Ver última página

Primera edición digital 2020

ISBN Edición tapa blanda: 9782919805297

www.apub.com

SOBRE EL AUTOR

Eoin Dempsey nació en Dublín y se mudó en 2008 a Filadelfia, donde ejerce de profesor y vive con su esposa y sus dos hijos. Su primera novela, *Finding Rebecca* (2014) adquirió un gran reconocimiento y figuró entre las diez más vendidas de Amazon. A este título le siguió *The Bogside Boys* (2015) y el que ahora presentamos en español, además de *Toward the Midnight Sun*, que será publicado en 2020. Para más información sobre el autor, puede consultarse su cuenta de Twitter @EoinDempsey1 o su página web, www.eoindempseybooks.com.

A mi hijo Robbie

Nota del autor

Rosa Blanca, Selva Negra está inspirada en hechos reales. Sin embargo, la narración ha exigido alterar ciertos elementos y la cronología de algunos acontecimientos.

Capítulo 1

Macizo de la Selva Negra (suroeste de Alemania), diciembre de 1943

Aquel parecía el lugar perfecto para morir, un lugar del que en otros tiempos había conocido cada campo, cada árbol, cada valle; un lugar en el que las peñas tenían nombre y los puntos de encuentro se describían en una lengua secreta ininteligible para los adultos; en el que los arroyos borbotaban relucientes como acero bruñido al sol del verano; el lugar en el que en otra época se había encontrado a salvo, pero que ahora parecía haber quedado emponzoñado, arruinado, como si su belleza y su pureza hubiesen muerto por asfixia.

El suelo estaba cubierto por una gruesa colcha de nieve que se extendía hasta donde alcanzaba su vista en cualquier dirección. Cerró los ojos y se detuvo unos segundos a escuchar el aullido angustioso del viento, el rumor de las ramas de los árboles nevados, el susurro de su respiración y los latidos de su corazón. Sobre ella se imponía el cielo nocturno. Echó a andar de nuevo y el crujido de sus pasos volvió a acompañarla. ¿Cuál era el sitio más indicado para hacer aquello que tenía planeado? ¿La encontrarían? La idea de que algún niño pudiera topar con su cadáver mientras jugaba al aire libre le resultó insoportable. Quizá lo mejor fuese dar la vuelta y resistir al menos un día más. A la comisura de los párpados le asomó entonces una lágrima que se precipitó por la piel entumecida de su rostro. Siguió andando.

La nieve empezó a caer con más fuerza y la obligó a ajustarse la bufanda para cubrirse el rostro. Tal vez pudiese contar con que acabaran con ella los elementos. Desde luego, ese sería un final muy apropiado, un regreso a esa naturaleza que tanto había amado. ¿Por qué seguía caminando? ¿Qué podía ganar deambulando por la nieve de ese modo? Estaba claro que había llegado el momento de acabar con todo, de poner fin a su agonía. Se llevó la mano al bolsillo y palpó a través del guante el metal suave del viejo revólver de su padre.

No, todavía no. Siguió adelante. Nunca volvería a ver la cabaña. Ni, de hecho, nunca volvería a ver nada ni a nadie más. Nunca sabría cómo acabaría la guerra, no vería caer a los nacionalsocialistas ni sería testigo de cómo juzgaban a ese perturbado por sus crímenes. Pensó en Hans, en su hermoso rostro, la verdad que había en sus ojos y el valor inimaginable de su corazón. No había tenido la ocasión de abrazarlo por última vez, de decirle que él era el motivo por el que creía que podía existir aún el amor en este mundo grotesco. Le habían cortado la cabeza para arrojarla al ataúd junto a su cadáver y enterrarlo al lado de su hermana y su mejor amigo.

Aunque seguía cayendo la nieve, no se detuvo hasta remontar la loma y dejar a su lado los árboles del bosque. Sus ojos se habían habituado a la oscuridad y vio algo que le llamó la atención, un montículo en medio de la nieve, a unos doscientos metros de donde se encontraba. Se trataba de un cuerpo, caído como un puñado de harapos sobre el blanco inmaculado. No había huellas que llevasen hasta él. Tampoco se movía, pero su paracaídas ondulaba al viento y lamía la nieve como un animal sediento. A pesar de llevar días sin ver un alma, el instinto la movió a volver la cabeza. Avanzó con cautela. La paranoia que había arraigado en su interior hacía que percibiese cada sombra y cada soplo del viento como una amenaza mortal. Aun así, no había nada ni nadie por allí.

La nieve había empezado a posarse sobre aquel hombre inmóvil, invisible ya en gran parte bajo su manto blanco. Tenía los ojos cerrados. Le apartó la nieve de la cara y tendió una mano para buscarle el pulso. A través de la piel de su cuello sintió el tamborileo de sus latidos. Aunque de entre sus labios emanaban nubecillas de color blanco glacial, sus ojos seguían cerrados. Se echó hacia atrás y miró a su alrededor buscando con desesperación algún tipo de ayuda. Estaba totalmente sola. La casa más cercana era la suya, la cabaña que le había dejado su padre, pero estaba a casi tres kilómetros. El pueblo más próximo se encontraba a ocho, distancia que, dadas las circunstancias, le sería imposible salvar aun estando consciente. Al limpiar la nieve que le cubría el pecho, descubrió un uniforme de la Luftwaffe con insignia de capitán. Sí, ese hombre era uno de ellos, de los monstruos que habían destruido su país y se habían llevado a todos sus seres queridos. ¿Quién iba a enterarse si lo dejaba morir? Debería abandonarlo a su suerte. No tardarían en estar los dos muertos y nadie sabría nunca nada de lo que había ocurrido. No serían sino dos cadáveres más que aquella matanza habría dejado sobre la nieve. Se apartó unos pasos con cierto esfuerzo. Sus piernas dejaron de moverse y, entonces, antes de darse cuenta siquiera de que había tomado la decisión, volvió a inclinarse sobre él.

Le dio unos golpecitos en la mejilla mientras lo llamaba en voz alta. Le levantó los párpados sin obtener más respuesta que un leve gruñido. El capitán de la Luftwaffe tenía la espalda apoyada en su macuto, la cabeza hacia atrás y los brazos caídos a uno y otro costado de su cuerpo. Era alto, quizá superara el metro ochenta, y debía de pesar casi el doble que ella. Una garra de congoja se le clavó en las entrañas al reparar en que llevarlo de vuelta a la cabaña era del todo imposible. No veía modo alguno de hacerlo. No obstante, intentó ponerlo en pie, pero apenas había conseguido separarlo unos centímetros del suelo cuando le flaquearon las piernas, resbaló y lo hizo caer de nuevo sobre la nieve. El macuto debía de pesar al menos veinte kilos y el paracaídas, cinco más, y aunque podía dejárselo puesto por el momento, tenía que quitarle el morral. Tras unos intentos fallidos, consiguió liberarlo de las correas y quitárselo de debajo, con lo que el cuerpo de aquel hombre se desplomó sobre la nieve dando un leve ruido sordo.

Echó el macuto a un lado y miró al cielo. La nieve caía con más fuerza. No tenían mucho tiempo. Volvió a comprobarle el pulso. Seguía latiendo con fuerza, pero dudaba que fuese a durar mucho tiempo así. Un impulso la llevó a rebuscar en el bolsillo de la chaqueta de él sus documentos identificativos. Se llamaba Werner Graf y era de Berlín. En la cartera llevaba la fotografía de una mujer que dio por hecho que debía de ser su mujer y que posaba con dos hijas sonrientes de unos tres y cinco años. Él tenía veintinueve, tres más que ella. De sus pulmones escapó un hondo suspiro cuando se puso en pie para contemplar a Werner Graf. Ella se había formado y había ejercido para ayudar al prójimo. Aunque solo fuera por unas horas, podría ser de nuevo aquella que había sido. Volvió a meter los documentos en el bolsillo del capitán antes de rodearlo y, pasando los brazos por debajo de sus axilas, levantarlo con todas las fuerzas que guardaban sus músculos. El tronco de él se movió, pero sus piernas siguieron atrapadas en la nieve y, cuando se liberaron, lanzó un quejido sonoro, pero no abrió los ojos. Ella volvió a soltarlo y lo rodeó de nuevo para examinarle las extremidades inferiores. Tenía los pantalones rasgados y, al sentir los huesos rotos que presionaban su piel, la joven estuvo a punto de dar un salto hacia atrás. Se había partido las dos piernas por debajo de la rodilla, las dos tibias y quizá también el peroné. Aunque con el tiempo y con el tratamiento adecuado se recuperaría, por el momento era impensable que lograra caminar.

Tal vez fuera preferible dejar que se sumiera en un dulce sueño y muriese allí, rodeado de aquella nieve. Se dirigió al macuto y al abrirlo encontró en su interior varias mudas, además de más documentos, que puso a un lado. En el fondo, encontró cerillas, comida, agua, un saco de dormir y dos pistolas. Se preguntó qué narices hacía un piloto de la Luftwaffe con todo aquello. ¿Dos armas? A lo mejor tenía que haber caído tras las líneas enemigas en Italia, aunque eso estaba a cientos de kilómetros de allí. No disponía de mucho tiempo y perderlo haciéndose preguntas podía costar la vida a Werner Graf. Pensó en su mujer y sus hijas, que no tenían culpa alguna de los crímenes que pudiera haber cometido él en nombre del Reich.

Ella no llevaba gran cosa encima. Solo el revólver cargado, lo único que creía que iba a necesitar aquella noche.

La asaltó el recuerdo de los inviernos nevados de su juventud, de las temporadas que había pasado en aquel mismo campo. La línea de árboles que había estado bordeando se encontraba apenas a unos centenares de metros, distancia que podría ser la que mediara entre la vida y la muerte de Werner Graf. Si hubiese caído en el interior del bosque, jamás habría dado con él, por más que hubiera sobrevivido al aterrizaje. Tomó el saco de dormir del macuto, lo abrió y lo tapó con el mismo antes de inclinarse al lado de su rostro y susurrar:

—Más le vale ser digno de que lo salve. Si hago esto es por su mujer y sus hijas.

El terreno en el que se encontraba estaba sobre una meseta y los árboles desembocaban colina abajo en el valle que se extendía a sus pies. Las coníferas estaban cubiertas de una capa de nieve de al menos tres metros de profundidad. Necesitó un minuto o dos para llegar a la línea de árboles. Una vez allí, se echó al suelo y se puso a cavar con las manos. La nieve, pulverulenta y blanda, le facilitó la labor. No había nadie más por allí cerca. Aquella cueva sería la única esperanza que tendrían de sobrevivir a aquella noche. La idea de acabar con su propia vida podía esperar a que hubiera salvado la de él.

Volvió para comprobar cómo se encontraba su paciente. Seguía vivo. Dentro de ella titiló una luz tenue, como una vela distante en un agujero oscuro. Regresó al refugio sin pensar en cómo iba a ingeniárselas para arrastrarlo hasta allí. Se centró solo en la tarea que tenía entre manos de cavar un puñado tras otro de nieve. A los veinte minutos había abierto una cueva suficientemente espaciosa. Se metió en ella y usó su propio cuerpo para alisar la nieve. Con las manos hizo algo semejante a un techo antes de abrir un respiradero con un palo largo que había tomado del exterior.

Entonces caminó hasta donde estaba Werner, recogió el macuto y el saco de dormir y los llevó a la cueva. Apenas tenía la longitud suficiente para albergarlo a él tumbado y permitir que ella pudiera incorporarse. Serviría. Volvió a por él. Debía de ser más tarde de la medianoche. Parecía que hubiesen pasado siglos desde la relativa seguridad que les había brindado la mañana. Hasta que pasara la tormenta de nieve que se avecinaba no podía soñar siquiera con moverlo más allá. Asió el tejido de nailon del paracaídas, unido aún a las correas que él llevaba a los hombros, y tiró de él. A su rostro asomó una mueca horrible de dolor mientras su cuerpo se arrastraba por la nieve. Ella agarró de nuevo el paracaídas y lo atrajo hacia sí con todas sus fuerzas. Aunque sentía que las piernas no le daban para más, había conseguido moverlo otros dos metros. Podía conseguirlo. La esperanza cobró fuerza en su interior e impulsó ríos de adrenalina por su cuerpo extenuado. Volvió a tirar, una vez y otra. Tardó veinte minutos, pero, empapada en sudor bajo la gruesa bufanda y el abrigo, acabó por llegar con él al borde de la cueva que había hecho en la nieve. Era la primera vez que sentía algo semejante a una victoria en lo que parecía toda una vida; tal vez desde los primeros panfletos de la Rosa Blanca, cuando se había sentido poseída por la emoción de alzarse en defensa de lo correcto y la promesa de un futuro mejor para el pueblo alemán había parecido una realidad por primera vez en toda una generación.

Werner Graf seguía inconsciente. Imposible despertarlo, por lo menos, esa noche. El objetivo de verlo abrir los ojos otra vez le dio aliento. Ya daba igual quién fuese. Solo importaba que se trataba de un ser humano y que seguía con vida. Se tomó unos segundos de descanso antes de impulsarlo por la pendiente que había alisado e introducirlo en la cueva. Él volvió a gruñir y los huesos de las piernas le crujieron con un chasquido horripilante al empujarlo.

La nieve seguía cayendo del oscuro firmamento y el viento aullaba como un lobo famélico. La cueva se iluminó cuando ella encendió una cerilla que había sacado del macuto. Hasta ese momento no lo había mirado bien. Para ella había sido solo un cuerpo dolorido, no un hombre, y lo cierto es que era guapo. Estaba sin afeitar y tenía el pelo castaño y corto. Apagó la cerilla y lo envolvió con el brazo para arroparlo con el saco de dormir. Entonces, se echó a su lado, tan cerca que alcanzaba a oír su respiración poco profunda y el ruido sordo que hacía su corazón al palpitar contra su pecho. Iban a necesitar su mutuo calor corporal para sobrevivir a esa noche. Lo rodeó con un brazo. No había tocado a un hombre desde la muerte, hacía ya diez meses, de Hans. Abrumada por el cansancio, se dejó arrastrar hacia un sueño profundo.

La estremeció el sonido de un grito, que la sacó a empujones de la evasión que le había ofrecido el sueño. Necesitó unos segundos para tomar conciencia de dónde estaba y de lo que ocurría. La oscuridad de la cueva le embotaba los sentidos, hasta que miró hacia la abertura que había practicado sobre su cabeza y vio que había salido la luna. Él giró la cabeza hacia un costado. Seguía conservando el calor corporal. Estaba soñando. Ella volvió a recostarse a su lado usando como almohada el cuerpo de él y estaba cerrando ya los ojos cuando el herido volvió a gritar:

—¡No, por favor, no! ¡Basta, por favor!

Se le heló la sangre en las venas. No cabía duda alguna de que aquel hombre estaba hablando en inglés.

Capítulo 2

La impresión la dejó paralizada. De los labios del capitán no volvió a escapar una sola palabra. Seguía teniendo los ojos cerrados con fuerza. Seguía siendo de noche. Seguía tumbada al lado de aquel hombre, fuera quien fuese. El pecho se le expandía acompasado con la respiración, algo más profunda ya. Podía considerar que le había salvado la vida, pero ¿qué destino le aguardaba? Intentó hacerse a la idea de que fuese de veras Werner Graf, pero ¿cómo era posible? ¿Qué oficial de la Luftwaffe iba a dar voces en inglés mientras dormía? Aunque ella, desde luego, no pudiese decir que hablara con fluidez el idioma, conocía la cadencia suave de sus palabras. No era difícil de reconocer. ¿Quién era ese hombre y qué le pasaría si lo entregaba a las autoridades locales? Una cosa así sería equivalente a delatarlo ante la Gestapo. Llevaba puesto un uniforme de la Luftwaffe. Si era británico o estadounidense, no cabía duda alguna de que lo iban a tratar y a ajusticiar como a un espía. Por supuesto, estaba dispuesta a morir antes de ayudar a la Gestapo a extender su reinado de terror, pero ¿qué tenía que hacer?

Se incorporó para alejarse de su cuerpo y salió reptando de la cueva. Sintió el aire gélido como una dentellada en su rostro desnudo y casi líquido cuando lo hizo llegar a sus pulmones. Había dejado de nevar y las nubes se habían visto apartadas como un mantel manchado para revelar las estrellas que ardían contra el negro de tinta china del cielo. El viento se había amansado hasta convertirse en poco más que un amable cosquilleo en las ramas de los árboles. Todo lo demás estaba inmóvil. ¿Qué pasaría si lo abandonaba? ¿Saldría en algún momento de su sueño? En caso de volver en sí, ¿podría levantarse y salir de la cueva? El campo por el que lo había arrastrado se mostraba liso y hermoso. Si acertaba a pasar alguien por allí, ni siquiera sospecharía que se encontraban en aquel refugio. Sin embargo, la mañana estaba cerca. Estaban aislados. Aunque era raro ver gente por allí, tampoco sería sorprendente. Calculaba que debían de quedar al menos tres horas para que el sol agazapado del invierno asomara renqueando por el horizonte para iluminar el bosque; solo tres horas antes de que pudieran verlos. Cabía la posibilidad de que topara con ellos un esquiador de fondo mientras se afanaban en regresar por el campo nevado y entonces sería tarde para que pudiera tomar ninguna decisión: aquel hombre caería en manos de la Gestapo lo encontrara quien lo encontrase. Siempre era preferible ponerse del lado de la policía secreta: cualquier ciudadano recibiría una recompensa por hacerlo y terminaba encarcelado en caso contrario. Hacía falta contar con una fortaleza sobrenatural para no doblegarse a sus dictados. Era el punto fuerte de su sistema: se hacía necesaria una capacidad de resistencia casi inimaginable para hacer lo correcto. No delatar al vecino resultaba tan peligroso como las actividades antisociales que tanto interesaban a la Gestapo. La Gestapo tenía por ello espías en todas partes, cosa que había hecho que la «mirada alemana» —un vistazo rápido y furtivo destinado a garantizar que no había nadie observando— se convirtiese en parte habitual de la vida cotidiana.

Entonces volvió a visitarla el espectro de sus planes previos. Había dado por supuesto que encontrarían su cadáver al día siguiente. Ese había sido su deseo. Podía haber caminado hasta el centro del bosque, donde habrían tardado meses en encontrarla, donde habría ido descarnándose poco a poco hasta que no habrían dado más que con su esqueleto. Sin embargo, en ese momento parecía que no tenía más opción que abandonar semejante plan y ayudar a aquel hombre. Si lo dejaba en el hoyo, moriría. Si lo entregaba a las autoridades, él también moriría y, además, ella tendría que vivir sabiendo que había colaborado con los perversos designios de la Gestapo y su régimen. Si esperaba al alba, quizá se encontrara con alguien que quisiera obligarla a actuar contra su voluntad y, en ese caso, no solo lo matarían a él, sino que ella correría quizá la misma suerte. No parecía tener otra elección.

La nieve había borrado ya el rastro que había dejado al llegar a ese lugar, pero, nevadas o no, conocía muy bien aquellas colinas y aquellas praderas. Echó a andar hacia la cabaña. Tardaría una hora larga en llegar y otro tanto en regresar adonde había dejado al... ¿qué? Tal vez fuera un espía, tal vez un prisionero de guerra fugado, pero, en este último caso, ¿por qué iba a querer lanzarse en paracaídas en Alemania? Quizá su avión hubiese sido derribado o hubiese sufrido un problema técnico que lo hubiera obligado a saltar. ¿Qué podía ser si no allí, en medio de aquellas montañas? Friburgo estaba solo a unos quince kilómetros. Cabía la posibilidad de que le hubieran disparado y hubiese desviado su rumbo, pero de camino a aquel lugar no había oído aviones ni visto fuegos de la artillería antiaérea en el cielo. Las incursiones de los bombarderos aliados se estaban sucediendo con más frecuencia, también allí. Pensar en ellos la llevó a recordar a su padre y a verse afligida de nuevo por el dolor que la había empujado a salir al campo con la pistola de él en el bolsillo, pero la imagen del hombre que había dejado en la nieve la obligó a regresar al presente y la empujó a seguir andando.

Desandando el camino que había hecho, descendió la ladera de la colina en la que lo había encontrado y no tardó en perder de vista la cueva que había improvisado y aun el árbol a cuyo pie la había cavado.

—Intenta no preocuparte por lo que no puedes controlar —se dijo en voz alta.

Le sentó bien oír sus propios pensamientos, casi como si hubiese alguien con ella y no estuviera sola en la empresa de salvar la vida a aquel hombre.

—¿Qué estás haciendo? —añadió—. ¿Por qué te complicas la vida con una persona a la que ni siquiera conoces? —Las palabras salían de ella como si las pronunciara otro.

Estaba a punto de desfallecer cuando apareció la cabaña. La puerta no tenía la llave echada y solo tuvo que empujarla para abrir. Aunque nunca habría imaginado que volvería, la había dejado limpia como una patena, como un obsequio para quienes la encontrasen. Se quitó las raquetas de nieve y las dejó en la puerta al entrar. También se deshizo de los guantes para rebuscar las cerillas que había dejado sobre la mesa. La sala se iluminó con la vela que encendió y sus ojos se posaron un instante en la imagen de ella que le devolvía el espejo antes de que los apartara a la carrera. No sentía ningún deseo de enfrentarse a su propio reflejo. Las ascuas del fuego de aquella noche se habían apagado en el hogar. La leña estaba fuera, en la parte trasera, ya iría más tarde. Se dirigió a la sala de estar y encontró una botella de coñac que guardó en el bolsillo del abrigo. Luego se llevó las manos a la cabeza y se devanó los sesos tratando de pensar en cualquier otra cosa que pudiese necesitar cuando regresase con él a la cabaña. El trayecto que acababa de hacer en solitario ya había resultado arduo. Empezó a preguntarse si sería siquiera posible y acarició la idea de sentarse y cerrar los ojos para descansar un momento.

Se sirvió un vaso de agua y lo apuró en cuestión de segundos. Lo volvió a dejar en su sitio y se guardó en el bolsillo un cuchillo de cocina. La puerta del dormitorio en el que había pasado la última noche estaba entornada; la cama, despojada de sábanas, y las mantas, bien dobladas a los pies. Aquel lecho representaba un lujo impensable, todo lo que deseaba en ese instante. Sin embargo, sabía lo que significaría su descanso para el hombre de la nieve. Cerró la puerta del cuarto y salió para internarse de nuevo en la noche. La leña que había recogido la semana anterior estaba intacta, salpicada de una fina capa de nieve que el viento había arrastrado bajo el toldo que la protegía. Vio el trineo que había usado para acarrear los troncos desde el bosque. Era robusto y podría soportar sin dificultades el peso de él. Lo arrastró hasta el lateral de la casa antes de entrar de nuevo.

El reloj de cuco de la pared dio las cinco, que marcó golpeando otras tantas veces la campana con una almádena la figurita de cinco centímetros de un hombre que asomó en ese instante. A Fredi le había encantado aquel estúpido reloj. La alegría que le había proporcionado a su hermano era lo único que le había impedido destrozarlo a martillazos. Todo lo que le había gustado a él, todo lo que había tocado, se había convertido para ella en oro puro.

—Fredi —dijo mientras el hombre volvía a desaparecer en el interior del reloj—. ¿Ves lo que estoy haciendo? Te necesito a mi lado. Tengo que sentir que estás conmigo. Sin ti no puedo hacer esto.

Hacía meses que no decía su nombre en voz alta, que no se había permitido pronunciarlo. Aquel dolor la superaba. Le había parecido preferible olvidarlo, hacer caso omiso del pasado a fin de dominar la agonía. Sin embargo, en ese momento lo necesitaba, necesitaba sentir amor otra vez. Intentó recordar el amor que había albergado, hacerlo aflorar de lo más profundo de su interior como se saca un cubo de valiosa agua del pozo de un desierto. Cerró el puño con fuerza, se llenó de aire los pulmones y abrió la puerta principal.

Ya no soplaba el viento. El aire estaba quieto como un muerto. Asió la cuerda que había atada a la parte delantera del trineo y echó a andar por la nieve. Todavía se veían sus huellas y, de hecho, seguirían intactas hasta la siguiente nevada. Cualquiera podría seguirla.

El manto de la noche la mantendría oculta otro par de horas, pero, después, sería fácil que la viese cualquier persona que saliera a dar un paseo matutino. ¿Cómo iba a explicar entonces lo que hacía arrastrando por la nieve a un aviador de la Luftwaffe tumbado sobre un trineo? Ya pensaría algún pretexto cuando hiciera falta. Por el momento, lo único que importaba era poner un pie frente al otro.

El miedo a encontrarlo muerto la acosó durante todo el trayecto. ¿Y si lo había estado buscando la Gestapo? ¿Y si habían visto el paracaídas y no habían podido capturarlo durante la tormenta? En ese caso, debían de encontrarse de camino al campo en el que lo había encontrado. A ella acudieron recuerdos violentos de interrogatorios, de celdas y de los ojos grises y fríos del hombre de la Gestapo que la había hostigado a preguntas. Solo sintió cierto alivio cuando divisó el campo. La idea apremiante de cómo evitar ser detectada ahogó todos sus pensamientos.

El campo estaba tan vacío como lo había dejado. Aguzó el oído y no percibió sonido alguno. El silencio de la noche resultaba muy elocuente. Los árboles estaban quietos y la nieve era densa y pesada. Esperó dos minutos antes de darse cuenta de que estaba perdiendo el tiempo. Nadie lo había visto, pero era posible que lo vieran si no se daba prisa. Se asomó al otro lado del tronco tras el que se había escondido y cruzó la extensión nevada en dirección a la cueva. Al ver que la entrada apenas medía ya unos centímetros, se puso de rodillas para despejarla. El hombre seguía tumbado en el saco de dormir que había sacado ella del macuto y el pecho se le movía aún al ritmo de la respiración. Todavía estaba inconsciente.

—¿Hola? —dijo—. ¿Está despierto, señor? ¿Me oye?

Su voz dio la impresión de hacer eco en el vacío de la noche. El hombre no se movió. Ella tendió entonces un brazo para darle unos golpecitos en el hombro, pero tampoco obtuvo respuesta. El sol no tardaría en salir. Tenía que hacerlo ya. Tomó las cuerdas de nailon del paracaídas y las atrajo hacia sí hasta que quedaron tensas ante el peso de él y, afirmando bien los pies en la nieve, tiró con fuerza. El cuerpo del hombre subió poco a poco la pendiente hasta salir de la cueva. Ella cayó a su lado jadeante y con el corazón acelerado. Había conseguido sacarlo. Ya solo le hacía falta subirlo al trineo y recorrer con él los tres kilómetros que los separaban de la cabaña. Nada más.

Tendida en la nieve, observó las estrellas titilando en lo alto. El cansancio estaba haciendo mella en su organismo y el deseo de echarse a dormir resultaba abrumador. Nada habría sido más maravilloso que cerrar los ojos y abandonarse al sueño. Le dolía todo el cuerpo y los hombros y los brazos le ardían aún del esfuerzo que había hecho para sacar al hombre de la cueva. Pero tenía que seguir adelante. Detenerse sería fracasar y no pensaba aceptarlo. El trineo tenía poco más de un metro de largo y él medía uno ochenta aproximadamente. Si no hubiese tenido rotas las piernas, no habría dudado en arrastrarlo por la nieve. Tampoco podía colocarlo dejándole caer la cabeza. Situó el trineo al lado del cuerpo. Era lo único que podía hacer. Si no había más remedio, terminaría arrastrando las piernas. Puede que hubiese un modo de hacer que fuera algo más cómodo.

El macuto seguía dentro del refugio y entró a recuperarlo. La cuerda que había visto antes seguía enrollada al fondo. La sacó. Aunque era demasiado larga, tenía el cuchillo que había cogido de la casa. Cortó seis trozos de casi medio metro cada uno. Sabía que necesitaría unos minutos, por lo que sacó el coñac del bolsillo y, agachándose, le abrió los labios al hombre para hacerle beber. Él lo escupió al principio, pero ella le levantó la cabeza y vio con cierta satisfacción que tragaba al menos parte de lo que vertía. Ella también dio un trago y sintió su calor a medida que recorría el camino que desembocaba en su estómago.

Tardó dos o tres minutos en recoger varias ramas gruesas, de entre cinco y diez centímetros de diámetro. Entonces las dejó al lado del cuerpo del aviador mientras preparaba lo que iba a ser la parte más difícil de la operación. Se quitó los guantes. El frío fue a morderle las manos, pero ella hizo caso omiso del dolor y se centró en lo que tenía que hacer.

Colocó una sobre el tobillo izquierdo del hombre y fue palpando con la otra el interior de sus pantalones para estudiar el hueso. Estaba roto unos tres dedos por encima del tobillo. Lo ideal habría sido unir los extremos fracturados en el momento en que había encontrado el cuerpo, pero había tenido cosas más acuciantes de las que preocuparse. El hombre hizo una mueca de dolor ante su tacto, pero ella siguió apretando, siguiendo el hueso hacia arriba a través de la piel mientras tiraba lentamente, pero con fuerza, hacia el extremo de la pierna. El hueso volvió a su lugar y ella tomó dos ramas y las ató a uno y otro lado de la extremidad con la cuerda que había cortado. La pierna estaba alineada e inmovilizada... siempre que aguantase la cuerda. Volvió a comprobarla. Estaba tensa. No podía pedir más. A continuación tenía que hacer lo mismo con la pierna derecha. Volvió a meterle el brazo bajo la pernera para palpar el hueso. Esa fractura no parecía tan grave. Colocó el hueso en su lugar y ató las ramas a cada lado de la pierna herida.

Entonces se puso en pie y permaneció así unos segundos.

—¿Quién es usted? —susurró.

Aguardó un instante, como si él fuera a incorporarse para responder a la pregunta, pero de sus labios no salió sonido alguno. Solo se oía el gemido del viento, que empezaba a arremolinarse de nuevo en torno a ellos. Debían de ser casi las siete. No había tiempo que perder. Se echó a los hombros el macuto y le quitó el paracaídas, que ya había cumplido su cometido. No podía dejárselo puesto. Corría el riesgo de engancharse y pesaba mucho. Habían ejecutado a gente por menos. Aunque no lo estuviese buscando la Gestapo, la aparición de un paracaídas por allí suscitaría preguntas que acabarían llevando a él. Podía arriesgarse a llevárselo, porque, de todos modos, con paracaídas o sin él, si los descubrían, le sería imposible explicar qué estaba haciendo con ese hombre. Lo dobló tan bien como pudo hasta convertirlo en un bulto de nailon manejable antes de ponérselo a él encima. Tomó lo que quedaba de cuerda, unos seis metros, y rodeó con ella el trineo para dejar atados al vehículo el herido y el paracaídas. La apretó bien, aunque con cuidado de dejarle espacio para respirar. Entonces consideró que estaban listos.

Tomó la gaza de delante del trineo y tiró de él, que empezó a avanzar sin gran dificultad por la superficie lisa de la nieve. Anduvieron sin problemas varios centenares de metros por el prado nevado, pero el camino de regreso más rápido comportaba atravesar varias arboledas y un riachuelo helado, cosa que iba a resultar imposible arrastrando al hombre a sus espaldas, de manera que no tenía más remedio que ceñirse a caminar por las pistas, lo que aumentaría las probabilidades de toparse con alguien. Pensó en quién podría andar por allí a esas horas y en la desconfianza que habían alentado los nazis entre el pueblo alemán. Seguía sintiendo el peso notable de la pistola en el bolsillo. Se había olvidado por completo de sacarla del abrigo.

Por cada pendiente que bajaban sin dificultad había otra que tenían que subir con mucho más esfuerzo. Además, al final del trayecto la aguardaba el marcado repecho que llevaba a la cabaña. A esas alturas estaría agotada. Siguió adelante, aunque los músculos empezaban a fallarle. Sentía que se le escapaban las fuerzas. Su respiración se hacía cada vez más profunda y pronunciada y el sudor había empezado a helarse sobre la piel que tenía expuesta al frío. Sabía bien lo peligroso que era eso, sabía que corría el riesgo de sufrir congelación, pero saberlo no la detuvo. No podía detenerse. Siguió avanzando mientras el sol se asomaba por el horizonte. Su aparición no le produjo ninguna alegría. El amanecer no le brindaba consuelo alguno. Todavía le faltaba un kilómetro y medio más o menos para llegar a la cabaña y el manto de la noche se estaba retirando por segundos.

De delante de ellos llegó entonces ruido de pasos. Al principio le resultó difícil determinar la procedencia. Se detuvo muda y con el pulso acelerado. Aguzó el oído para escrutar el silencio y distinguió con claridad el sonido de pisadas acercándose hacia ellos por la pista. Volvió la mirada al hombre del trineo. No era fácil calcular el tiempo que tenían, pero no sería más de un minuto. La pista tomaba una curva ante ellos, lo que quería decir que quien se estuviera acercando quedaría fuera del alcance de su vista hasta que fuera ya demasiado tarde. Sacó el trineo del camino y descendió con él hasta colocarse bajo una hilera de árboles. Hizo lo posible por esconderlo tapándolo con unas cuantas ramas sueltas. Las huellas que habían dejado por el sendero seguían siendo visibles. Cualquiera podría decir dónde se habían parado. Se llevó la mano a la boca para amortiguar el sonido de su respiración.

Pasó lentamente un minuto y los ruidos se hicieron más intensos aún. Entonces apareció una figura. Reconoció al hombre y a punto estuvo de echarse a reír mientras meneaba la cabeza. Era el señor Berkel, el padre de quien había sido su novio. Sabía que no se lo pensaría dos veces antes de delatarla. Su hijo, Daniel, servía en la Gestapo y nada podía provocar al señor Berkel un placer mayor. Estaba ya a unos veinte metros de ellos, paseando por la pista con el bastón en la mano. Hacía años que no hablaba con él. De hecho, no habían hablado desde que todavía estaban juntos Daniel y ella. Era un hombre hosco sin encanto ni refinamiento alguno. Vivía en los aledaños y aquel debía de ser su paseo matutino.

Era corpulento y hacía tiempo que había cumplido los sesenta años. Ella se llevó la mano a la pistola que tenía en el bolsillo. ¿Qué estaba dispuesta a hacer para proteger al hombre con el que había topado unas horas antes y con el que ni había llegado a hablar? No sabía siquiera su nombre verdadero. Al ver al señor Berkel habían acudido a ella imágenes muy nítidas de los males que habían engullido a su país. Clavó la mirada en el hombre del trineo y sintió hasta el último ápice de la escasa esperanza que quedaba en su interior. Él ya le había salvado la vida del mismo modo que se la había salvado ella a él.

Berkel detuvo su recorrido a unos seis metros de donde estaban ocultos. Se inclinó hacia atrás para estirar la región lumbar y sacó un cigarro del bolsillo. Se lo llevó a los labios, encendió una cerilla e inhaló el humo. Desde el escondite apenas conseguía distinguir su rostro. El hombre entornó los ojos, como si estuviera enfocando algo, y echó a andar de nuevo, aunque esta vez más lentamente y sin dejar de observar la senda. Al llegar a unos pocos pasos del lugar en que se encontraban ellos, miró a izquierda y a derecha e interrumpió su marcha. Su corazón estuvo a punto de pararse en aquel instante. Tenía el dedo puesto en el gatillo. Estaba lista. Estaba dispuesta a usar el arma contra un hombre al que conocía de casi toda la vida para proteger a uno al que había encontrado hacía apenas unas horas. ¿Dónde escondería el cadáver? Tenía que asegurarse de que la situación no llegase a semejante extremo. El señor Berkel sacudió la cabeza y prosiguió su paseo. Rebasó el punto en el que estaban escondidos y siguió adelante sin reparar en su presencia.

Ella esperó cinco minutos hasta atreverse a asomar la cabeza para mirar hacia la pista. Los ojos se le llenaron de lágrimas por la tensión. Volvió a hacerse con la cuerda de delante del trineo y consiguió convencer a sus brazos doloridos para que arrastrasen al hombre hasta la senda. El sol brillaba en un cielo azul resplandeciente e iluminaba la belleza de las nieves que había acumulado la noche. El manto blanco se presentaba sin más alteración que las huellas del señor Berkel. Retomó su labor de arrastre, centrada de nuevo en lograr llevarlo con vida a la cabaña.

Esa mañana no parecía haber más caminantes por los alrededores. Apartó la mano de la pistola del bolsillo y la usó también para tirar del trineo. Entonces hizo desaparecer de su mente todo pensamiento hasta no poder imaginar otra cosa que el regreso a la cabaña. En ese momento, no había nada más. El mundo solo existía para eso. Y así, fue dando un paso penoso tras otro hasta que asomó la última colina. No había hecho más descanso que la breve parada a la que la había obligado la presencia del señor Berkel, pero en ese momento se sentó para recobrar el aliento antes de la prueba final. Había logrado llegar hasta allí y solo le quedaba una última colina antes de alcanzar la casa que se asentaba en lo alto con su promesa de agua, alimento, analgésicos y, lo que era más importante, sueño.

Miró al desconocido para anunciar:

—Ya casi estamos. Un poco más y habremos llegado a casa.

Aunque los músculos de sus piernas estuvieron a punto de rendirse, hizo caso omiso del dolor y la debilidad y se irguió con decisión mientras asía con fuerza la cuerda del trineo. Tiró de él y, sudando, lo arrastró hasta la casa.

Le costó recuperar el resuello y finalmente puso una mano en la puerta para empujarla. Metió el trineo, que dejó un rastro de nieve y de barro, ya lo limpiaría más tarde.

Por fin lo tenía allí, dentro de la cabaña. Parecía un milagro. Lo arrastró hasta la sala de estar y lo dejó delante de las ascuas del fuego de la noche pasada. Delante solo tenía la leña suficiente para encenderlo de nuevo, para lo cual necesitó unos minutos. Se quitó el abrigo y el sombrero, que sentía ya como una segunda piel. Fue a la cocina y apuró con ansia varios vasos de agua antes de acercarse a él de nuevo y llevar el recipiente a sus labios para dejar caer el líquido dentro de su boca. Él consiguió tragar parte del agua. Estaba hecho un desastre, sucio, maloliente y con dos piernas rotas, pero vivo. Con eso era suficiente por el momento. Lo dejó allí, inconsciente, aunque a salvo, delante de la candela. Entonces fue a su cuarto, se desvistió y cayó dormida en cuanto sintió en su cara el tacto de la almohada.

Capítulo 3

El tictac de un reloj. La señal horaria. Abrió los ojos y se encontró tumbado en un charco asqueroso de sudor y sujeto a un trozo de madera. Entre sus oídos había ido a instalarse una neblina tormentosa y necesitó unos segundos para recordar dónde estaba, por no decir por qué se encontraba así. El dolor inhumano de sus piernas le subía hasta el torso. Podía soportar el suplicio, pero aquello era ya excesivo. Miró a su alrededor para buscar una vía de escape en aquella habitación. Las ascuas mortecinas de un fuego fulguraban rojas en el hogar a escasa distancia de él. Estaba solo. ¿Lo habían apresado? De ser así, no podía esperar piedad alguna. Pero ¿dónde se habían metido? Por entre la bruma de su conciencia se manifestó el recuerdo de su familia. De su padre, su madre y su mujer. Su exmujer ya. El recuerdo desvaído de su divorcio volvió a presentársele vívido durante unos instantes. Entonces apareció en su mente la carta que le había escrito ella y se sorprendió sobrevolando la litera que se le había asignado durante su instrucción y observándose a sí mismo desde arriba mientras la leía. Se le representaron también atisbos de su vida pasada que se retiraron a continuación para precipitarse en el abismo. Intentó evocar algo del presente, del lugar en que se encontraba. La sensación de unas manos que le palpaban el cuerpo y de verse arrastrado lo asaltó entonces más como una esencia que como un recuerdo sólido al que poder aferrarse. Daba la impresión de que pudiese sentir el momento, tal vez hasta olerlo y tocarlo. Sin embargo, estaba fuera de su alcance crearse una imagen. Intentó levantarse de la plataforma de madera sobre la que estaba, fuera lo que fuese aquello, pero sus empeños no sirvieron de nada y volvió a caer sobre ella. Tenía la sensación de que los párpados le pesaban una tonelada. Apenas tuvo tiempo de volver a recorrer aquella estancia con la mirada antes de que se le cerraran los párpados y se viera entregado de nuevo a los designios del sueño.

La luz del día había menguado cuando se despertó mediada la tarde. Se incorporó en la cama y oyó rugir su estómago vacío. Tenía los músculos de los brazos, los hombros y la espalda rígidos como el caparazón de una tortuga. Buscó con los dedos las hendeduras en las que el músculo iba a encontrarse con el hueso y el tendón e hizo lo que pudo por aliviar el dolor con un masaje. La puerta de la sala de estar se encontraba entreabierta y aprovechó el escaso resquicio para observar al hombre que yacía allí sin sentido. Sentada, guardó silencio para escuchar sonidos que estaban ausentes. El único movimiento procedía del viento que atravesaba los árboles de fuera. Se quitó las mantas y se puso de pie al lado de la cama, casi contra su propia voluntad. Se dirigió al armario y se puso un sencillo vestido gris. El frío del suelo le caló los pies y la llevó a abrigarse con unos calcetines gruesos de lana antes de ponerse las zapatillas de andar por casa.

Salió con cautela, sintiéndose extraña en su propia casa. Los primero que vio fueron las piernas y las tablillas que había improvisado a uno y otro lado de ambas. Seguía sin moverse y con los ojos cerrados.

—Hola —susurró—. Señor, ¿está despierto?

Nada.

Se llenó los pulmones de aire para tratar de calmar los latidos de su corazón. Le habían empezado a sudar las palmas de las manos. Él tenía el pelo castaño lleno de barro y seguía mojado por la nieve. Su rostro, sin afeitar, estaba lleno de arañazos y cubierto de suciedad. No parecía haberse movido. Tendió el brazo para tomarle el pulso. Parecía firme y regular. Estaba claro que iba a vivir para contarlo. Fue a la cocina y volvió con un vaso de agua para hacer pasar parte del contenido entre los labios de él. De nuevo dio la impresión de que había tragado algo, por más que hubiera tosido y escupido el resto.

Se arrodilló a su lado y metió las manos bajo el trineo para desatar la cuerda que lo mantenía en su lugar. Pensó cortarla, pero decidió no hacerlo por si la volvía a necesitar en caso de que él se negase a cooperar. Cuando la cuerda cayó a los pies del trineo, apartó el paracaídas. Entonces tomó las correas que le ceñían los hombros y lo habían mantenido en su lugar y se las sacó sin mucha dificultad. Aún tenía que resolver el problema de qué hacer con el paracaídas, pues esconderlo constituía un acto subversivo por el que un ciudadano podía dar con sus huesos en la cárcel o sufrir una suerte aún peor. Si lo quemaba, produciría humo tóxico. Por el momento, decidió dejarlo en el suelo cerca de la puerta trasera.

El enfermo necesitaba descansar. Pese al rastro de suciedad que había dejado al meterlo en la casa por la mañana, el trineo seguía siendo el mejor modo de llevarlo de un lado a otro. De rodillas, lo hizo girar para colocarlo mirando hacia la habitación de invitados en la que habían dormido Fredi y ella las noches de verano siendo niños y que llevaba años vacía. El hombre no hizo ningún movimiento mientras ella empujaba hacia allí el trineo. La puerta estaba abierta; la cama, hecha, y el cuarto, impecable. Intentó recordar quién lo había usado por última vez y llegó a la conclusión de que había tenido que ser ella o quizá Fredi. Guardaba memoria de su padre llevando allí a su hermano, pero eso había sido años antes de la guerra, antes de que Fredi se hubiera convertido en una carga demasiado pesada para que su padre se ocupara de él sin ayuda.

Antes de que ella los hubiese abandonado. Apartó los recuerdos como suciedad de un parabrisas y se propuso centrarse en los problemas que la acuciaban en ese instante. Volvió a por el macuto a la sala de estar. Al fondo de la bolsa había ropa de paisano limpia y doblada, pero nada que pudiese ponerle para tumbarlo en la cama y, por supuesto, no tenía ninguna intención de dejarlo en su casa en paños menores. Tenía que haber algo de su padre que le estuviese bien. Unos minutos después había dado con uno de sus antiguos pijamas y un albornoz color burdeos. Volvió a entrar en el dormitorio y lanzó el primero a la cama, pero se aferró unos segundos a la bata para sentir entre sus dedos su suave tacto. El pasado la envolvía en aquella casa sin que tuviera escapatoria.

El hombre estaba sucio y lleno de manchas. Lo primero que necesitaba era un baño, cosa que sería más fácil de hacer mientras seguía inconsciente. Se agachó y recorrió con los dedos las toscas tablillas que había improvisado para recolocarle los huesos. Tenía que cambiárselas. No valía la pena correr el riesgo de llevarlo a un hospital ni a un médico. No podía confiar en nadie.

¿Y podía confiar en él? Había oído las noticias que daban en la radio sobre los aliados y, aunque sabía muy bien que no debía creer en la imagen de gentes mestizas sin educación que ofrecían los nazis de los americanos y de canallas traicioneros de los británicos, nunca había conocido a ninguno de sus soldados. Los incontables noticiarios y demás historias que había oído sobre ellos a lo largo de los años habían ido a reforzar en su cabeza las teorías nacionalsocialistas sobre los aliados. Resultaba imposible hacer caso omiso de todo lo que había visto y oído, a pesar de la desconfianza que profesaba al Gobierno y a los medios de comunicación que este dominaba. Había sido testigo de lo que habían hecho a Alemania, donde habían bombardeado sin piedad ciudades llenas de gente. Por más que lo deseara, no era fácil verlos como salvadores.

Los labios de él se crisparon y sus ojos empezaron a moverse como babosas bajo sus párpados. Ella se apartó asustada, convencida de que se abrirían. Ni siquiera había pensado en lo que iba a decir ni hacer cuando se despertara. Por suerte, el rostro del herido regresó a su estado catatónico anterior y ella pudo aplazar la disyuntiva.

Franka se dirigió a la cocina. La casa estaba helada. *Herr* Graf o quienquiera que fuese podía esperar hasta que encendiese el fuego. Retiró parte de las cenizas de la hornilla, apartando la leña carbonizada con un atizador que llevaba en aquella casa desde antes de que ella naciese. Prendió una cerilla y su luz envolvió la cocina. Siempre había disfrutado mucho con aquella tarea y no dudó en dar un paso atrás para observar los troncos recibir las llamas de la yesca que había colocado bajo ellos. Satisfecha, fue al armario. No había mucha comida, solo unas latas viejas de sopa. Las provisiones que había llevado consigo se habían agotado casi por completo. Las carreteras a la ciudad estarían días enteros intransitables, de modo que su automóvil no le serviría para nada. Se dirigió al botiquín y encontró un frasco antiguo de aspirinas con nueve comprimidos, lo suficiente para unas doce horas. Necesitaría más pastillas y un medicamento más fuerte y más si tenía que volver a alinearle los huesos de las piernas. El recipiente repiqueteó como un sonajero cuando fue a guardarlo en el bolsillo.

Tomó una de las sillas de madera que había en torno a la mesa del centro de la sala. Serviría. La levantó por encima de su cabeza y la estrelló contra el suelo. La silla, sin embargo, permaneció intacta. Meneó la cabeza, riéndose para sí. Entonces fue a la pila y se hizo con un martillo y destornilladores de distintos tamaños. Minutos después, había conseguido las piezas sólidas de madera que iba a necesitar para entablillarle las piernas hasta que pudiese hacerle algo definitivo.

Volvió a la habitación. El hombre no se había movido. Aunque se había enfrentado a fracturas peores, había sido en el hospital.

¿Cómo iban a soldar sus huesos sin escayola? La idea de conseguir el material y hacérsela ella misma no le preocupaba tanto como las sospechas que podía suscitar su compra. Si tenía cuidado, podía ser que lograra adquirirlo junto con los víveres y la morfina que necesitaría. Aún estaba por responder la pregunta de cómo llegar a la ciudad, pero, por el momento, prefirió apartarla de su cabeza.

Desató las cuerdas con las que había atado a su lugar las ramas y las apartó para usarlas de leña. Lo siguiente resultaría difícil para el hombre, por inconsciente que estuviese. Tenía que quitarle los pantalones manchados y las botas. Empezó a desatárselas, repartiendo su mirada entre estas y la cara del herido a fin de tomar nota de cada una de las muecas que le estaba provocando. Soltó los cordones y tiró con cuidado de la bota para intentar sacársela. El hueso de la pierna se movió y él lanzó un grito. Era extraño verlo reaccionar, parecía una marioneta que acabaran de arrojar al suelo. Ella se detuvo, suponiendo que recuperaría el sentido, pero no fue así. La bota se soltó y le tocó la pantorrilla para palpar el hueso. Se había movido, aunque no mucho, de modo que volvió a colocarlo en su lugar. La bota derecha hizo un ruido sordo al caer a la fina alfombra del suelo. Ella respiró hondo y se armó de valor para abordar la otra pierna. No quería cortar los cordones, porque las botas constituían un bien muy valioso por aquel entonces. Necesitó otros cinco minutos para quitársela. La experiencia que había adquirido con la anterior le permitió completar la operación con más suavidad. Los calcetines también salieron centímetro a centímetro y dejaron al descubierto unos pies hinchados y llenos de magulladuras. Las tijeras que había en la sala de estar ayudaron a despachar con presteza el pantalón, de modo que el hombre no tardó en quedar en ropa interior, tumbado aún en el trineo.

Los restos de la silla demostraron ser excelentes tablillas para mantenerle rectas las piernas. A continuación, lo despojó de la casaca de la Luftwaffe y la lanzó a un rincón del cuarto. La camisa tampoco presentó dificultades. Ya estaba listo para trasladarlo a la cama, de modo que se colocó detrás de él a fin de sacarlo del trineo. Por suerte, el lecho era bajo y no le costó apoyar en él el torso del paciente. Se puso en pie con un fugaz gesto triunfal y se maravilló ante la contemplación de aquel varón desconocido que yacía en la cama que había sido suya en la cabaña de verano de su padre.

El que siguiera inconsciente iba a facilitar la labor de lavarlo. Aunque no iba a ser la primera vez que lo hiciese, sí que lo era con un extraño desvanecido y fuera de un hospital. Cada segundo contaba, porque lo último que deseaba era que volviese en sí mientras le estaba frotando el cuerpo. No se le ocurría nada más inapropiado.

—A bañarse toca, cariño —dijo sonriente—. ¿Cómo se te ha dado el día? No vas a creer lo que me ha pasado cuando volvía a casa del hospital. —Puso cuidado en hablar bajito para evitar despertarlo, convencida de que sería imperdonable provocar tal cosa por hacer un chiste. Puso un barreño con agua que había calentado al pie de la cama y se puso la manopla. La suciedad seca se trocó en barro al rociarle el rostro con el agua que empapaba el tejido. Lo limpió con manos firmes—. He encontrado un hombre, sí, sí: un hombre, tumbado en la nieve. Y con uniforme de la Luftwaffe nada menos. —Llevaba días sin hablar con nadie y le sentó bien hacerlo en voz alta, aunque fuese con un desconocido inconsciente—. Que no, cielo, en serio. Una buena esposa alemana no debe burlarse de su marido y tú lo sabes. Y menos aún cuando nuestros valientes soldados están arriesgando la vida por el futuro del glorioso Reich en el frente ruso. —Posó la mano en la cara de él, ya limpia del todo—. ¿Qué dices? ¿Que quieres oír la radio? Pues, como esposa diligente, es mi deber acceder a todos tus caprichos. —Fue a la sala de estar y encendió la radio, que funcionaba con una pila eléctrica.

Las ondas hercianas de las emisoras alemanas salieron manchadas del batiburrillo de noticias y propaganda de costumbre. El Gobierno distribuía aparatos que solo captaban las transmisiones autorizadas por las autoridades, pero la mayoría sabía manipularlos para recibir también emisoras extranjeras, de manera que pudo sintonizar una emisión suiza del nuevo éxito de Tommy Dorsey y su *big band*. El *swing* de aquella orquesta se dejó arrastrar por el aire de la cabaña. La música le dio que pensar con la manopla aún puesta. En algún lugar del planeta había personas que seguían creando música como esta, escuchándola, bailando y viviendo. De pronto se sintió conectada otra vez con un mundo al que había renunciado.

En silencio, siguió lavando al hombre y dejó que la música fluyera por su organismo.

—Limpio —concluyó. Puso la aspirina en la mesilla de noche junto con un vaso de agua. Arropó al hombre bajo las sábanas y le colocó bolsas de agua caliente cerca de los pies.

¿Quién podía ser? ¿Qué hacía ahí? ¿Cómo diablos iba a mantener en secreto su presencia durante las seis semanas aproximadas que iban a tardar en sanar sus huesos? ¿Cómo reaccionaría él cuando volviese en sí?

Se detuvo en el umbral para observarlo unos minutos mientras la música seguía flotando en el aire y antes de ceder a los pinchazos de hambre que sentía en el estómago.

—Mañana, seguro —dijo en voz alta—. Mañana averiguaré quién eres. —Tomó la llave de la puerta para cerrarla al salir.

El hambre pudo a su necesidad de darse un baño, por lo que se dirigió a la despensa en busca de una lata de sopa. Habría sido maravilloso disponer también de un cuscurro de pan, pero había acabado aquella noche tanto con el pan como con el queso que había llevado consigo. Aquella debería haber sido su última cena. Se sentó a la mesa clavando la mirada en el vacío mientras se calentaba la sopa en la hornilla para hacer mentalmente una lista de lo que necesitaría para sobrevivir al invierno y mantener con vida al hombre del dormitorio. De un modo u otro, tendría que llegar a Friburgo para comprar víveres, gasa, escayola, aspirinas y morfina, lo que suponía unos treinta kilómetros entre ida y vuelta. En circunstancias normales no lo habría dudado, pero el mal tiempo había sacado todo atisbo de sencillez a la ecuación. Se levantó de su asiento y se dirigió al armario empotrado de la puerta trasera. Sus antiguos esquís de fondo estaban intactos tras unos abrigos viejos y otros trastos diversos almacenados allí con el paso de los años. Hacía más de una década que no los usaba, desde que era adolescente, cuando vivía aún su madre y no había invierno que no acudiesen a la cabaña. Tendió la mano y sintió su peso. Parecía no tener más alternativa. Se puso los esquís debajo del brazo y los llevó a la cocina. La sopa estaba lista, la vertió en un cuenco y la devoró en cuestión de segundos. Sin embargo, se diría que aquello no hizo sino despertarle aún más el hambre. Se calentó otra lata con la promesa de reponerla cuando fuese a Friburgo.

La segunda sí logró su cometido. Todavía tenía que hacer frente a la suciedad y al sudor que habían quedado prendidos a su cuerpo y, aunque la idea de calentar en la hornilla toda el agua necesaria le resultó agotadora, pensar en el olor que debía de emanar su piel bastó para alentarla. Colocó un cazo y dos ollas de agua al fuego y esperó sentada a que hirvieran. Ser consciente de tener a un extraño en la casa, por más que estuviera inmovilizado y sin sentido, seguía muy presente en su interior cuando cerró la puerta para cambiarse. Salió envuelta en su albornoz y se encaminó al cuarto de baño, cuya puerta cerró al entrar. La luz de la vela confería a la estancia un ambiente de relajación que ayudó a compensar en parte la falta de agua. El baño de ensueño que había estado planeando acabó reducido a poco más que sentarse en la bañera y frotarse el cuerpo hasta verse limpia.

Al salir, chorreando aún, fue a recibirla como una bofetada el frío de la cabaña. Tomó una toalla y se secó con toda la fuerza de que fue capaz a fin de entrar en calor con la fricción. Una vez seca y con el albornoz, se acercó al espejo. Llevaba días sin mirarse. Tenía el pelo rubio, a la altura de los hombros, desordenado y pegado al cuello, y los ojos, azules, inyectados en sangre y enmarcados en sendos círculos oscuros. Se pasó un peine por el cabello e hizo una mueca de dolor cada vez que deshacía un enredo.

Pensó en el señor Berkel y recordó a su hijo, el encantador integrante de las Juventudes Hitlerianas del que se había enamorado estando en la Liga de Muchachas Alemanas, el equivalente femenino de dicho organismo. No conocía a nadie que no se hubiera alistado. Era como un rito de iniciación. No hacerlo habría sido señalarse como débil, advenedizo o alguien que quisiera pasar por enfermo. Habría supuesto convertirse en paria.

La invadió una oleada de paranoia. ¿Y si los había visto Berkel? Podría ser que ya los hubiese denunciado ante la Gestapo. Parecía improbable, pero cuando no cabía fiarse de nadie tampoco había lugar para el error.

Se había echado la noche y encendió velas en la cocina y en el dormitorio, además de la lámpara de aceite de la sala de estar. El hombre seguía durmiendo cuando se asomó a verlo. Volvió a su dormitorio y, aunque su cuerpo ansiaba descanso, no quiso ceder a la tentación. Todavía no. Se vistió de nuevo. La Gestapo podía llegar en cualquier momento. El hombre corría peligro. Esconderlo en el armario empotrado que usaban de trastero no haría sino prolongar unos segundos el tiempo que tardarían en encontrarlo y estaba demasiado maltrecho para poder ocultarse en el exterior con aquel frío invernal. Repasando mentalmente toda una serie de posibilidades propias de una pesadilla —pero muy realistas—, regresó al cuarto en el que se encontraba el herido. Ni siquiera en la cabaña estaba a salvo y menos si se veía obligada a ir a la ciudad. El uniforme de la Luftwaffe seguía tirado en el rincón al que lo había lanzado. En el caso improbable de que fuese de veras piloto de la fuerza aérea alemana, podría devolvérselo sin peligro, pero si era, como parecía evidente, británico o americano, solo conseguiría que lo fusilaran por espionaje. Tenía que esconderlo, pero ¿dónde?

Dio un zapatazo en el suelo y apreció el sonido a hueco que emitían las tablas. Fue a la cocina por la caja de herramientas, la llevó al dormitorio y levantó una alfombra de escaso grosor para dejar a la vista la madera. Si levantaba las láminas, podría crear un escondite muy eficaz, pero primero tendría que mover la cama. Se colocó a un lado y la empujó para cambiarla de sitio con el hombre aún dormido encima.

Introdujo la uña del martillo en el espacio que quedaba al final de una tabla larga e hizo palanca con él para levantarla. Tras unos minutos de forcejeo, la testaruda madera cedió. Ella acabó el trabajo con las manos enguantadas y apoyó la tabla contra la pared, dejando al descubierto un espacio de poco más de medio metro. Estaba sucio y helado, pero cumpliría de sobra con su cometido con un poco de limpieza y unas mantas. Se puso a trabajar para sacar la siguiente tabla, preguntándose cuántas tendría que quitar para lograr que cupiese. Cuantas menos, mejor, pues todo tenía que tener un aspecto lo más natural posible.

La tos procedente de la cama la sacó de golpe de su ensimismamiento e hizo que se le cayera el martillo al agujero que acababa de crear. Se puso en pie y el hombre abrió los ojos de golpe. Se incorporó en la cama con el rostro contraído en una mueca horrible. Cerró con fuerza los párpados antes de abrirlos de nuevo y volverse hacia ella, petrificada. Tenía los ojos empañados por el dolor y la confusión.

—¿Quién es usted? ¿Por qué me tiene aquí? —preguntó en perfecto alemán.

Capítulo 4

No era fácil ubicar su dejo. Conocía a gente de Berlín y había oído su acento elegante y áspero. Él presentaba algunas de sus características distintivas, pero le daba la impresión de que faltaba algo. No resultaba sencillo de explicar, casi como describir un baile a un ciego. Estaba incorporado en la cama y la miraba con gesto implorante. Habían pasado varios segundos desde que había formulado la pregunta y sus palabras seguían pendientes como humo en el aire. Por la mente de ella cruzaron mil pensamientos distintos sin que alcanzara a apresar ninguno. Dio un paso al frente con los brazos tendidos y las manos hacia arriba como en un gesto defensivo.

—Soy su amiga —respondió.

Él no respondió, como si aguardase una explicación más detallada.

—Lo he encontrado en la nieve. Estaba inconsciente. Si siente dolor es por las fracturas que ha sufrido en las dos piernas.

El hombre recorrió con las manos las tablillas que había improvisado ella con la silla de la cocina y volvió a hacer una mueca de dolor.

—Me llamo Franka Gerber. He sido yo quien lo ha traído aquí. Estamos solos usted y yo. El pueblo más cercano está a unos pocos kilómetros.

—¿Dónde estamos?

—A unos quince kilómetros al este de Friburgo, en los montes de la Selva Negra.

Él se llevó una mano a la frente. Algo recuperado de su aturdimiento, preguntó con más claridad:

—¿Colabora usted con la policía?

—No.

—¿Tiene algo que ver con la Gestapo o con las fuerzas de seguridad?

—No. Tampoco tengo teléfono. Lo he encontrado en la nieve y lo he traído aquí. —Las palabras salieron atropelladamente de su boca. Había bajado las manos y, al ver que le temblaban, se las puso a la espalda.

El hombre entornó los ojos antes de anunciar:

—Yo soy Werner Graf, capitán de la Luftwaffe.

—Ya he visto su uniforme.

—¿Por qué me ha traído aquí?

—Lo encontré anoche y estábamos demasiado alejados de alguien que pudiese ofrecernos asistencia médica. No tenía otra opción.

—Gracias por salvarme la vida, *Fräulein* Gerber. ¿Tiene usted alguna relación con las fuerzas armadas?

—No, soy enfermera. Bueno, lo era.

Él intentó mover las piernas y torció el rostro de dolor. Ella dio otro paso al frente hasta quedar al lado mismo de la cama.

—Túmbese, señor Graf. —Le resultaba ridículo usar un apellido que sabía que era falso—. Sé que está muy molesto. —Miró a su alrededor en busca de las aspirinas. Era consciente de que no iban a hacer otra cosa que atenuar mínimamente su dolor, pero el menor alivio podía ayudarlo a conciliar de nuevo el sueño.

Estaban en la mesilla de noche, que había apartado para retirar las tablas del suelo, y los ojos de él se clavaron en ese instante en el agujero que había practicado.

—¿Qué está pasando aquí? ¿Qué pretende hacer?

—Son solo unos arreglos —respondió Franka—. Nada que deba preocuparle. —Sacó tres píldoras, se las ofreció y, al ver que él clavaba en ella su mirada, aclaró—: Son aspirinas. Ya sé que no es gran cosa, pero le serán de ayuda hasta que encuentre algo más fuerte. —Podía ver en sus ojos el dolor y también el miedo y la confusión que con tanto empeño trataba de ocultar.

Él tendió la mano y ella dejó caer en su palma las pastillas antes de darle agua. El herido tragó las aspirinas y apuró el vaso en un instante.

—¿Quiere más agua?

—Sí, por favor.

Se dirigió enseguida a la cocina y al pasar por la sala de estar echó un vistazo al macuto del hombre. Seguía teniendo dentro las pistolas. La de su padre estaba en el cajón de la cómoda que había cerca de la puerta principal. Cuando volvió, lo vio intentando bajarse de la cama con el rostro sudoroso y desfigurado por el sufrimiento.

—No, por favor —le dijo—. Túmbese. No tiene que preocuparse por nada. No soy su enemiga. —Le tendió el agua, que, como antes, desapareció en cuestión de segundos, y recuperó el vaso. Él seguía erguido en la cama. Cruzó los brazos mientras ella hablaba de nuevo, como si se estuviera concentrando en cada una de las palabras que pronunciaba—. Acuéstese. Ahora mismo no hay forma de trasladarlo. Las carreteras están cortadas y usted tiene las dos piernas rotas. Estamos los dos aquí atrapados, así que vamos a tener que confiar el uno en el otro.

—¿Quién es usted? —preguntó él frotándose la nuca.

—Soy de por aquí. Me crie en Friburgo. Esta era la casa de verano de mi familia.

—¿Y está aquí sola?

—Con usted solamente. ¿Qué hacía usted ahí fuera, en la nieve? Tengo su paracaídas.

—No puedo decírselo. Es información reservada. Si cayese en manos de los aliados, podría ser peligroso para la campaña bélica.

—Pues todavía está usted en la madre patria, a salvo. Los aliados están a cientos de kilómetros de aquí.

Él asintió antes de clavar los ojos en el suelo.

—Debe de estar muerto de hambre. Voy a traerle algo de comer.

—Sí, por favor.

—Con mucho gusto, señor Graf.

Se retiró a la cocina. Las manos le temblaban cuando cogió la última lata de sopa que quedaba en el armario. No era fácil saber lo que debía hacer a continuación. Tratar de desenmascararlo podía resultar muy peligroso, pero de algún modo tenía que hacerle saber que podía fiarse de ella.

—La confianza lleva su tiempo —susurró—. Esta noche no va a poder ser. —Regresó al dormitorio mientras la sopa se calentaba en la hornilla.

Él dio un respingo al verla entrar.

—¿Está usted bien?

—Sí, gracias. Es solo que me duelen mucho las piernas.

—Lo entiendo y lo siento mucho. Mañana traeré más analgésicos. —Él no respondió—. He guardado sus botas, pero no tuve más remedio que cortarle los pantalones para quitárselos. También está aquí su macuto y he visto que dentro lleva ropa.

Él asintió con la cabeza sin tener claro, al parecer, qué decir.

—Gracias por cuidarme —respondió tras unos segundos. Sus ojos fueron hacia la ventana antes de volver a fijarse en los de ella.

—Le he alineado los huesos rotos, pero, si queremos asegurarnos de que se suelden como es debido, tendré que escayolarle las piernas.

—Sí, gracias, señorita Gerber. Lo que usted crea más conveniente. —Los ojos empezaron a vidriársele y se dejó caer en la cama.

—Vuelvo enseguida —anunció ella.

La sopa estaba lista, así que la pasó a un cuenco para llevársela. Regresó a la habitación y lo encontró tumbado en la cama con la vista clavada en el techo, aunque se incorporó cuando le puso delante la bandeja para devorar la sopa en menos tiempo incluso de lo que había tardado ella. Franka retiró la bandeja pensando que ojalá tuviera pan que ofrecerle.

—Ahora necesita descansar.

—Tengo más preguntas que hacerle.

—Eso puede esperar.

—¿Le ha mencionado a alguien mi presencia aquí? Sea quien sea.

—Llevo días sola y, después de encontrarlo a usted, no he hablado con nadie. Como le he dicho, aquí no tenemos teléfono. Ni siquiera llega el servicio postal. Si alguien me escribiera, tendría que ir a la ciudad a buscar la carta, pero nadie sabe que estoy aquí. Estamos solos. —Se inclinó hacia delante—. Lo he traído aquí para que pueda recuperarse.

—Se lo agradezco mucho, pero es importante que pueda volver a ponerme en marcha cuanto antes.

—Con las piernas así le va a ser imposible ir a ninguna parte de aquí a varias semanas. Cuando vuelvan a ser transitables las carreteras, podemos intentar llevarlo a la ciudad, pero, mientras tanto, usted estará aquí conmigo. Tiene que aceptarlo y también debe hacerse a la idea de que puede confiar en mí. Estoy aquí para garantizar que se cure.

—Se lo agradezco, *Fräulein*. —Pese al gesto de asentimiento que hizo con la cabeza, sus palabras parecían exentas de alegría o verdadera gratitud. Daba la impresión de estar leyendo un texto teatral.

—No hay de qué. No iba a dejarlo ahí fuera para que se muriese de frío, ¿verdad? Lo que importa ahora es que descanse.

Hasta las palabras de ella resultaban inexpresivas, como si fuesen dos actores pésimos recitando su papel.

Él se mostró de acuerdo y volvió a tumbarse. El dolor se hacía evidente en su rostro. Franka tendió la mano hacia la vela de la mesilla y la apagó con dos dedos humedecidos. Cerró la puerta tras de sí, agotada por aquella farsa. Cerró de nuevo el pestillo, convencida de que él tenía que haberla oído. El hombre, sin embargo, no protestó.

El fuego de la sala de estar había empezado a consumirse y ella, por tanto, echó más leña y dio un paso atrás para ver cómo prendía. Tuvo la sensación de estar sola en una jaula con un animal herido sin saber qué podía esperar de él. Sus piernas rotas eran lo único que le garantizaba cierta seguridad. Si no podía moverse de aquella cama, tampoco podría hacerle daño y menos si no tenía consigo sus armas. Era de vital importancia que le hiciera entender que no pretendía hacerle daño, pero también que era ella la que estaba al mando. No pensaba dejarse someter por los caprichos de ningún abusón, fuera nazi o aliado. Lo mantendría allí, a salvo de la Gestapo. Ese sería su último acto de desafío frente a la organización antes de reunirse con Hans y el resto.

Le dolía todo el cuerpo, que le pedía a gritos algo de descanso. Se dirigió a su dormitorio. Franka solía dejar la puerta abierta a fin de que entrase parte del calor de la sala de estar, pero prefirió cerrarla al entrar.

Fue hacia la ventana. La noche se presentaba tranquila y clara y las estrellas del exterior brillaban como la luz que se cuela por los agujeros de una tela de terciopelo negro. Lo más probable era que el tiempo del día siguiente le permitiera viajar a la ciudad. Las carreteras estarían despejadas. Era la clase de excursión que le habría encantado hacía diez años. Sin embargo, en ese momento, tenía la impresión de estar viviendo en un mundo distinto. Había acumulado muchas cicatrices desde entonces.

Franka sacó del armario una bolsa de agua caliente cuya sola visión hizo acudir a su cabeza no pocos recuerdos de su juventud, de noches arropada bajo las mantas mientras se le cerraban los ojos al arrullo de las canciones de su madre.

Nunca había tenido la intención de permanecer mucho tiempo en ese lugar. Había allí demasiados fantasmas. Sin embargo, en ese momento, no tenía muchas opciones. Dejar la cabaña suponía abandonarlo a él y conceder la victoria a la Gestapo. Llevó la bolsa a la cocina y la llenó de agua caliente. Su tacto le sentó bien, como si le estuviera devolviendo la vida. La abrazó y sintió su calidez en el pecho antes de volver a su dormitorio. ¿Era posible que fuese alemán? ¿Por qué habría dicho en sueños esas palabras en inglés? Quizá todo fuese más sencillo de lo que había imaginado y pudiera dejarlo en el hospital pocos días después, cuando se despejaran las carreteras. Tal vez no lo había escuchado bien. Ella no hablaba inglés ni había oído nunca mucho más que unas cuantas palabras pronunciadas delante de ella. Podía ser que él no hubiese dicho nada, que fuese de veras Werner Graf, capitán de la Luftwaffe. Se le cayó el alma a los pies ante la idea de que no fuese quien ella pensaba, sino uno de ellos. ¿Sería aviador de las fuerzas alemanas? Había visto películas de propaganda sobre extranjeros que acudían a alistarse al glorioso Reich. Parecía poco probable. Si lo fuera, tendría que entregarlo a las autoridades tan pronto se despertara y con eso habría acabado todo.

El cuarto se quedó a oscuras cuando apagó de un soplido la lámpara de aceite de su mesilla. No. Había hablado en inglés. Ella lo había oído. Todavía alcanzaba a oír las palabras en su cabeza y hasta podía reproducirlas en su boca. No podía ser Werner Graf, capitán de la Luftwaffe. ¿Qué hacía tirado en la nieve en los montes de la Selva Negra? Cuando lo encontró, apenas llevaría allí unos minutos. Si no, habría topado con un cadáver. Si se trataba de un espía o un prisionero de guerra, pagaría con su vida la ayuda que le había prestado. Estaba dispuesta a afrontarlo. Los nacionalsocialistas le habían arrebatado ya cuanto tenía. No podían quitarle nada más.

Franka se dio la vuelta en la cama y tiró de las mantas hasta la barbilla, de manera que solo quedase su cara al descubierto. Aparte de la chimenea, el espacio que quedaba bajo las coberturas era el único lugar cálido de la casa. El hombre solo tenía una manta y por el agujero que había hecho en el suelo debía de entrar corriente. Se levantó y tomó la llave del dormitorio en el que lo había dejado. Se puso una bata y, sobre ella, un abrigo, antes de salir de puntillas. La casa seguía en silencio. Descorrió la cerradura, apoyó la mano en el pomo y llamó con la otra mano mientras abría la puerta.

—¿Hola? —susurró—. ¿Está despierto, señor Graf?

Él estaba tumbado en la cama y alcanzó a ver que tenía los ojos abiertos. Durante un instante terrible pensó que podría haber muerto, aunque él no tardó en volver la cabeza hacia ella.

—Estoy despierto, *Fräulein*.

—¿No tiene frío?

—Estoy bien, gracias.

No podía estar diciéndole la verdad. En ese cuarto hacía más frío que en el suyo y él tenía menos mantas. Se había dejado abiertas las cortinas y por la ventana entraba la luz de la luna. La penumbra dejaba ver los rasgos de su rostro. Le tomó la mano, no por haber tenido intención alguna de tocarlo, sino por comprobar su temperatura. Él la miró.

—Está helado —dijo ella—. ¿Por qué no me ha pedido otra manta?

—No quería causarle más molestias.

—No diga bobadas. ¿Qué sentido tiene sufrir cuando hay más mantas en el armario? —Le soltó la mano y abrió el armario para sacar un cobertor grueso con el que lo tapó—. Con esto no pasará frío. —Dio un paso atrás al ver que él la estaba mirando fijamente—. Mañana iré a la ciudad. Las carreteras estarán cortadas, pero no tenemos comida y no quiero ni imaginar el dolor que tiene que estar soportando. —Se detuvo en espera de una respuesta que no llegó—. Es evidente que no puedo llevarlo conmigo, pero, si lo desea, puedo informar de su presencia a la Gestapo. —Había llegado su turno de mirarlo a él fijamente.

—No creo que sea necesario, *Fräulein*. La policía de la ciudad no me preocupa en este momento. Como le he dicho, me han puesto al cargo de ciertos asuntos delicados para la campaña bélica. Ahora mismo no sería prudente poner a nadie en conocimiento de mi presencia aquí.

—En ese caso, ¿no quiere que avise a nadie de que está aquí? Podrían comunicárselo a la Luftwaffe, al superior que lo envió aquí en avión…

—No hace falta, de verdad. La dejaré seguir con su vida tan pronto se despejen las carreteras. Mientras tanto, le agradezco muchísimo que me acoja.

Franka se preguntó si tenía la menor idea de cuánto iba a tardar en curarse o se estaba haciendo el desentendido a propósito. De todos modos, tenía muy clara una cosa: aquel hombre no era ningún piloto de la Luftwaffe.

—Como desee. —Se dio la vuelta para marcharse.

—*Fräulein*, ¿cómo consiguió traerme hasta aquí?

—Montándolo en un trineo.

—¿Me trajo inconsciente? —Pese a la oscuridad, vio que tenía los ojos como platos. Juntó las manos frente a sí como en una plegaria—. Es usted una mujer de veras admirable. Estaré toda la vida en deuda con usted.

—Ahora debería dormir. ¿Necesita algo más?

—Un orinal quizá. Por si acaso.

—Por supuesto —respondió ella antes de marcharse a la cocina. Allí encontró un barreñito que podía servir y se lo llevó.

Él lo aceptó con una sonrisa y volvió a darle las gracias. Franka cerró la puerta al salir y echó la llave. Se propuso no usar más el nombre de Werner Graf por considerar que decirlo en voz alta los degradaba a ambos.

Franka se despertó al amanecer. La noche le había brindado el sueño más profundo que había disfrutado en varios meses. La presencia del hombre en la cabaña había apagado en cierto modo los recuerdos que la acosaban en la oscuridad. Siempre eran peores por la noche y dormir sola se había convertido en una tortura. La presencia del desconocido podía resultar reconfortante y ella era muy consciente. Ya había hecho mucho por él y él por ella. Fue lo primero que acudió a su cabeza al abrir los ojos. Se preguntó si habría dormido y si le dolería mucho; si sus huesos seguirían alineados gracias a las tablillas que le había colocado y si llegaría a conocer la verdad acerca de él. El suelo estaba frío como el hielo, lo que la llevó a buscar sus zapatillas y ponérselas antes de aventurarse a acercarse a la ventana. Al apartar las cortinas vio ante sí el sol del invierno en un cielo despejado de color azul cobalto. La nieve presentaba el mismo aspecto que por la noche. Empezaron a entrarle dudas. ¿De veras tenía que viajar ese día a la ciudad? ¿No podía esperar? Apenas les quedaba comida y no podía abandonar a aquel hombre a su dolor hasta que las carreteras volviesen a estar transitables. ¿Quién podía decir cuándo sería eso? Los caminos de los alrededores pasaban semanas cortados, aunque aquello había sido antes de la brutal eficacia de los nazis. No tuvo más remedio que decidirse: iría a la ciudad antes de que acabara el día. Salvaría la distancia que la separaba de Friburgo. Allí encontraría las provisiones que necesitaba. Nadie la estaba buscando, así que no tenía que ocultarse de nadie.

Fue al dormitorio de él y pegó la oreja a la puerta. En el interior no se oía ruido alguno, así que dio un paso atrás y se dirigió a la cocina. Los esquís seguían apoyados en la pared, donde los había dejado por la noche. Quince kilómetros era una distancia colosal para tratar de hacerla con esquís y más teniendo en cuenta que llevaba años sin practicar. Hasta la carretera principal a Friburgo había menos de tres y confiaba en que, una vez allí, no le costara encontrar a alguien dispuesto a llevarla a la ciudad. Echó más leña al hogar de la sala de estar y al de la cocina, sabiendo que, si bien ambos se extinguirían mucho antes de su regreso, darían calor a la casa en su ausencia.

Aunque apenas habían pasado unos días desde la última vez que había estado en Friburgo, daba la impresión de que hubiesen transcurrido años. Desde entonces se había transformado en una mujer distinta. Su estancia en la ciudad la semana anterior le parecía como desdibujada. Cerró los ojos tratando de olvidarlo.

Franka descorrió la cerradura del cuarto del hombre y aguzó el oído en busca de algún sonido antes de abrirla. La habitación estaba a oscuras y las cortinas seguían echadas. El agujero del suelo seguía intacto. El hombre dormía tumbado en la cama. Daba la impresión de que ni siquiera se hubiese movido durante la noche. Se preguntó si debía despertarlo, pero resolvió que era mejor no hacerlo. Fue al escritorio de la sala de estar y tomó una hoja y una pluma.

> Voy a la ciudad a comprar las provisiones de las que hablamos anoche. No creo que tarde más de unas horas. Por favor, no se levante hasta que vuelva.
>
> Franka Gerber

Se preguntó si no habría sido mejor firmar la nota como *Fräulein Gerber*, pero no tenía ganas de escribirla otra vez. Él seguía dormido cuando regresó a su cuarto. ¿Y si era un prisionero de guerra? ¿Qué iba a hacer entonces? ¿Podría tenerlo escondido en la cabaña durante el resto de la guerra? Los desembarcos aliados en

Italia de hacía unos meses y el desastre de Stalingrado habían hecho al fin muy posible la derrota del Reich, aún no parecía que estuviera cerca. Los nacionalsocialistas seguían reteniendo con puño de hierro la mayor parte de Europa, por no decir ya la propia Alemania. ¿Cómo podría tenerlo allí meses enteros, si no años?

—Cada cosa a su tiempo, Franka —susurró—. Búscale analgésicos y compra comida para que podamos mantenernos los dos antes de preocuparte por lo que pueda venir después.

Colocó la nota y un vaso de agua en la mesilla de noche. El frasco de aspirinas estaba vacío después de que hubiese ingerido la última por la noche. El peso del dolor aguardaba agazapado a que se despertase. Ella cerró los ojos mientras envolvía el recipiente con la mano y dejó escapar un suspiro por la nariz. Ya había hecho cuanto estaba en sus manos. Salió y cerró la puerta.

La viva luz solar que entraba por las ventanas no le había infundido falsas esperanzas de calor, de modo que se puso el abrigo de invierno, el gorro y los guantes. Se colocó su propio morral, tomó los esquís y salió al sol de la mañana. Las gafas ahumadas le protegían los ojos del resplandor. Metió los pies en los esquís, que seguían entrándole a la perfección. Llevarlos puestos era como adentrarse en el pasado.

El horizonte, despejado, solo se veía interrumpido por el manto de árboles coronados de nieve que ascendían por las colinas de los alrededores. La nieve era de un blanco sin tacha, inocente. Habría dado belleza a cualquier paisaje y más aún a uno como aquel, que ya era espectacular de por sí. ¿Cuándo había sido la última vez que lo había contemplado de veras? Era como si la oscuridad que se había apoderado de ella hubiese dejado en tinieblas todo lo demás. Al cobrar velocidad, la invadió una sensación de atolondramiento que creía perdida. La cabaña se vio engullida por la distancia.

El suelo se precipitó contra él y el silbido acelerado del aire anuló sus sentidos. Tendió las manos para asir un paracaídas ausente. El terreno que tenía a sus pies se detuvo y se transformó en el campo que se extendía bajo la casa de sus padres. De pronto se encontró revolcándose en la suavidad del césped y, al intentar moverse, sintió dolor. Se despertó de golpe al oír cerrarse la puerta principal. Se mordió el labio y apretó los puños para hacer frente a la acometida de aquel suplicio. Luchó contra él respirando hondo por la nariz. Volvió a abrir los ojos. Habían pasado varios minutos y tenía la frente húmeda de sudor. Vio la nota sobre la mesilla. Las preguntas lo asaltaron con más rapidez de lo que era capaz de digerir. Sintió que le temblaban los sesos, que se le chamuscaban por el dolor. ¿Quién era esa mujer? ¿Formaría parte de algún plan de la Gestapo para ganarse su confianza, para lograr que revelase la verdadera naturaleza de su misión? Había dicho que se encontraban a quince kilómetros de Friburgo. Intentó recordar dónde estaba aquella ciudad y a qué distancia estaba de su objetivo. La Selva Negra, había ido a caer en la Selva Negra. Debían de haber visto el paracaídas. La mujer era agente de la Gestapo. ¿Cómo iba a haberlo arrastrado ella sola hasta allí? Parecía imposible. Debían de haberla auxiliado. Lo que le había contado no resultaba muy verosímil. En ese momento se le presentó su rostro en la memoria. Era hermosa como una daga de cachas de madreperla. Se examinó el torso en busca de heridas. Le dolía la cabeza, pero, aparte de eso y, claro, de las piernas, parecía no tener nada. La mujer debía de haber ido a buscar ayuda. En cuestión de minutos estarían allí.

Alargó los brazos para tocar las tablillas de madera que tenía en las piernas. No parecían muy sólidas, aunque sí lo bastante para tenerlo confinado en aquella cama. Quizá fuera esa precisamente la intención de ella. Llevaba puesto un pijama. Su macuto había desaparecido y su uniforme de la Luftwaffe estaba tirado en un rincón del cuarto. Se apoyó en la cama y trató de mirar por la ventana a través de la abertura que había quedado entre las cortinas, pero solo vio blanco. Necesitaba trazar un plan. El primer paso era salir de allí, pero ¿cómo? Habían arrastrado la cama hasta pegarla a una de las paredes de la habitación. La ventana quedaba a unos dos metros y medio, aunque en su estado bien podría haberse encontrado a más de un kilómetro. Bebió otro sorbo de agua antes de acometer la parte más dura. Cuando dejó caer las piernas a un lado de la cama fue a arremeter contra él una avalancha de dolor que apenas podía compararse con nada de lo que hubiera conocido en su vida. Tuvo que taparse la boca para acallar sus propios alaridos y, aunque hacía frío, sintió que le corría por la espalda un sudor espeso. Volvió a tenderse e inspiró varias veces de manera accidentada. La casa estaba en silencio.

Sonó un reloj de cuco. Oyó nueve campanadas. El ruido lo llevó a centrarse de nuevo y a reunir la fuerza necesaria para volver a incorporarse. Poco a poco, siguió bajando las piernas por el borde de la cama, sosteniendo el peso de su cuerpo con las manos y exhalando con fuerza por entre los labios apretados.

—Tienes que dominar el dolor —se dijo en alemán. Se aseguró de que así fuera, pues sabía que el menor descuido podía ser catastrófico. «Mantente en el papel»—. Puedes hacerlo.

Sus piernas, inútiles, quedaron colgando en un lado de la cama y él se encontró sentado de cara a la ventana. Fijó la vista en el hueco dejado por los tablones que había retirado la joven. ¿Qué había estado haciendo? ¿Estaría intentando dificultar al máximo que llegase a la ventana? Inspeccionó el dormitorio. Entre él y la ventana no había nada que pudiera ayudarlo a ponerse en pie una vez allí. Quizá fuera mejor arrastrarse hasta la puerta.

Giró el cuerpo en dirección a la salida y se dejó caer al suelo. Puso una mano en su superficie y sintió el dolor en todo el cuerpo. Apretó los dientes al apoyar sobre la palma todo el peso que le fue posible. Se sirvió de los brazos para impulsarse, arrastrando las piernas tras de sí mientras doblaba la esquina de la cama en dirección a la puerta. Alcanzó el pomo. Estaba cerrada con llave, aunque eso ya lo sabía. Necesitó dos minutos eternos para arrastrar su cuerpo maltrecho hasta el lugar al que ella había lanzado la casaca de la Luftwaffe. Sonrió al meter la mano en el bolsillo de la pechera y encontrar los sujetapapeles metálicos que había guardado después de su última reunión informativa.

El ojo de la cerradura se encontraba en una pletina deslustrada fijada a la puerta de madera. Intentó mirar por él, pero solo pudo distinguir el resplandor del fuego del hogar. El arte de forzar cerraduras no había formado parte explícita de su adiestramiento, pero sí había sido una asignatura extracurricular que le había enseñado su instructor. Lo cierto, de cualquier modo, era que él había destacado en la materia. Se aupó con una mano en el pomo mientras con la otra metía el alambre doblado en el ojo para hacer girar el seguro. Aunque falló al primer intento, segundos después oyó el chasquido que le indicaba que lo había logrado. Bastó girar el pomo para abrir la puerta.

El fuego ardía con viveza. A su lado había un montón de leña y, sobre él, una repisa con baratijas de porcelana y una radio. El papel de la pared exhibía una porción menos descolorida que el resto que hacía pensar que faltaba un cuadro. Miró a su alrededor y pudo ver que faltaban otros. Al lado de la chimenea había una mecedora inmóvil y, frente a ella, un sofá viejo y raído. A su izquierda se hallaba la puerta de la cocina, donde, a juzgar por el resplandor, había encendido otro fuego. Su macuto se encontraba en el rincón, al lado de una biblioteca, y se preguntó por qué la mujer no había hecho nada por esconderla. Quizá no tuviera necesidad alguna de hacerlo si los de la Gestapo se encontraban ya de camino. La cabaña estaba en silencio, sin más sonidos que el crepitar de la leña que ardía en el hogar.

Se arrastró sobre sus antebrazos hasta llegar al macuto, tendió una mano para alcanzarlo y sacó una muda de ropa, mapas y una linterna. Habían desaparecido las dos pistolas, aunque no perdió un solo instante en preguntarse dónde podía haberlas metido. En lugar de eso, apoyó la espalda contra la pared y volvió a meter la mano. Sus papeles —su cartilla militar de la Luftwaffe, el permiso y las órdenes de viaje— estaban intactos y perfectamente sellados, firmados y refrendados. Y frente a él, a menos de diez metros, estaba la puerta principal.

Franka necesitó treinta minutos nada menos para llegar a la carretera principal que aguardaba al fondo del valle. La habían despejado lo suficiente como para dejar pasar los vehículos y la nieve se amontonaba a uno y otro lado.

—Con eficacia nacionalsocialista —se dijo murmurando.

A los cinco minutos se detuvo un camión para recogerla. Un soldado de la Wehrmacht le indicó con un movimiento del brazo que subiera a bordo al frenar sobre el asfalto nevado. Ella se tensó, pero ya no podía hacer nada más, pues rechazar el ofrecimiento resultaría más sospechoso aún. Se puso los esquís bajo el brazo y caminó con dificultad hasta la puerta que le había abierto el combatiente.

—Buenos días, *Fräulein* —la saludó este con una sonrisa—. Suba. Voy a Friburgo.

—¡Qué bien, gracias!

Se encaramó en la cabina para ocupar el asiento del copiloto e hizo cuanto pudo por devolverle al soldado la sonrisa mientras cerraba la puerta. No debía de tener más de veintidós años, porque parecía más joven aún que ella.

—¿Qué la lleva a la ciudad en un día así?

—Tenía que ir de compras. La verdad, no esperaba este tiempo. Estamos rodeados de nieve y nos estamos quedando sin provisiones.

Él la miró un tanto más de lo que resultaba cómodo y el camión se desvió hacia el arcén antes de que lo enderezara.

Ella decidió no hacer comentarios sobre sus dotes de conductor.

—Llevaba años sin usar estos esquís. Menos mal que me ha recogido.

—Es un placer, señorita.

Hizo lo posible por seguirle la corriente mientras él hablaba por los codos hasta llegar a la ciudad. No le desveló nada sobre ella misma y desvió todas las preguntas que le formuló. Se trataba de una habilidad que había ido desarrollando con los años hasta convertirla en un arte.

Primero vieron los montes cubiertos de nieve que rodeaban la ciudad y, a continuación, los techos y chapiteles coronados de blanco. A lo lejos, Friburgo se asemejaba a cualquier otra ciudad medieval de Europa. Sin embargo, como el resto de Alemania, había cambiado mucho por obra del nacionalsocialismo. Los bombardeos aliados no habían azotado Friburgo con su lluvia destructiva como habían hecho con Hamburgo, Kassel o Colonia. La ciudad apenas había sufrido unas cuantas incursiones menores y eso mismo hacía aún más dura la pérdida de su padre. ¿Qué sentido había tenido el ataque de octubre? Se preguntaba si el piloto o el artillero llegaron a pensar en a quién estaban matando cuando dejaron caer la bomba que fue a dar en el bloque de pisos en que dormía su padre. ¿Eran siquiera conscientes de que habían matado a civiles? ¿Les importó? Lo dudaba. Sintió que se le tensaba el cuerpo. Nunca sabrían qué hombre tan gentil y adorable le habían arrebatado.

La noticia le llegó por carta y desde la dirección del centro penitenciario le negaron el permiso que solicitó para asistir al funeral alegando que «quienes traicionan al Reich no merecen ninguna muestra de compasión». Tuvo que esperar a que la excarcelasen para poder visitar su tumba y darle un último adiós desvaído.

La visión de los soldados del puesto de control de la carretera hizo que volviera a poner los pies en la tierra. No cabía esperar de la ciudad la paz de la que había disfrutado en la cabaña. Saltaba a la vista el poder absoluto que tenían los nacionalsocialistas sobre la población de Alemania. La libertad de movimiento o la facultad de viajar sin tener que dar cuentas a nadie eran reliquias del pasado. Franka entregó el montón de papeles que le exigían enseñar a las autoridades que así lo pidiesen, en ocasiones varias veces al día, y se mantuvo en silencio mientras el centinela los examinaba.

—¿Y el *Ahnenpass*? —preguntó él.

Ella asintió y metió la mano en el bolsillo en busca del documento que certificaba su genealogía aria. El hombre lo ojeó y se lo devolvió con una inclinación de cabeza. Ella ocultó su vergüenza tras una sonrisa. En ese momento acudió a su memoria el chiste que contaba siempre Hans sobre las mentiras raciales.

—¿Cómo son los arios? —les preguntaba.

—¡Rubios como Hitler! —respondía uno del grupo, porque el *Führer* tenía el pelo moreno.

—¡Altos como Goebbels! —añadía otro, porque todos sabían que el ministro de Propaganda medía poco más de uno sesenta.

—¡Un dechado de virtudes atléticas como Göring! —exclamaba otro recordando así que el susodicho era una babosa gorda y repugnante.

Chascarrillos así habían hecho que muchos dieran con sus huesos en la cárcel. Los nazis tenían muy poco sentido del humor. Censuraban cuanto les resultaba despectivo y amenazaban a su autor con prisión o con cosas peores, por divertido que pudiera ser el chiste.

El centinela hizo pasar el camión. Franka declinó el ofrecimiento que le hizo el soldado de salir a tomar algo aquella noche con la excusa de tener a su novio en el frente ruso. Se apeó en el centro de la ciudad. Las banderas nazis ondeaban al viento. Hitler había brindado una explicación de las distintas partes que la conformaban en el libro que había escrito estando preso y que Franka, como el resto de escolares, había tenido que estudiar en el colegio como si fuera un catecismo religioso, un conjunto de normas para la vida. El campo rojo representaba la idea social del movimiento; el círculo blanco del centro, la pureza de sus fines nacionalistas, y la cruz gamada negra, la superioridad de la raza aria, la estirpe inventada de superhombres rubios a la que, según habían convencido los nazis a sus compatriotas, pertenecía el pueblo alemán. Con su altura, su complexión atlética, su cabello rubio y esos penetrantes ojos azules de los que casi había llegado a avergonzarse, ella, de hecho, encarnaba a la perfección ese ideal. Los cumplidos que había recibido por aquella apariencia arquetípica le habían resultado halagadores de adolescente, pero en ese momento la ofendían.

A unos centenares de metros de allí, el mercado navideño era un hervidero de actividad a la sombra de la catedral de Friburgo, templo gótico que dominaba el centro de la ciudad y constituía uno de los pocos lugares de culto con que contaban ya los católicos, aunque solo como símbolo de la libertad religiosa que había prometido Hitler al llegar al poder. Hacía tiempo que no había misa, pues al sacerdote lo habían mandado hacía años a un campo de concentración. Las protestantes seguían abiertas, pero se habían unido hacía unos años para formar la Iglesia Nacional del Reich a fin de atar en corto el rito y asegurarse de que la cabeza del credo protestante en Alemania fuese ario y perteneciera al Partido Nacionalsocialista. Sus feligreses se llamaban a sí mismos *cristianos germanos* y decían llevar «la esvástica en el pecho y la cruz en el corazón». Los nacionalsocialistas seguían permitiendo la celebración de la Navidad, pero su existencia futura distaba mucho de estar garantizada. Todo lo que pudiera suponer competencia alguna a la creencia en la causa nazi representaba una amenaza.

Franka clavó la mirada en el suelo mientras avanzaba arrastrando los pies con los esquís bajo el brazo y el morral a la espalda. A su lado pasaron riendo y haciendo bromas varios soldados de uniforme. Uno de ellos le lanzó un silbido, pero ella no despegó los ojos de la nieve grisácea a medio derretir que cubría el suelo de adoquines. Se preguntó si no se toparía con algún conocido y si, en tal caso, la persona que la viese tendría noticia de su pasado. ¿La evitarían por traidora? Esperaba no llegar a averiguarlo.

Al entrar en la farmacia hizo sonar la campanilla que había sobre la puerta. No apartó la mirada del suelo mientras avanzaba hacia los opiáceos. Aunque lo primero que llamó su atención fueron los frasquitos de heroína, siguió adelante hasta dar con la morfina. Compró suficiente para unos cuantos días, además de la jeringuilla que iba a necesitar para administrarla. Tomó aspirinas, escayola, gasas y medias de nailon con los que envolver las piernas de su paciente y las llevó al mostrador. El farmacéutico, un hombre de mediana edad y poblado bigote gris, la observó por encima de sus gafas con aire receloso. Franka reparó en la insignia nazi que llevaba en la bata blanca.

—Es para mi hermano —dijo sonriente—, que se partió la pierna anoche lanzándose en trineo y la nieve nos tiene encerrados en casa.

—¡Vaya faena! —repuso él—. ¿Va a escayolarlo usted sola?

—Soy enfermera. Estoy capacitada.

—¡Pues su hermano ha tenido suerte!

—No sé si puede llamarse suerte a partirse las dos piernas, pero tiene usted razón.

El farmacéutico sonrió y le entregó la bolsa de papel marrón. Ella se despidió y salió del establecimiento tratando de adoptar el aire más despreocupado posible. Dentro había sentido náuseas.

El aire se le hizo frío al rozarle la piel sudada. Había empezado a nevar ligeramente. Ya solo tenía que comprar los víveres. Echaba de menos la soledad de la cabaña. Las calles de aquella hermosa ciudad se habían visto pervertidas, corrompidas por la ideología nazi que lo abarcaba todo y hacía imposible llevar una vida gratificante, más aún siendo mujer. A las de su sexo no se les permitía ser médicas, abogadas, funcionarias públicas ni juezas. Los jurados tenían que estar conformados exclusivamente por varones. Las mujeres no podían tomar decisiones, se tenían por demasiado susceptibles de verse dominadas por sus emociones. También se les prohibía votar, aunque, al cabo, dicha acción ciudadana no servía de mucho, ya que se habían ilegalizado todos los partidos a excepción del Partido Nacionalsocialista. Las alemanas no podían llevar maquillaje, teñirse el pelo ni hacerse la permanente. Desde pequeñas les inculcaban las tres *K*: *Kinder, Kirche und Küche*, «Hijos, iglesia y cocina». Todavía recordaba a sus jefes de la Liga de Muchachas Alemanas instándolas a olvidar la estúpida idea de una carrera profesional satisfactoria. Lo que debían hacer era quedarse en casa criando varones fuertes capaces de servir en un futuro al Reich. Esa era la función que tenía que desempeñar la mujer en la Alemania moderna y a la que se habían adaptado muchas de las niñas que había conocido en su juventud. Algunas habían recibido la Cruz de Honor de la Madre Alemana, la medalla que otorgaban los nazis a las que alumbraban a más de cinco hijos arios y sanos. A Hilda Speigel, compañera suya de la Liga de Muchachas Alemanas, se le había concedido ya la más distinguida de estas cruces, hecha de oro, por los ocho pequeños a los que había dado a luz a los veintisiete años.

Los recuerdos de su antigua vida acudían a su cabeza como una plaga de langostas. No había edificio por el que pasara que no le suscitase uno nuevo. El lugar del apartamento en el que había pasado su padre el último lustro de su vida estaba a escasas manzanas de allí y a medida que se acercaba sintió que sus pasos se iban haciendo cada vez más lentos. Pensó en el hombre de la cabaña. Él era uno de ellos, de los aliados que habían perpetrado semejante crimen. Anhelaba el lujo del olvido.

Llegó al ultramarinos. El pueblo alemán estaba sufriendo los estragos de la guerra. Si a comienzos del conflicto había conocido la misma abundancia de que disfrutaba antes del principio de las batallas, durante la primavera de 1942 se había impuesto un racionamiento estricto y buena parte del género más común se había convertido ya en todo un lujo. El olor a pan recién hecho hizo que le empezasen a sonar las tripas. Consiguió una barra de pan, algo de queso y cecina. Como la mayor parte del camino de regreso a casa sería cuesta arriba, intentó evitar artículos más pesados, como la sopa enlatada que durante tanto tiempo habían guardado en casa. Cuando se hizo con tantos alimentos como le permitía su cartilla de racionamiento, se dirigió al mostrador para pagar con el dinero de la herencia de su padre. Recordó al abogado que le leyó el testamento. Era consciente de que la habían encarcelado un tiempo y, aunque no lo dijo en voz alta, ella sospechaba que conocía el motivo, pues podía ver el gesto de desaprobación en sus ojos.

Franka salió a la calle. Ya eran casi las dos. No tenía sentido tratar de regresar a la cabaña con el estómago vacío. Había reservado cupones de racionamiento suficientes para permitirse un almuerzo y sabía adónde acudir en aquella misma calle. El café estaba lleno de clientes que hablaban a voz en cuello y el aire se hallaba cargado de humo. En un rincón habían tomado asientos varios soldados que bebían cerveza entre carcajadas. Se sentó tan lejos de ellos como le fue posible y pidió un escalope con patatas y una taza de café con leche. La comida tardó cinco minutos en llegar. Fue como un regalo caído del cielo que devoró sin apenas detenerse a respirar. El hombre de la mesa de al lado se levantó de su asiento y dejó el periódico. Viendo la ocasión de usarlo para ocultarse, la joven lo recogió y lo abrió ante sí. Estaba plagado de artículos que glorificaban al *Führer* y a los denodados combatientes que luchaban en Rusia por el futuro de Alemania. Tras unos segundos, dejó de leer y se limitó a recorrer las líneas con los ojos. Estaba pensando en el viaje de vuelta a la cabaña, en el hombre al que había dejado allí, cuando oyó una voz delante de ella que decía:

—¿Franka Gerber?

Sintió que se le encogía el pecho al bajar el diario y ver ante sí el uniforme negro de la Gestapo antes de que sus ojos ascendieran hasta el rostro del hombre con el que había deseado no encontrarse nunca más: Daniel Berkel.

El hombre volvió a dejar en el macuto los mapas, la brújula, la muda y sus documentos de identidad tal como los había encontrado. Seguía incorporado al lado de la librería. La puerta principal estaba a unos diez metros, pero la trasera se encontraba más cerca aún. Podía distinguir el resplandor blanco del sol sobre la nieve por la rendija del umbral. Con esa ropa no podía hacer frente a la intemperie y con las piernas rotas le iba a ser imposible escapar. La verdad que había intentado eludir su terquedad se hizo patente: sin sus armas, estaba a merced de Franka Gerber, fuera quien fuese aquella joven. Llevaba todavía el pijama que le había puesto ella, pero ¿qué podía tener de malo echar un vistazo afuera? Tal vez fuera cierto lo que decía y se encontraban en medio de los montes, pero también podía ser mentira. Se arrastró hasta allí. El pasillo estaba sucio y sintió las partículas de polvo bajo las palmas mientras reptaba.

Con la derecha alcanzó el pomo de la puerta mientras se apoyaba en el codo izquierdo. Apartó el cuerpo para tirar con fuerza de la puerta y quedó cegado por un océano blanco. La corriente fría le quemó el pecho descubierto y sintió el dolor de las piernas como cuchillos que se le clavaran en la carne. La puerta daba a una zona destinada a almacenar leña. La arboleda, cubierta de nieve, empezaba a pocos pasos de allí. «Aquí no hay nada. Mierda.» Cerró la puerta.

Necesitó unos segundos para recobrar el aliento y poder volver a la sala de estar. El calor del fuego era agradable y pasó un minuto o dos tumbado frente a él. ¿Qué leche iba a poder hacer, aun en el caso de que se encontraran cerca de la ciudad? ¿Cómo iba a llegar a ningún lado con las dos piernas partidas? Si llegaba con vida, cosa que parecía casi imposible, absurda, cualquiera que lo recogiese lo llevaría de inmediato al hospital y eso sería el fin para él y su misión. Lo más probable era que muriese en la nieve, como habría ocurrido sin duda si aquella mujer no lo hubiese llevado a la cabaña. Tal vez fuese quien decía ser. Quizá no fuera el enemigo, pero ¿qué probabilidad había de que lo encontrase alguien amigable en aquella tierra de fanáticos? Había visto en los noticiarios las ingentes multitudes que recibían con vítores cada una de las palabras de Hitler mientras hacían ondear banderas o tocaban tambores. Daba la impresión de que hubiesen lavado el cerebro a toda la nación para que abrazara la causa nazi como una religión nueva. Si no, ¿qué podía explicar las cosas que estaban haciendo en los territorios ocupados? ¿Cómo podían justificar un organismo tan salvaje como la Gestapo? Recordó las palabras de su instructor: «No os fieis de nadie». Él les había dicho que el único alemán bueno era el que estaba muerto. Los reclutas se habían echado a reír, pero ninguno de ellos había dudado de la verdad de sus palabras. Todos creían en ellas a pie juntillas y él no era menos.

Lo que había visto tras la puerta trasera no le había dicho gran cosa. Tenía que asegurarse, así que empezó a arrastrarse hasta la de entrada. El reloj de cuco del pasillo que había ante ella dio las diez. Siguió avanzando, colocando un brazo delante del otro y haciendo caso omiso del dolor que sentía en las piernas. Llegó a la puerta y giró el pomo para abrirla unos centímetros antes de apartar el cuerpo y completar la operación. Volvió a recibirlo el mismo fulgor blanco y vio un Volkswagen cubierto de nieve. Se apoyó en las palmas de las manos para alzarse cuanto le fue posible. Hasta donde alcanzaba la vista, no se veía más que nieve y árboles. Ni siquiera una carretera. Tampoco se oía nada. No había signo alguno de vida. Era cierto: estaban solos.

Cerró la puerta y empezó a reptar hacia la sala de estar. Quería estar en la cama cuando regresara la joven, no deseaba que sospechase que había salido del cuarto para fisgar por la casa. Se detuvo en la consola que había bajo el reloj de cuco y, más por capricho que por otra cosa, levantó una mano para abrir el cajoncito. Reconoció enseguida el sonido del metal al deslizarse. Palpó el interior y sacó una pistola. Si venían a por él, estaría preparado y, al menos, se llevaría consigo al otro mundo a alguno de ellos.

—¡Cuánto me alegro de verte! Estás mejor que nunca. ¿Cuánto hace que no nos vemos, Franka? —dijo Berkel.

Ella tenía la vista clavada en el cráneo que lucía en la gorra. Él se la quitó y se la puso bajo el brazo.

—Gracias. Pues hace ya varios años, señor Berkel. Cuatro quizá, ¿no?

—Desde que te mudaste a Múnich. ¿Te importa si me siento contigo un momento? —preguntó mientras retiraba la silla que tenía ella delante.

—Claro que no. —Tampoco tenía otra opción.

—Por favor, tutéame. No deberíamos recurrir a los formalismos solo por mi posición. Al fin y al cabo, somos dos amigos poniéndose al día. Porque vamos a ponernos al día, ¿verdad? ¿Te importa si fumo?

Le ofreció un cigarrillo, que ella aceptó pese a llevar varios años sin probar el tabaco. Él encendió primero el de la joven y luego el suyo. El aire que mediaba entre ellos se llenó de volutas de humo. Ella se reclinó en su asiento con las esperanza de calmar así sus nervios.

—Dime, ¿qué te trae por Friburgo? —siguió diciendo él.

—He venido a ver la tumba de mi padre y a asistir a la lectura de sus últimas voluntades.

—Sí, claro. Vi su nombre en la lista de fallecidos de la última incursión aérea de los aliados. Siento mucho tu pérdida. A esos animales no les importa a cuántos ciudadanos nuestros se llevan por delante en sus matanzas. Ojalá llegue pronto el día en que podamos vengar las muertes de tu padre y de los miles de alemanes a los que han asesinado.

Franka notó que le temblaba todo el cuerpo.

—Yo también lo deseo, Daniel.

Berkel se mostró convencido.

—También quiero que sepas que siento mucho lo que te pasó a ti. —Dio una calada al cigarrillo. Ella no sabía qué decir ni cómo responder—. Me enteré de lo que te pasó en Múnich. —Ella quiso preguntar cómo, pero suponía que él debía de saberlo todo de casi todo el mundo de Friburgo—. Es una tragedia que te vieses arrastrada por esos despreciables traidores al Reich.

Su corazón se endureció. Hans era cien veces más hombre que él y cualquiera de sus compinches nazis. Siguió sentada en silencio y se centró en dominar el terror que subyacía bajo su apariencia tranquila.

—Gracias, Daniel.

—No sabes lo que me alegra que el juez reconociese el hecho de que, como mujer, hacía falta protegerte. Tu bondad te hizo más susceptible a las terribles mentiras y la propaganda que estaba difundiendo esa escoria. Siento que tuvieras que pasar por todo eso. —Tras una calada prosiguió—: Tuvo que ser una experiencia horrible. Sé que a veces puede resultar difícil de reconocer, pero los nacionalsocialistas solo quieren lo mejor para el pueblo alemán.

Franka no reaccionó. Por la seriedad de su gesto sabía que estaba convencido de cuanto le estaba diciendo.

—Es innegable que tuve mucha suerte.

—Sí, me alegró ver que no acabaste en la guillotina como los otros traidores. Tú todavía tienes un futuro por delante como esposa y madre y un día tendrás hijos que servirán al Reich.

Daniel acabó su cigarrillo y lo apagó en el cenicero que había sobre la mesa que los separaba. Franka no había dado al suyo más de tres caladas. Él se inclinó entonces hacia delante.

—Sé que has aprendido la lección.

—Claro. Fui una idiota y me dejé extraviar. Tenía que haber denunciado a esos cerdos, pero tenía miedo. —Dio un hondo suspiro en un empeño vano de ahogar la pena que le provocaban tales palabras.

En ese momento se acercó a la mesa una anciana y Berkel se puso en pie para saludarla.

—¡Cómo me alegro de verlo, señor Berkel!

—Y yo a usted, señora Goetsch. Tiene usted un aspecto excelente.

—Muchísimas gracias.

—No hay de qué. No era ningún cumplido.

La mujer levantó una bolsa.

—Tengo algo para usted y para su familia.

—No, por Dios. No puedo aceptarlo.

—Tómelo. Es para sus hijos, por todo lo que ha hecho usted por mi familia.

Berkel tomó la bolsa.

—Gracias. Me aseguraré de que los chicos sepan que ha pensado en ellos esta Navidad.

—Dios le bendiga, señor Berkel —dijo ella dando un paso atrás—. *Heil Hitler*.

—*Heil Hitler* —respondió Berkel antes de volver a sentarse—. Perdona.

—¿Quién era esa mujer?

—Una amiga necesitada de la familia a la que he ayudado encantado. Ojalá tú me hubieras dejado ayudarte cuando intentaron manipularte esos traidores.

—Si hubieses estado allí, quizá me habría animado a acudir a ti.

—Me alegra oírte decir eso. Ahora sé que el juez tomó la decisión correcta. Es hora de que sigas adelante con tu vida. ¿Has pensado en cómo devolvérselo al Reich? Siempre hacen falta enfermeras y más ahora que entre nuestros valientes hay heridos a diario en el frente ruso.

—Esa era mi intención. Lo que pasa es que llevo solo tres semanas fuera de la cárcel y necesito un poco de tiempo. A lo mejor después de las Navidades…

—Lo entiendo. ¿Dónde vas a pasar las fiestas?

—En Múnich. Allí es donde tengo ahora mi vida. Solo estaré aquí unos días.

—¿Y te has traído los esquís? —dijo él mirando al suelo, al lado de la mesa.

Ella reparó en ese instante en la morfina, la gasa y la escayola que llevaba. Si le registraba el morral, estaba perdida.

—El bombardeo destruyó el apartamento de mi padre, así que me estoy alojando en la casa de verano de los montes. Lo que no esperaba era que la nieve me dejase allí aislada.

—Sí, está haciendo un tiempo de perros. ¿Y dices que quieres volver a Múnich para Navidades? Si quedan solo nueve días…

—Eso pretendo. No quiero pasar las fiestas sola en esa cabaña vieja. En cuanto pueda, me vuelvo a Múnich.

—¡Qué recuerdos me trae esa casa! Allí pasamos muy buenos momentos.

Franka intentó no echarse a temblar al recordar los fines de semana que había pasado con él en la cabaña. Aquellos días de universidad que lo vieron convertido en apuesto jefe de las Juventudes Hitlerianas parecían cosa de otro siglo. ¡Cuántos celos había suscitado entre las demás! Puede que alguna de ellas se saliera al fin con la suya, porque llevaba alianza en el dedo.

—Así que te has casado.

—Sí, hace ya cuatro años. ¿Te acuerdas de Helga Dagover?

—Claro.

—Tenemos dos hijos, Bastian y Jürgen.

—Enhorabuena.

—Sí, dos niños arios hechos y derechos, como los que necesita esta nación. Por supuesto, cuando crezcan se habrá acabado la guerra y podrán cosechar el fruto de lo que estamos intentando sembrar.

Ella no respondió. Sintió un deseo casi incontenible de salir corriendo, de huir, y necesitó toda su fuerza de voluntad para mantenerse en su asiento.

—¿Te gustaría ver una foto de ellos?

—Claro que sí.

Berkel echó mano a la cartera que llevaba en el bolsillo. A su rostro asomó una sonrisa satisfecha al sacar la instantánea y sus ojos se iluminaron de un modo que ella habría considerado imposible.

—¿No son los niños más hermosos del mundo?

—Sí.

—Los quiero tanto… Lo peor de mi trabajo es que me tiene mucho tiempo alejado de ellos, aunque siempre los llevo en el corazón.

Volvió a dejar la fotografía en la cartera y sacó del bolsillo una pitillera plateada. Franka vio que las iniciales que llevaba no eran suyas. Él le volvió a ofrecer un cigarrillo que ella declinó. Llevaba años sin fumar y el anterior no había hecho otra cosa que aumentar la náusea que se extendía por su cuerpo como el verdín en aguas estancadas. Berkel encendió el cigarro y se reclinó. A la memoria de ella acudió el hombre de la cabaña.

—Tú no llegaste a casarte, Franka.

—No, nunca.

—¿Qué edad tienes? ¿Veintiséis? Tienes mucho que ofrecer. No querrás acabar como una vieja solterona, ¿verdad? Tus días fértiles no van a durar para siempre. Sabes que cuando se escape la flor de tu juventud será imposible recuperarla.

—Soy muy consciente de la edad que tengo, Daniel.

—No quería decir eso. No pretendía ofenderte. De hecho, estás más hermosa que nunca.

—Me alegro, Daniel. Y muchas gracias de nuevo —repuso, incapaz de sostenerle la mirada más de unos segundos.

—Cuando éramos adolescentes no había quien no te echara el ojo. —Se acomodó en la silla de madera y entrelazó los dedos detrás de la nuca—. Lo recuerdo perfectamente. Todos me tenían celos. Tenía a la muchacha más guapa de todo Friburgo. Me sentía el chico más afortunado del planeta. ¿Qué nos pasó? Nunca llegaste a explicármelo. Me dejaste sin más.

«En cuanto me di cuenta de cómo eras en realidad, de en qué te habían convertido...» Se preguntó si se estaba haciéndose el ignorante deliberadamente, si todo eso no formaría parte de un plan destinado a poner a prueba su lealtad o si de veras no lo sabía. ¿No había sido capaz de imaginarlo a esas alturas? Habían roto en 1936, cuando ella tenía diecinueve años. Él había intentado hacerla regresar con él después de aquello y, por más que ella se había negado a volver a ser su novia, siempre había hecho lo posible por no apartarlo demasiado de sí, pues temía el poder y la influencia cada vez mayores de que disfrutaba en la Gestapo local.

En 1938, durante la Noche de los Cristales Rotos, se había unido a la turba cuando los suelos de las calles de Friburgo y de cualquier otra ciudad, grande o pequeña, de Alemania relumbraban por las lunas hechas añicos de los escaparates y ventanas de los negocios judíos y los cielos nocturnos se tiñeron de rojo por las llamas de las sinagogas incendiadas. Hubo miles de muertos a causa de los disturbios promovidos por el Estado contra compatriotas judíos y Daniel

Berkel se contaba entre los cabecillas de las jaurías depredadoras que sacaban a rastras a los comerciantes para apalearlos a puñetazos y patadas. Aquella noche abrió los ojos de la ciudadanía frente a lo que de veras pretendían conseguir los nazis en Alemania. Ella cambió y si dejó Friburgo fue, en gran medida, por su deseo de alejarse de él. De hecho, abandonó a Fredi por distanciarse de Daniel.

—Eso ya es agua pasada. ¿Qué sentido tiene quedarse atascado en lo que ocurrió en otros tiempos cuando el pueblo alemán tiene por delante un futuro tan brillante al que mirar?

Él sonrió, aunque su mirada decía otra cosa. Dio una calada antes de volver a hablar.

—¿Tienes algo que ocultar? ¿Por qué no me lo cuentas para que podamos dejar atrás el pasado y seguir adelante como amigos? Si tienes intención de vivir en Friburgo…

—No voy a quedarme en Friburgo. En cuanto se despejen las carreteras me mudaré de nuevo a Múnich.

En el momento en que Berkel aspiraba una nueva bocanada de humo llegó la camarera. Él pidió una cerveza y Franka sintió que se le tensaban las entrañas.

—¿Qué fue? ¿Encontraste a otro?

—No, qué va. Nos distanciamos simplemente. Éramos unos críos.

—Muchos de los hombres con los que trabajo, gente buena y leal, consagrada a la mejora de este país y a la protección del Reich, estaban ya casados con esa edad. Algunos, de hecho, tuvieron hijos siendo más jóvenes.

—Nosotros no estábamos destinados a una cosa así.

La camarera regresó con la cerveza de él y le hizo saber que invitaba la casa, como siempre ocurría en el caso de la Gestapo. Él, en lugar de darle las gracias, se inclinó hacia delante para mirar de nuevo a los ojos a Franka.

—Por lo que he leído, tenías una relación con el cabecilla de esos traidores de Múnich. ¿Él sí estaba llamado a ser el padre de tus hijos?

Berkel manchaba el nombre de Hans con solo hablar de él. Ella puso las manos debajo de la mesa y apretó los puños con tanta fuerza que a punto estuvo de hacerse sangre.

—Esa parte de mi vida se ha acabado ya. —Contuvo las lágrimas. No pensaba llorar delante de él. Antes morir que derramar una lágrima ante Berkel.

—Tuviste mucha suerte. Deberías estar agradecida a los agentes de la Gestapo que los atraparon a él y a los otros. También tendrías que dar las gracias a su verdugo. Te hicieron el mayor favor que podría conceder el Gobierno a una persona. Te dieron la libertad. Te liberaron de la locura de las ideas que estaban pregonando esos criminales y hasta tuvieron la compasión y la magnanimidad de perdonarte la vida.

Cada una de sus palabras le hacía daño. ¿De verdad tenía que agradecer a aquel juez que no la condenase a muerte? Desde entonces había deseado miles de veces que hubiera hecho lo contrario.

—Me pone enfermo pensar que pueda existir gente así. —Pronunció la palabra *gente* como si fuera una maldición—. Pese a todo, resulta alentador que recibieran de forma tan expeditiva la justicia que merecían para proteger de su execrable influencia a más inocentes.

—Hicieron lo que pensaban que era mejor para el pueblo alemán —dijo ella, en voz tan baja que apenas logró a oírse.

Él meneó la cabeza y dio un sorbo generoso a su cerveza.

—Locos ingenuos. ¿Qué querían, hacernos volver a todos a los días del desempleo masivo y los disturbios sociales en las calles? La democracia fue la mayor calamidad que ha tenido que soportar nunca esta nación. El *Führer* nos rescató de la maldición de Versalles, nos libró de los criminales de noviembre y volvió a afirmar nuestro lugar entre las naciones más grandes del mundo.

Franka sintió deseos de preguntarle por qué no estaba combatiendo en el frente si era tal su entrega a la causa. Sin embargo, la Gestapo no estaba sujeta a ley alguna y sabía que él no necesitaba justificación para llevarla consigo a la comisaría del centro de la ciudad. Sabía que en tal caso ella podía desaparecer para siempre, que nadie haría preguntas. Se convertiría en un enemigo más del Estado. Toda su vida dependía exclusivamente del capricho de aquel hombre, cuyo corazón había roto en el pasado.

—Tienes razón. Me dejé embaucar y agradezco que tuvieran clemencia conmigo. Los cabecillas me presionaron para que asistiese a sus mítines. Hicieron que creyera que era lo más patriótico.

—Cuando se trataba de lo contrario. Me alegra ver que nunca llegaste a dejarte engatusar por completo. Resulta esperanzador que te hayan dado una segunda oportunidad para reparar tus errores.

—Ha sido un placer ponerme al día contigo, Daniel, pero, si quiero llegar a la cabaña antes de que sea de noche, tengo que irme.

Él clavó sus ojos en los de ella unos segundos antes de contestar:

—Claro. A oscuras, el trayecto sería peligrosísimo. No quisiera ser responsable de entretenerte.

—Tienes razón, Daniel. Si me disculpas… —dijo ella mientras se ponía en pie.

Él no se movió. Se limitó a mirarla desde su asiento.

—Espera. Las carreteras están llenas de nieve, ¿no? Por eso llevas los esquís.

—Sí, también por eso debería irme ya.

—¿Y cómo pretendes volver? ¿Piensas hacer esquiando los quince kilómetros que hay hasta allí?

—No te preocupes, lo tengo todo planeado.

—¿Cómo? Si no tienes coche. Tiene que haberse quedado atascado en la nieve, allí en la cabaña.

—Sí, pero…

—¿Y cómo piensas volver?

—Me están esperando para acercarme.

—¿Quién? Si ya no conoces a nadie por aquí. Además, después de haber estado en la cárcel, no debes de tener precisamente una reputación envidiable.

—Sí, pero pensaba…

—¿Buscar a alguien que quisiera llevarte? No digas tonterías. Yo te acerco.

Franka sintió que le daba un vuelco el corazón.

—No, no quiero causarte ninguna molestia. Debes de tener una agenda muy apretada y eso te robaría más de una hora.

—Estoy en mi hora del almuerzo y, además, puedo recuperar este rato más tarde. —Sus ojos la estaban atravesando. Ella quiso responder, pero sabía que no serviría de nada. Él se levantó—. No se hable más. Tengo el coche ahí fuera. ¿Tienes que hacer algo más antes de volver?

—No, solo pagar la cuenta.

—Deja el dinero en la mesa.

Franka lanzó unos cuantos billetes arrugados y Berkel no dijo una palabra más mientras la acompañaba afuera. Allí lo esperaba un Mercedes negro, cuya puerta de atrás abrió para que ella pudiese meter sus esquís y sus bastones. No quiso soltar el macuto, que colocó a sus pies cuando ocupó el asiento del copiloto. «Mantén cerrada la boca y asiente a todo lo que diga.»

Hablaron de conocidos comunes de los viejos tiempos mientras recorrían la ciudad. Se preguntó si la estaría investigando o se encontraba de veras convencido de que seguían siendo amigos. Podía ser que no se tratara de ninguna de las dos cosas, aunque también cabía que fueran ambas o hasta algo diferente. Franka tuvo que presentar de nuevo sus papeles al guardia del puesto de control, a quien Berkel se limitó a saludar con un gesto perezoso que no hacía sino subrayar el hecho de ser su superior. Ella esperó a estar fuera de la ciudad y haber tomado ya la carretera principal para preguntar:

—¿Y cómo son tus hijos?

—Una maravilla. Una verdadera maravilla. Son la cosa más bonita que he visto en mi vida. Arios jóvenes y fuertes, además. Estamos muy orgullosos de ellos. Jürgen cumplió hace poco los tres años y ya sabe cantar *Deutschland über alles*.

Franka guardó silencio mientras él hablaba de sus retoños. Aquello supuso un respiro, aunque él no tardó en ponerse de nuevo a pregonar las grandezas del Reich y el talento de Hitler. Los minutos transcurrían con una lentitud angustiosa. El lugar en que debía dejarla apareció al fin como un verdadero oasis.

—Te agradecería que me dejases aquí, Daniel. Has sido muy amable. Un hombre de menos categoría no habría dudado en echarme en cara toda la vida mi desliz. He cometido errores, pero estoy resuelta a llevar en adelante una existencia intachable.

Berkel se hizo a un lado de la carretera y se volvió hacia ella.

—Mi trabajo consiste en recelar de todo el mundo a todas horas, Franka, y contigo no puedo hacer una excepción. Me ha alegrado mucho verte, pero también tengo que reconocer que, además de una vieja amiga mía, eres una enemiga del Estado convicta y, por más que yo piense que todo ario merece una segunda oportunidad, tendrás que demostrar tu lealtad al Reich y a nuestro amado *Führer*. Espero que no tengas que encontrarte nunca conmigo en mi condición oficial, pero tienes que saber que no voy a quitarte el ojo de encima.

—Como te he dicho, de aquí a unos días voy a mudarme a Múnich.

—Y, si es así, te deseo mucha suerte. *Heil Hitler.*

—*Heil Hitler* —repuso ella con voz débil antes de colocarse el macuto.

Él salió para sacar los esquís y tendérselos.

—Me ha alegrado mucho verte, Franka. Espero que encuentres la paz que estás buscando. Por favor, ten cuidado con las compañías con las que te mezclas.

Franka asintió sin palabras y él volvió al vehículo. La joven aguardó de pie a verlo alejarse.

Se sentía profanada, denigrada, asqueada. La cabaña había dejado de parecerle un lugar seguro y a salvo del régimen nazi, que en aquel momento despreciaba más que nunca. La escasa luz diurna no le permitía malgastar el tiempo en el arcén analizando la conversación y lo cierto es que se alegró de ello. Volvió a colocarse los esquís y echó a andar por la pista que llevaba a la cabaña.

Estaba convencida de que el cuento de que pensaba mudarse a Múnich la libraría de toda intrusión por parte de la Gestapo, pero ¿y si buscaban al hombre? Podía ser que alguien hubiese visto el paracaídas…

El viaje de regreso, colina arriba y con el peso de las provisiones que llevaba a la espalda, resultó más arduo que el de bajada. Tan arduo que a mitad de camino tuvo que detenerse a descansar. La luz del día se estaba quedando en nada y la oscuridad se estaba apoderando del aire cuando, al fin, divisó su casa. Habían empezado a caer erráticos copos de nieve. Por la ventana del dormitorio no se veía luz alguna. Se preguntó si el hombre no estaría dormido. Quizá empezara a confiar al fin en ella después de ver que había recorrido por él toda la distancia que los separaba de la ciudad. ¿Cuánto más iba a durar aquella farsa de Werner Graf? ¿Cómo podía confiar en él cuando sabía que le estaba mintiendo en lo tocante a su identidad? Se quitó los esquís al llegar a la puerta y los sacudió antes de apoyarlos contra la casa. La puerta rechinó al abrirse. El fuego pintaba de naranja y amarillo las paredes de la sala de estar y no pudo menos de preguntarse cómo se las había compuesto él para echar más leña. Entonces lo vio sentado en la mecedora al lado de la chimenea, con la pistola de su padre en la mano y el cañón dirigido hacia ella.

Capítulo 5

Franka dejó que el macuto se deslizara de su hombro y cayera al suelo. El hombre la miró mientras la apuntaba al pecho. Se le crisparon los ojos en la penumbra mientras hacía rechinar los dientes de dolor. Se maldijo por no haber escondido mejor el arma. No era fácil imaginar cómo había podido dejar la cama, por no hablar ya de cómo había llegado a la consola de la puerta principal.

—¿Cómo ha salido de su cuarto?

—Aquí las preguntas las hago yo.

Vio que el dedo se le tensaba sobre el gatillo.

—He traído los analgésicos. Debe de estar pasándolo muy mal. Y con la comida que he comprado podemos subsistir los dos varios días.

—Le he preguntado qué estoy haciendo aquí. ¿Por qué me ha traído a esta cabaña?

La ingratitud de aquel hombre le resultaba muy molesta. Sintió que su temperamento, por lo común apagado, empezaba a despertarse. Él estaba aterrado, pues era un extraño en tierra hostil, y Franka no pudo menos de agradecer que no hubiese apretado el gatillo en cuanto había entrado por la puerta.

—Por simple necesidad. El hospital más cercano estaba demasiado lejos y no tenía modo alguno de llevarlo hasta allí.

—¿Le ha dicho a alguien más que estoy aquí?

—No.

—¿Por qué no?

—Porque me pidió que no lo hiciera. Me dijo que hasta las autoridades locales podían poner en peligro su misión si sabían que se encontraba aquí.

Él no apartó de ella ni la mirada ni la pistola. Parecía no saber qué decir.

—Ya le he dicho que me llamo Franka Gerber. Soy de Friburgo y esta es la cabaña de verano de mis padres. Mi padre murió hace pocos meses durante una incursión aérea que sufrió la ciudad y mi madre, hace ocho de cáncer. —Pensó hablarle también de Fredi, pero sabía que no iba a poder sin venirse abajo. De hecho, ya estaba a punto de hacerlo—. Le he traído aquí porque necesitaba ayuda. Ahí fuera habría muerto. Es un verdadero milagro que lo encontrase, porque por aquí no hay nadie más en kilómetros a la redonda.

—¿Por qué me retiene aquí? —Su voz se agitó al hablar, tal vez por el dolor o quizá por otro motivo diferente.

Ella clavó la mirada en el cañón de la pistola.

—Porque no tengo otra opción. Las carreteras están cortadas. No puedo trasladarlo por la principal. Es imposible con las piernas como las tiene. —Señaló el morral—. He traído escayola, gasa y todo lo que necesito para escayolársela. Puedo hacerlo si me deja, pero necesito que confíe en mí.

—¿Y cómo sé que no es usted un agente aliado y me está reteniendo aquí para ganarse mi confianza?

—No soy ningún agente aliado. Solo soy una enfermera de Friburgo.

Él bajó el arma unos centímetros antes de volver a ponerla en posición.

—Voy a quitarme el gorro y los guantes —anunció Franka.

El hombre asintió y ella dejó caer al suelo dichas prendas. Se acercó poco a poco a él con las manos por delante, como si caminara hacia un perro asustado.

—No tiene nada que temer. No trabajo para nadie ni tengo ningún plan que cumplir.

—¿Y qué piensa hacer conmigo?

—Pretendo verlo salir de aquí por su propio pie. No quiero saber nada de su misión. No tiene por qué hablar. Lo único que necesito es que confíe en mí y sepa que no tengo ninguna intención de hacerle daño. —Aunque intentó disimularlo, le temblaba la voz. Se dirigió a la silla que tenía a su lado y, al ver que él no se lo impedía, se sentó.

—¿A quién me va a entregar?

Él levantó la mano para toser sin apartar de ella el cañón en ningún momento.

—A no ser que usted me lo pida, no tengo intención de entregarlo a nadie.

—¿No hay teléfono aquí ni nadie en kilómetros a la redonda?

—Estamos solos. Puede dispararme si quiere, pero se estaría matando también a usted mismo. Está nevando otra vez. Podemos pasarnos aquí semanas enteras. No está en condiciones de viajar y morirá aquí. Necesita confiar en mí. No quiero hacerle daño.

—¿Me puede llevar a la ciudad?

—No. Nunca llegaría con vida. A mí me ha costado y conozco bien estas pistas. Llevo toda la vida viniendo aquí. Tiene que aceptar que vamos a estar juntos durante un tiempo. Tenemos que confiar el uno en el otro y debo decirle que a mí me está costando mucho confiar en usted con esa pistola apuntándome.

—De entrada, no tenía usted derecho a quitarme mis armas.

—Ha sido solo por precaución. No las necesita.

—¿Y eso cómo lo sé?

—Porque si quisiera matarlo lo habría dejado morir en la nieve. Cuando lo encontré apenas le quedaban unas horas de vida. —Vio en la expresión de sus ojos que cedía a la lógica o quizá a la necesidad.

El hombre bajó el arma unos centímetros y los cerró por un instante.

—¿Cómo sé que me está diciendo la verdad sobre lo que me ha contado?

—Si fuese agente aliado, ¿cómo diablos habría sabido que iba a caer en medio de la nieve de un monte perdido de Alemania? ¿Cómo iba a estar aquí arriba esperando a que cayera del cielo? ¿Cuál es su teoría, que alguien lo encontró ahí fuera inconsciente y lo trajo aquí para que lo tuviera encerrado una mujer?

Él cerró los ojos, pero no dijo nada.

—¿Quién más hay aquí, aparte de la Gestapo? La Gestapo no se anda con sutilezas ni matices. No intenta persuadir a sus víctimas para sacarles información. Si fuese de la Gestapo, lo estaría torturando ahora mismo.

—¿Y por qué demonio iba a temer yo a la Gestapo?

—Porque si no, no me habría pedido que no informase de su presencia.

El hombre abrió los ojos de par en par y la boca para hablar, pero ella no lo dejó.

—Puedo ayudarlo. Quiero ayudarlo. He recorrido todo el camino de aquí a Friburgo por usted. Podría haber ido a un pueblo más cercano, pero no habría encontrado los analgésicos que necesita. Baje el arma y deje que lo ayude. Entonces, cuando vuelvan a ser transitables las carreteras, lo llevaré a las autoridades locales para que acabe de recuperarse en un hospital de la Luftwaffe.

El hombre miró al suelo y dejó el arma en su regazo. Su voz era débil, como exenta de vida.

—¿Por qué está haciendo esto por mí?

—Porque soy enfermera. Porque necesitaba usted ayuda.

«Porque tenía que sentirme valiosa de nuevo. Tenía que hacer algo útil, algo bueno.»

—No tiene por qué llevarme ante las autoridades. Sé cuidarme solo.

—Como desee, *Herr* Graf. Eso ya me da igual. Imagine que está en el pabellón de convalecientes de un hospital. Estoy aquí para hacer mi trabajo y, una vez que tenga el alta, dejará de ser responsabilidad mía. ¿Le parece bien?

—Sí. Gracias, *Fräulein*. —Dejó el cuerpo lacio. El color le había abandonado el rostro.

—De nada. Tiene que estar muerto de hambre. ¿Ha comido algo?

—No he podido llegar a la cocina.

—Tampoco habría encontrado gran cosa.

Franka dejó escapar un largo suspiro. Seguía sin saber quién era aquel hombre, pero esa conversación podía esperar. Por el momento, necesitaba ser enfermera de nuevo, se sentía muy bien en ese papel. Fue a recoger la bolsa y sacó de ella un frasco de morfina. Él no dijo nada mientras ella sacaba la jeringa y la llenaba de líquido transparente.

—Esto lo librará de la peor parte del dolor. Tengo suficiente para tres días más o menos y, después, volveremos a las aspirinas. Puede que se encuentre mareado, cansado o soñoliento. Además, habrá que ponerle un cubo por si quiere vomitar. Pero quiero que pase en cama estos días. No tiene ningún motivo para volver a salir de aquí.

—Lo entiendo.

—Usted no es mi prisionero —aseveró ella mientras daba un capirotazo a la jeringuilla—. Soy su amiga. Ya lo verá con el tiempo. En cuanto se desbloqueen las carreteras, podrá irse, aunque, si prefiere acabar de recobrarse aquí, podrá quedarse el tiempo que haga falta.

—Gracias.

—Y, ahora, ¿qué podemos hacer para meterlo de nuevo en la cama?

—Hasta aquí he llegado a rastras, así que puedo volver del mismo modo.

—¿Y cómo piensa exactamente reptar hasta la cama? No va a poder auparse.

—Me las ingeniaré.

—Tengo una idea mejor. —Franka rodeó la mecedora y la inclinó hasta que las piernas de él quedaron en el aire. Él ahogó el dolor mordiéndose el puño—. Lo siento —dijo ella posándole una mano en el hombro—, pero tengo que llevarlo a la cama antes de darle el analgésico.

—Estoy bien. Es solo una ligera molestia.

Ella apartó la mano del hombro de él y empujó la mecedora. El hombre seguía teniendo la pistola en el regazo, pero ella no hizo por quitársela ni pidió que se la devolviera. Empujarlo resultó más difícil de lo que había esperado y el regreso a la habitación fue muy lento. Por suerte, estaba solo a seis metros y, tras varios intentos fallidos, llegaron a la cama. Él intentó alzarse y sus recios brazos lidiaron con el peso de su cuerpo hasta que ella lo asió de las axilas y lo ayudó a subir. Él tomó la pistola y la lanzó bajo la almohada. Ella decidió permitírselo a fin de demostrarle que confiaba en él, que no era el enemigo. Él se recostó con el rostro marcado por el dolor que trataba de ocultar. Estaba sudando, jadeante, y ella salió por un vaso de agua antes de volver para administrarle los medicamentos.

—Habrá que esperar unos veinte minutos a que empiecen a hacer efecto. La escayola la pondremos mañana por la mañana. Mientras, le daré algo de comer antes de que le entren náuseas.

El hombre asintió. Ella le dedicó una sonrisa antes de volver a la cocina y regresar con un plato de queso y pan tierno. Él acabó en segundos con el contenido y volvió a derrumbarse sobre la almohada.

Habían pasado ya las siete.

—Ahora voy a dejar que descanse. Intente relajarse y dormir bien, mañana hablaremos.

«Entonces seré yo la que haga las preguntas.»

Él cerró los ojos. La euforia debida a la medicación empezó a hacerse notar y a su rostro asomó una sonrisa leve.

—Buenas noches, *Fräulein* —susurró.

Ella lo tapó con una capa gruesa de mantas, apagó la lámpara de aceite y cerró la puerta después de salir. Si había sido capaz de forzar la cerradura una vez, no tenía sentido volver a echar la llave. Tendría que confiar en él, sabía que no iba a renunciar al arma de su padre.

El cansancio que había estado negando todo el día se hizo notar entonces. Arrastrando los pies, fue a la cocina en busca de pan y jamón. Aunque se moría por meterse en la cama, sabía que el fuego no iba a durar toda la noche y las reservas de leña escaseaban ya de manera peligrosa. Acabó su magra cena y, después de hacer acopio de energías, se puso el gorro, el abrigo y los guantes y se aventuró a salir. Por suerte, en el porche trasero quedaba suficiente leña para pasar la noche. Al día siguiente tendría que cortar más. Dependía de ella. En adelante, todo dependería de ella.

Daniel Berkel atormentó sus pensamientos cuando se tumbó en la cama. Sus ojos celestes fueron lo último que vio antes de rendirse por fin al sueño.

La casa estaba fría cuando despertó. El fuego se había apagado y el aire de la cabaña distaba muy poco de ser glacial. La montaña de mantas que cubría su cama era su único refugio, aunque sabía que no por mucho tiempo. El hambre y su deseo de comprobar el estado del hombre la llevaron a poner los pies en el suelo. Tenía el abrigo colgado al lado de la cama y se lo puso encima del camisón antes de salir del cuarto. En ausencia de todo signo de vida procedente del otro dormitorio, se preparó un desayuno con embutido de hígado, pan y queso. La nieve había vuelto a caer con fuerza por la noche y el vehículo apenas podía verse ya. Al menos, las huellas que había dejado habrían quedado cubiertas y, si las carreteras seguían impracticables unos cuantos días más, el hombre tendría tiempo para superar los peores días de dolor. El grosor añadido de la nieve también les ofrecería cierta protección ante una visita indeseada de Berkel. Con un poco de suerte, para cuando se hubiese derretido y los caminos volvieran a ser transitables, daría por supuesto que se había mudado ya a Múnich. Sabía que aquello no pasaba de ser una ilusión, porque la Gestapo nunca daba nada por supuesto. Iba a tener que dejar listo cuanto antes el escondrijo del suelo de la habitación.

Franka entró a verlo. Empujó con dos dedos la puerta del cuarto y vio que seguía dormido, tumbado bocarriba y roncando.

—Duerma, sea usted quien sea —susurró—. Es lo mejor que puede hacer.

Permaneció en el umbral otro par de minutos, escuchándolo respirar y con la esperanza de volver a oírlo decir algo en inglés que reafirmase su convencimiento. De su boca, sin embargo, no salió una sola palabra, ni en aquel idioma ni en alemán. Lo dejó. Corría más prisa calentar la cabaña.

Delante del porche trasero había casi un metro de nieve. Tomó el trineo y lo arrastró hasta el bosque con el hacha en la otra mano. Su padre le había enseñado esas cosas de pequeña. No la había querido menos por ser niña, pero tampoco la había consentido. Le había enseñado a cortar leña, a prepararla y a encender el fuego; a disparar, a poner trampas y a desollar y dejar lista la presa. También la había introducido en las obras de Goethe, Hesse y Mann, así como en *Sin novedad en el frente*, novela de Remarque prohibida por el régimen. Pasó pensando en su padre las dos horas que estuvo recogiendo leña. Había muerto por culpa de los aliados y ella tenía a uno de ellos durmiendo en su cabaña. Intentó desligar mentalmente al desconocido de la habitación de invitados de los hombres que habían lanzado aquellas bombas. Sabía que los nazis eran el enemigo, pero ¿qué necesidad había de lanzar tantos bombardeos sobre la población civil? Habían muerto ya decenas de miles de inocentes y los bombardeos no hacían más que intensificarse. Aun así, el enemigo de su enemigo seguía siendo su amigo. Pese a todo lo que habían hecho, los aliados tenían cierta porción de justicia de su lado y ayudar a aquel hombre podía brindarle la ocasión de aportar su granito de arena a la venganza contra los nazis.

Franka apiló la leña al lado de la puerta trasera, dentro de la casa, en capas entrecruzadas para que se secaran cuanto antes. Lo necesitaba, porque todo hacía pensar que, como la guerra, aquel tiempo invernal todavía tenía que empeorar.

Eran casi las once de la mañana cuando volvió a la habitación. Los ojos de él se abrieron de par en par cuando entró, empañados y cargados de dolor.

—¿Cómo se encuentra?

—Bien, aunque creo que no me vendría mal un poco más de calmante. He dormido de un tirón, pero me da la impresión de que han empezado a perder efecto.

—Claro. —Al acercarse a la cama tenía ya la jeringuilla cargada y en la mano.

Él sacó el brazo de debajo del montón de mantas para ofrecérselo. Aceptó en silencio el pinchazo y, sin pestañear, la observó introducirle la aguja.

A continuación, ella le llevó un refrigerio y esperó a que hubiese dado cuenta de él para anunciar:

—Ahora voy a escayolarle las piernas. Así será mucho más probable que se recupere como es debido y gracias a la morfina no tiene por qué ser muy doloroso.

Él tenía los ojos medio cerrados, pero asintió.

—Primero le tendré que lavar las piernas y, luego, ponerle las medias.

La respuesta del hombre se limitó a un ligero gesto de asentimiento antes de cerrar los ojos.

Franka calentó agua para mezclarla con jabón en un barreño viejo que había encontrado bajo el fregadero de la cocina. Retiró las tablillas de madera que había improvisado y las reservó para alimentar el fuego de aquella noche. Entonces le lavó la mitad inferior de las piernas. Sabía que lo más seguro era que necesitase un buen baño con esponja por todo el cuerpo, pero consideró que de eso debía encargarse él mismo. Una cosa así no resultaba decorosa en aquellas circunstancias. Le puso las medias, que iban de las rodillas a los tobillos del paciente, y luego las envolvió con la venda de gasa. Mientras mezclaba la escayola, empezaron a brotarle las palabras sin que pudiera contenerlas. Así se sentía más cómoda y, al menos, oía una voz en el silencio de aquel cuarto.

—He trabajado tres años de enfermera en Múnich, en el hospital universitario, y he visto muchas piernas rotas. Las heridas empeoraron a medida que avanzaba la guerra. He visto cada vez más niños, tan pequeños que apenas habían empezado a vivir, con todo su futuro por delante, sin piernas, sin brazos o sin ojos. Llegó un momento en que los que nos llegaban no eran solo soldados, sino mujeres y críos a los que habían aplastado en sus propias camas o habían achicharrado las bombas aliadas. Miles de ellos. Tantos que no nos cabían en el depósito de cadáveres y teníamos que dejarlos en la calle, apilados unos sobre otros.

Estuvo unos minutos en silencio mientras sumergía la gasa en la escayola y le envolvía con ella una de las piernas.

—¿Ha trabajado alguna vez por aquí cerca?

—No. Me mudé a Múnich después de graduarme. No quise dejar pasar la ocasión de irme de Friburgo.

—¿Por qué quería dejar la ciudad?

El sonido de su voz la había sobresaltado. Tenía los ojos abiertos y la barbilla adelantada para observarla.

—Yo era muy joven. Había roto con mi novio y quería empezar de cero. Eludí las responsabilidades que tenía con mi familia y me fui. No sé por qué, pensaba que en Múnich la gente sería distinta.

—¿Y lo era?

—Algunas personas sí, pero no muchas.

Acabó la primera pierna y pasó a la otra mientras fraguaba la escayola.

—Parece que me ha tocado a mí contestar todas las preguntas cuando fui yo quien lo encontró en la nieve.

El hombre no respondió.

—¿Por qué saltó en paracaídas sobre los montes y qué le ocurrió al avión? Yo estaba cerca y no oí nada, pero ¿qué sentido habría tenido lanzarse sobre aquella zona si su aparato estaba bien?

Él tardó unos segundos en responder y, cuando lo hizo, fue con voz confusa y soñolienta.

—Lo siento mucho, señorita Gerber, pero no puedo hablar de los motivos que me han traído aquí. Eso pondría en peligro mi misión y también a los valientes soldados de las líneas de combate.

Franka volvió a clavar los ojos en la pierna del hombre mientras se mordía el labio.

—Entonces, cuénteme algo de usted. ¿De dónde es?

—Soy berlinés. De Karlshorst, para más señas. ¿Lo conoce?

—No mucho. Fui un par de veces de niña, con mi grupo de la Liga de Muchachas. Vimos los monumentos, el paseo Unter den Linden, el Reichstag, el Stadtschloss…

—Tuvo que ser emocionante para una cría estar en el centro del Reich.

Ella acabó de colocar la gasa y comenzó a mojar las vendas en la escayola. La otra pierna había comenzado ya a secarse. Pasó los dedos sobre la superficie y comprobó que estaba bien puesta.

—¿Confía en mí? —preguntó.

—Claro, es usted una ciudadana leal del Reich.

—Entonces, ¿por qué me apuntó ayer con una pistola?

—No tenía muy claro dónde estaba. Me han adiestrado para no fiarme de nadie. Hay demasiado en juego. Sin embargo, ahora sé lo mucho que me equivocaba. No puedo menos de admirar a una persona capaz de llegar a este extremo por ayudar a un combatiente de las fuerzas del *Führer*. Está claro que reconoce usted el valor que tiene cada uno de los soldados que avanzan con puños y dientes hacia la victoria final.

Franka estuvo a punto de echarse a reír ante la retórica que estaba vomitando aquel hombre, pero consiguió contenerse, no sin preguntarse qué estaría pensando en realidad.

—¿Por qué no me pidió que me pusiera en contacto con nadie estando en la ciudad? ¿Qué me dice de su mujer y sus hijas? ¿Saben siquiera que está usted vivo?

—Eso pondría en peligro mi misión. Tengo que pedirle que no informe a nadie de que me ha visto, por no hablar ya de mi presencia aquí.

Franka se dirigió a la ventana saltando el agujero que había hecho en el suelo y apartó las cortinas. Había empezado a caer nieve, aunque apenas era visible.

—Está nevando otra vez. Las carreteras van a estar cortadas días enteros, si no semanas. Tardará un tiempo en poder ir a ninguna parte. Tendrá que empezar a confiar en mí, porque puede que sea la única persona amiga con que pueda contar.

Recogió el barreño, desechó los suministros médicos y salió enfadada de la habitación cerrando la puerta tras de sí.

Transcurrió un día y también el siguiente. El hombre pasó la mayor parte del tiempo postrado en un delirio inducido por la morfina y apenas volvieron a hablar. Al tercer día salió de su sopor. Eran las dos de la tarde. Aunque la puerta estaba cerrada, Franka supuso que su paciente alcanzaba a oír los programas radiofónicos que estaba escuchando, ninguno de ellos autorizado por los nacionalsocialistas. Si tan leal era al régimen, ¿por qué no protestaba? Lo que estaba haciendo era ilegal, por ello podría dar con sus huesos en la cárcel. Estaba sentada en la mecedora con la mirada fija en un punto situado más allá de su libro. Por más que intentara hacerse a la idea de que, en efecto, era quien decía ser, no conseguía hacer caso omiso de lo que había dicho en sueños, de lo que le había oído. Si era de la Luftwaffe, aunque fuese un espía, le habría pedido que se pusiera en contacto con alguien al ir a la ciudad. Hasta si era verdad lo que decía y temía que la Gestapo tuviera noticia de su misión, debía de haber alguien a quien llamar, alguien que quisiera saber si estaba vivo o muerto. Dejó el libro en el regazo y se frotó los ojos con gesto frustrado. Puso varios troncos en la candela y observó unos segundos las llamas que corrían a devorarlos. Tenía la impresión de que solo podía hacer una cosa.

Él estaba despierto y tenía la mirada puesta en el techo cuando abrió la puerta.

—Tengo que decirle quién soy. Si es usted quien dice ser, posiblemente se indigne y la semana o la quincena que vamos a estar obligados a pasar juntos resultará difícil, pero tengo que contárselo, porque así puede que usted también se sincere conmigo.

—*Fräulein*, no tenemos necesidad alguna de cotorreos. Cuanto menos sepamos cada uno del otro, mejor. Le agradezco muchísimo todo lo que ha hecho por mí, pero no puedo dejar que ponga en riesgo mi misión.

—¿Qué misión? ¿En qué misión podría estar metido un aviador de la Luftwaffe en los montes de la Selva Negra en invierno? Me da en la nariz de que está aquí por un error y de que tiene la intención de intentar escapar en cuanto se recupere. Eso, claro, es asunto suyo, siempre que no ponga en peligro mi propia seguridad.

El hombre se mostró sorprendido.

—Nunca se me ocurriría hacerle daño. Al menos, ahora que sé que…

—¿Tiene idea de por qué estaba arrancando las tablas del suelo cuando se despertó. —Él la miró fijamente por toda respuesta—. Para hacer un hueco en el que poder esconderlo. Así, cuando venga la Gestapo, cosa que hará de manera inevitable, no lo encontrará tendido en esta cama.

—*Fräulein…*

—La Gestapo va a venir —insistió ella—. Estando en la ciudad me topé con un antiguo novio que es capitán. No le dije nada de usted, pero va a venir, sobre todo si ya lo están buscando. —Se inclinó sobre la cama apoyando ambas manos en la manta—. Le voy a contar quién soy y, cuando acabe, si sigue empeñado en decir que es aviador de la Luftwaffe, lo cuidaré igualmente durante los próximos días para que pueda irse de aquí cojeando cuando el tiempo lo permita, pero también puede confiar en mí y yo puedo ayudarlo.

Él no respondió. Tenía el semblante pálido. Fue a alcanzar el vaso de agua que había dejado ella al lado de la cama y luego miró el agujero que había bajo los tablones. El aire quedó preñado de silencio.

—La escucho —dijo al fin.

Capítulo 6

La llegada de otro canciller nuevo en 1933 no pareció trascendental ni digna de atención. Había habido muchos sin que, al parecer, hubiera mejorado gran cosa la situación. La vida seguía siendo difícil. La Gran Depresión no hacía más que empeorar y Alemania daba la impresión de haber recibido un golpe más fuerte que ningún otro país. Los periódicos decían que más de quince millones de personas, el veinte por ciento de la población del momento, luchaban por subsistir. El público consideraba a aquel hombre que acababa de hacerse con el poder, a aquel tal Hitler, un advenedizo, un chiste de mal gusto. A pesar de que su Partido Nacionalsocialista no había alcanzado más del treinta y siete por ciento de los votos, el presidente lo había erigido en canciller. De todos modos, el «cabito austriaco», como lo habían motejado sus rivales políticos, no podía durar mucho. Él y la turba de camisas pardas que lo seguía acabarían fuera del poder una vez que la República resolviera las luchas internas que habían desgajado a las fuerzas políticas. Además, era imposible que estuviese hablando en serio cuando se refería en sus discursos a sus intenciones de echar abajo la República y empezar de cero, a su determinación de vengar la derrota sufrida por Alemania en la guerra mundial o dominar a los judíos. Casi nadie prestó atención a la declaración que hizo a la prensa uno de sus portavoces: «Deben hacerse cargo, señores míos, de que el cambio que se ha dado en Alemania no es insignificante. Los tiempos parlamentarios y democráticos han concluido para dar paso a una nueva era».

Aquella misma semana, Franka aprendió palabras nuevas como *linfoma* o *metástasis* y vio a su padre llorar por vez primera. Fredi no entendía nada y su madre lo apretaba contra su pecho mientras él le dedicaba esa hermosa sonrisa suya. Ella les pidió que fueran valientes. Ya habían pasado muchas penalidades, el futuro solo podía traerles cosas maravillosas. Vencería al cáncer y todos seguirían adelante juntos. Aquel no era más que el comienzo de sus vidas. Todavía no había cumplido los cuarenta. Daba igual lo que dijeran los médicos. La fe la llevaría a superar aquello como había hecho en otras ocasiones, cuando nació Fredi y cuando se fueron sucediendo las complicaciones que surgieron a medida que el pequeño crecía.

El cáncer se extendió.

Semanas después, Hitler había consolidado su poder. Se abolió la libertad de expresión, de prensa y de reunión y con ello acabó el experimento alemán de autonomía y democracia. La ciudadanía cedió el poder absoluto a Hitler y a sus nazis sin apenas pataleo. La gente no parecía sentirse oprimida por el régimen nuevo. No confiaban demasiado en un sistema democrático deficiente y mal concebido. Los chiquillos empezaron a llevar a la escuela brazaletes con el emblema nazi y el nuevo saludo, consistente en extender el brazo a la vez que se exclamaba: *Heil Hitler!*, se convirtió en un modo de declarar fidelidad al Partido.

El entusiasmo por un caudillo que prometía volver a situar a Alemania en el pedestal que había ocupado como una de las grandes naciones del mundo resultaba contagioso. Ella pudo sentirlo, igual que casi todos los jóvenes a los que conocía. Parecía que el pueblo alemán estuviera al borde de algo trascendental e increíble. El nuevo sistema nacionalsocialista recibía apoyos de todas partes. Franka llegó incluso a leer que un organismo llamado la Liga de

Judíos Nacionales Alemanes se había declarado a favor del nuevo régimen nazi.

Franka percibió el cambio casi de inmediato. En las ciudades grandes y pequeñas de Alemania estaba surgiendo una nueva clase gobernante resuelta a dar a conocer su presencia. Envalentonados por los emblemas del Partido Nacionalsocialista que llevaban en los ojales, los carnés de militante que guardaban en el bolsillo y las cruces gamadas que lucían en las solapas, los miembros de aquel colectivo otrora poco conocido empezaron a afirmarse. Josef Dönitz, un simple tendero de la ciudad, empezó a ir al trabajo con su uniforme de las tropas de asalto. Semanas después se hizo con el gobierno local sin los formalismos ni las molestias propias de unas elecciones. El jefe de bomberos, amigo de toda la vida del padre de Franka, se vio expulsado de su puesto por un jovenzuelo del cuerpo, un alcohólico reconocido que daba la casualidad de pertenecer al Partido Nacionalsocialista. Los empleados con carné de militante se dirigían de malos modos a sus superiores, quienes tuvieron que empezar a escucharlos con respeto. La revolución nacionalsocialista se manifestó en todos los ámbitos de la vida política y social como algo similar a una filtración ascendente en la que salía a flote toda la suciedad del fondo.

La determinación de su madre la llevó a superar las esperanzas que le habían dado los médicos. Para Sarah, «seis meses de vida» significaba: «El año que viene, cuando nos veamos, haré que se trague sus palabras». Quería pasar el tiempo al aire libre, en el maravilloso patio de recreo natural que parecía extenderse sin límites a su alrededor. El padre de Franka, Thomas, compró la cabaña de los montes a Hermann, un tío suyo que la había usado como refugio cuando salía a cazar ciervos y jabalíes, y su madre y ella la reacondicionaron mientras Thomas se encargaba de hacerla habitable a tiempo para poder pasar en ella los meses de más calor. Pasaron allí la mayor parte de aquel verano de 1933, deleitándose con el tiempo que pasaron juntos. Franka llegó a adorar la visión que ofrecía toda la familia sentada delante de la casa cuando regresaba de recorrer los montes con sus amigos. Aquellas cálidas noches estivales en las que el sol bañaba de naranja y de rojo el firmamento y los árboles al ponerse tras la cabaña y el olor de la comida que se hacía en la hornilla se mezclaba con el humo de la pipa de su padre, tenía la sensación de que ella y los suyos habían dado con su propio trocito de cielo. Al final de aquel glorioso verano, cuando Sarah declaró que pensaba hacer lo mismo el verano siguiente, Fredi la abrazó con ternura. Su padre y ella guardaron silencio. Su hermano parecía ser el único que lo creía posible, pero el tiempo demostraría que estaba en lo cierto.

La escuela cambió por completo. Los nazis estaban resueltos a ser el partido de la juventud. Uno de sus fines fundamentales consistía en hacerse con la lealtad de los jóvenes alemanes y dominarla. A Franka le resultó imposible pasar por alto la influencia de la revolución nacionalsocialista al volver a Friburgo después de aquel verano. La bandera nazi estaba presente en todas las aulas y el retrato de Adolf Hitler, el semidiós que había ido a encabezar la nación, sustituyó de pronto a los crucifijos de la pared. No había clase que no contara con el rostro de aquel hombre al que hacía un año no habría reconocido. Se retiraron de la biblioteca escolar los libros que se consideraban subversivos a fin de apilarlos en el patio e incendiarlos. Franka preguntó por los títulos a la persona encargada de la biblioteca y supo que los integrantes locales del Partido Nacionalsocialista se habían deshecho de todas las obras, de ensayo o de ficción, que expresaran ideas liberales o diesen a entender que era el pueblo, y no el *Führer*, el único que debía gobernar su propio destino. Los huecos que habían quedado en los anaqueles no tardaron en llenarse con libros que exponían cómo habían rescatado los nacionalsocialistas Alemania del abismo de la República de Weimar, escritos en un lenguaje sencillo e infantiloide ante el que, sin embargo, no protestó ninguno de los maestros. Todos se afiliaron a la Liga de Docentes Nacionalsocialistas. El afán por conservar su puesto de trabajo y la presión de las autoridades locales los llevaron a secundar las nuevas ideas de los nazis. El señor Stiegel, su profesor favorito, fue uno de los pocos que alzaron la voz contra el nuevo orden de cosas. Insistió en seguir enseñando los mismos contenidos de antes de la llegada al poder del nuevo Gobierno. Duró dos semanas y, cuando Franka y otros compañeros fueron a visitarlo en la casa vetusta que tenía en las afueras, la encontraron vacía. No volvieron a saber de él. Nina Hess se vanaglorió más tarde de haberlo delatado a uno de los dirigentes nazis de la ciudad. Por tal hazaña recibió una banda roja en reconocimiento de su lealtad al régimen nacionalsocialista, de la que no se desprendió en todo el curso.

Nadie quería quedarse atrás y Franka se vio arrastrada por la corriente de entusiasmo para con el nuevo amanecer del pueblo ario. Los nazis habían dado en usar dicho término, *ario*, para describir los atributos de los alemanes ideales. Ella formaba parte, sin lugar a duda, de la raza superior que describían. Le resultaba gratificante oír del Gobierno que su pelo rubio y sus ojos azules eran perfectos y la convertían en la alemana ideal. Aunque no conocía ninguna otra raza, los nacionalsocialistas insistían en que sus amigos y ella compartían la sangre de la estirpe suprema. Sentaba bien. La hacía sentirse parte de algo importante.

Su decisión de entrar a formar parte de la Liga de Muchachas Alemanas llegó rodada, pues todas sus amigas se habían alistado. En aquel momento casi había cumplido los diecisiete años y ya era un tanto mayor para pertenecer a la asociación, pero la posibilidad de llegar a ser jefe de grupo la alentó. No quería verse excluida y, además, no era momento de mantenerse al margen, sino de actuar con arrojo, conque se unió a la Liga de Muchachas Alemanas pese a las protestas de sus padres, que parecían recelar de cuanto tuviese que ver con el Partido Nazi. Franka Gerber era la imagen misma de la magnífica juventud que, según profetizaba Hitler, habría de ayudar a Alemania a dominar el mundo y no tenía intención alguna de permitir que ninguna idea anticuada se interpusiera en su camino. Pensaba aportar su granito de arena a la causa del pueblo alemán.

Le encantaba su uniforme, compuesto por una blusa blanca con el pañuelo negro que llevaban al cuello, asido con un pasador con la cruz gamada, y una falda azul marino. Las muchachas de la Liga de Muchachas Alemanas marchaban de un modo muy similar a los chicos de las Juventudes Hitlerianas que las observaban. Hacían maniobras y gimnasia y emprendían largas excursiones a pie en cuyo transcurso solían acampar bajo las estrellas y cantar canciones que glorificaban al *Führer* y hablaban con anhelo del día en el que brindarían hijos fuertes a una campaña bélica. Entre las chicas se desarrolló un firme sentimiento de hermandad alimentado por la comunidad de sus fines y la resolución de sus empeños. Era maravilloso sentirse aceptada, valorada, superior.

Daniel era jefe de tropa de las Juventudes Hitlerianas y dirigía el adiestramiento mientras trotaban por la ciudad en camisetas adornadas con la cruz gamada y cantando: «Muera lo viejo, decaiga lo débil». Eran, a todas luces, lo mejor de la mocedad alemana, ágiles y esbeltos, veloces como galgos y duros como el acero de la Krupp, como había exigido el mismísimo Hitler. Y Daniel era el mejor de todos ellos. Dirigía a los más jóvenes con severidad, pero con justicia. Todas las chicas hablaban de él con las mejillas encendidas y se cubrían la boca para que no las viera susurrar a su paso. Franka y él se atrajeron enseguida como imanes, lo que no era de extrañar, ya que compendiaban cuanto había de fuerte y de hermoso en la nueva Alemania. El padre de él, que había estado en el paro antes de la revolución nacionalsocialista, ocupaba un cargo de relevancia en el Ayuntamiento. Franka no lo vio nunca sin la chapa del Partido Nacionalsocialista en el pecho ni el brazalete nazi en torno al bíceps.

Había visto todos sus sueños hechos realidad en su hijo, la promesa de una vida nueva y mejor para la raza aria.

Daniel era estricto con los chiquillos que estaban a su cargo, pero también era capaz de mostrar una ternura que parecía reservar solo para ella. Tenía ambición y visión de futuro y era serio y resuelto, el novio perfecto para aquel emocionante periodo que les había tocado vivir. Franka se enamoró de él. El curso estaba a punto de acabar cuando, poco antes de su graduación, lo llevó a casa a que conociese a sus padres. Daniel se condujo con respeto y urbanidad. Llevaba el uniforme de jefe de las Juventudes Hitlerianas e hizo el saludo nazi cuando el padre de ella le abrió la puerta. La madre salió a su encuentro e hizo lo posible por sonreír cuando él la saludó. Fueron a la mesa y Franka se sentó a su lado. Fredi ocupó su sitio de costumbre en un extremo. Daniel lo saludó con una inclinación de cabeza. Su novio no se mostró cohibido ante sus padres y habló de sus intenciones de alistarse en la fuerza policial selecta recién fundada, la Gestapo, y de la necesidad de salvaguardar la revolución frente a espías y absentistas. Aquella fue la primera vez que Franka oyó hablar de «enemigos del Estado». Aunque sus padres mantuvieron su actitud educada, los vio lanzarse miradas durante la comida con los ojos entornados y notó que lo estaban juzgando. Sabía lo que comentarían cuando se marchara.

El padre llevó a Fredi a la cama y la madre aguardó a que bajase para pedir a Franka que se sentara. Entonces apoyó su mano pálida en la pierna de su hija. A esas alturas siempre tenía aspecto cansado y la belleza apagada por el enemigo invisible que habitaba en su interior. Sus ojos, inyectados en sangre, tenían un gesto serio, aunque calmado.

—¿Es muy serio lo tuyo con Daniel? Sé que lleváis un tiempo viéndoos.

—Estoy enamorada de él, mamá. Tú eras solo un poco mayor que yo cuando conociste a papá.

Thomas se sentó y se frotó los ojos antes de decir:

—Yo tenía veintidós años y tu madre, diecinueve. Tú solo tienes diecisiete y todavía no has salido del colegio. Nos preguntamos si no será Daniel una distracción para tus estudios. Te has comprometido tanto con esa Liga de Muchachas que da la impresión de que pases con ellas todo tu tiempo libre.

—Quiero a mi tropa. Me siento parte de algo. No sabéis nada de lo que está pasando en este país. Estáis anclados en el mundo viejo del káiser y los imbéciles de la República de Weimar, que arruinaron Alemania.

—¿El mundo viejo? —repitió Sarah—. ¿Quién te ha enseñado esas cosas?

Franka reprimió el impulso solidario que le pedía que consolase a su madre, sabedora de que tal actitud no resultaba patriótica. Tenía ante sí la ocasión de convencer a sus padres de que todo alemán tenía el deber de colaborar con la revolución nacionalsocialista.

—Estamos preocupados por ti —dijo su madre.

—¿Preocupados? ¿Por qué? Si tengo la camaradería de las otras chicas de la Liga de Muchachas Alemanas. Hasta mis profesores cantan la gloria del nuevo movimiento. Se diría que todo el mundo está contento menos vosotros.

—Pues deja que te cuente algo de vuestra gloriosa revolución —dijo Thomas sin alzar la voz.

—Solo tenéis que mirar las estadísticas que publican los periódicos. Hitler está acabando con la Gran Depresión. El paro ha bajado a cotas con las que nadie había soñado antes de su ascenso al poder. El obrero alemán vuelve a ser productivo. ¿No es eso un logro digno de encomio?

—Sí —respondió su padre—, pero piensa cómo se ha conseguido. Los engranajes de la industria están empezando a girar de nuevo, pero son los de la industria bélica. Hitler nos está llevando a todos por el camino de la guerra. Las estadísticas de las que hablas no incluyen a las mujeres ni a los judíos, dos colectivos que se han visto excluidos del mundo laboral.

—Hitler está haciendo que Alemania vuelva a ser fuerte.

—¿Para todo el pueblo o solo para los nazis? Todo esto va a acabar en guerra.

—El *Führer* está recibiendo halagos de todo el planeta. Inge, mi jefa de tropa, nos enseñó un artículo del periódico en el que David Lloyd George, el primer ministro británico durante la última guerra, lo consideraba un gran dirigente y expresaba su deseo de que Reino Unido tuviera un hombre de Estado como él.

—Pero ¡si habla como un loco! —señaló Sarah.

—Yo conozco mejor que él a los nazis —aseveró su padre—. Son lobos a la caza del pueblo alemán y me dan miedo, Franka. Me da miedo la influencia que están teniendo sobre ti. Mantener una relación con un muchacho como Daniel exacerbará ese efecto.

—He encontrado mi lugar en el seno de la revolución, papá. Los nacionalsocialistas están poniendo en práctica medidas para el bien de todos los alemanes, también para tu bien.

—¿Y qué me dices de las mujeres? —repitió Sarah—. Les han prohibido acceder a muchísimos puestos de trabajo. ¿Y de los judíos? Los están excluyendo de la sociedad alemana.

—No sé, seguro que los judíos encuentran su lugar en nuestra nueva sociedad.

—¿Has oído los discursos de Hitler? Ese hombre al que sigues con tanto orgullo predica el odio contra los judíos. ¿Y tu hermano? ¿Cuál será su lugar en ese mundo ario nuevo y tan perfecto?

—Yo de eso no sé nada. —Franka se puso en pie—. Además, creo que ya hemos tenido bastante discurso político por hoy.

Los dejó allí sentados y su determinación para seguir la senda nacionalsocialista no hizo sino reforzarse en su interior. No pensaba dejar que aquellas ideas extravagantes la contuviesen. Aquellos eran sus tiempos, no los de sus padres.

Al día siguiente, mientras Daniel la envolvía con sus fuertes brazos, le preguntó cómo creía que había ido la cena.

—Bien —respondió ella—. Mis padres creen que eres un buen hombre y que hacemos una pareja perfecta, el vivo retrato del nacionalsocialismo joven y ario.

Como a todos los demás, a Franka la animaban a informar de las opiniones y los pensamientos de sus padres, pues había que extirpar en su origen mismo toda postura contraria. Ella sabía que Daniel pondría en conocimiento de las autoridades locales cualquier cosa que dijera al respecto. En adelante, cenarían con los padres de él.

Sarah demostró que todos menos Fredi se equivocaban y vivió para ver el verano de 1934 y, pese a estar ocupada con su tropa, Franka intentó ir a verlos a la cabaña tanto como le fue posible. El cuerpo de su hermano estaba creciendo, pero, como ya sabían que ocurriría, su mente seguía anclada en la infancia. Lo dulce de su naturaleza y la pureza de su alma abrumaban a todo aquel que lo conocía. Era perfecto y, además, no se había visto alterado por el mal que se arremolinaba a su alrededor. Su madre y él estaban más y más unidos a medida que se deterioraba la salud de Sarah. Todos seguían esperando el milagro que les había prometido ella, pero, con el paso del tiempo, tal posibilidad parecía cada vez más remota. Franka se perdió buena parte de aquel último verano idílico con ellos. Siempre tenía algo que hacer con su tropa y había muchas jóvenes que necesitaban el consejo de alguien tan avezado y comprometido como ella. Por más que expresaran su desaprobación, sabía que contaba con la comprensión de sus padres.

Al final del verano la nombraron jefa de tropa. Su madre no pudo ir a la ceremonia en la que le otorgaron la banda, porque aquel día se había encontrado muy indispuesta. Daniel, sin embargo, estaba allí, aplaudiendo como el que más y resplandeciente bajo el sol.

Aquellos últimos meses de la vida de su madre fueron atroces, pero hermosos; horribles, pero maravillosos. Su madre se fue apagando con una elegancia espontánea. Tuvieron el consuelo de una última Navidad juntos, tras la cual el Año Nuevo les otorgó una realidad implacable. Sarah quería estar en casa. A ella acudieron sus hermanas con todos sus hijos, pero al final tuvieron que volver a Múnich, donde tenían sus hogares. Contra todo pronóstico, Sarah se aferró a la vida, de modo que cuando llegó el final lo hizo por sorpresa. Franka había albergado la esperanza, que no la creencia, de que los médicos se hubieran equivocado y de que existiesen de veras los milagros.

Sarah estaba rodeada de los suyos mientras agonizaba aquella mañana gélida de enero. Franka recordaba a su abuelo explicándole que, en adelante, Fredi sería responsabilidad suya. También le dijo que su hermano no llegaría a entender lo que estaba ocurriendo, pero Franka sabía que se equivocaba. Fredi estaba sentado al lado de la cama y tenía la cabeza apoyada en el pecho de su madre, sin derramar una lágrima ni hacer ningún otro movimiento. Sabía exactamente lo que necesitaba su madre y se lo estaba dando abnegadamente. Nadie más sabía qué decir, qué pensar ni qué hacer. Él era el único que lo había entendido de veras.

Sarah pidió hablar a solas con Franka y los demás salieron de la sala. La luz de la mañana entraba perezosa por la ventana para brillar blanca en la tez pálida de su madre. Su pelo había empezado a teñirse de gris y en sus ojos no quedaban más que rescoldos de vida. Tenía la mano fría y Franka la tomó entre las suyas. No sabía cómo, pero no estaba llorando.

—Mi hija preciosa —dijo estrechando su mano con una fuerza sorprendente—. Estoy muy orgullosa de la joven en que te has convertido y emocionadísima ante la idea de la mujer madura y madre que sé que vas a ser. Serás una enfermera maravillosa. No dejes que nadie te dicte quién tienes que ser ni lo que tiene que ocupar tu alma. Tú eres la única que lo sabe. Recuerda que eres mi hija, mi niña hermosa e inteligente, y que siempre lo serás. Siempre estaré contigo. No me iré nunca.

Franka tuvo que secarse las lágrimas para ver el rostro de su madre.

—No dejes que las ideas nuevas de los nacionalsocialistas te cambien ni que el odio te tuerza el alma. Recuerda siempre quién eres.

El funeral se celebró cinco días después. A él asistieron todas las integrantes de la tropa de Franka y la mayor parte de las Juventudes Hitlerianas de la ciudad. Ella llevaba puesto el uniforme de la Liga de Muchachas y Daniel la sostenía mientras lloraba y resonaban en su interior las últimas palabras de su madre.

El resto del curso pasó nebuloso y el verano fue vacío y triste. Su familia intentó recrear los tiempos pasados en la cabaña, pero Franka halló más consuelo en la tropa que a esas alturas dirigía. Sin su madre, su padre tuvo que tomarse horas libres en la fábrica para cuidar a Fredi. De ella no podía esperarse que renunciara a todos sus compromisos para encargarse de su hermano menor. Ayudaba en lo que podía, pero la llamaba la universidad y no quería sentar un precedente. Tenía una vida de la que disfrutar y una causa a la que consagrarse. Su padre, que siempre la había alentado a ser independiente, le permitió eludir sus obligaciones para con la familia y su propio hermano. Entró en la universidad en septiembre de 1935. Comenzó sus estudios y Daniel la acompañó en cada uno de los pasos que fue dando. Fue en aquella fecha cuando empezó a adiestrarse para la Gestapo.

Con la vida familiar fracturada, le resultaba muy doloroso pasar tiempo en casa. Quería romper con los lacerantes recuerdos de la muerte de su madre que la atormentaban allí. No pasaba por alto que Fredi había sacado muchas fuerzas de Sarah y, por más que lo intentasen su padre y ella, nunca podrían sustituirla. Fredi seguía siendo igual de alegre, una luz que brillaba con vida en la oscuridad, pero su cuerpo no dejaba de traicionarlo.

En octubre de 1935, su padre le encargó una silla de ruedas como algo provisional, si bien los dos sabían que nunca volvería a caminar. Fredi se volvió loco con aquel nuevo medio de transporte, que concebía como un juego. Casi todo el mundo le devolvía las sonrisas. La única excepción eran los del Partido Nacionalsocialista, que se contoneaban sacando pecho y luciendo sus brazaletes y las chapas de sus solapas. Su actitud jovial parecía fastidiarlos y Franka acabó por despreciar sus miradas asesinas.

Avanzado el otoño, su padre habló con ella. Acababan de terminar de cenar y recoger los platos. La comida ya no era igual. Él insistía en hacer las mismas recetas de su madre, pero tenía que recortar el presupuesto y no se le daba bien la cocina. Ella le estaba leyendo a Fredi uno de aquellos cuentos de hadas que tanto le gustaban. Las hojas del libro estaban dobladas y desgastadas, pero él nunca se hartaba de escuchar una y otra vez las mismas historias. Su padre puso la radio y sintonizó una de las emisoras suizas que daban noticias con cierto asomo de verosimilitud. Se sentó al lado de sus hijos.

—Gracias por no denunciarme por escuchar emisoras extranjeras.

Franka sintió que se le encendían las mejillas.

—Pero ¡papá! ¿Cómo voy a denunciarte?

—Sé que te presionan para que les cuentes lo que hago y, como Daniel se está preparando para la Gestapo… Soy muy consciente de la tensión a la que estás sometida.

Ella, sentada ante él, recordó las palabras que le había dicho su novio hacía solo una semana:

—El pueblo alemán es tu familia y a él es a quien debes lealtad.

Sabía que estaba deseando oír algo de ella, unas migajas de información que ofrecer a los nuevos señores a los que servía, pero ella no soltó prenda. Sabía que su padre acabaría en la cárcel por escuchar emisoras extranjeras, por leer los libros que se había empeñado en conservar pese a la nueva legislación o por hacer comentarios triviales acerca del régimen. Había muchas cosas. Varias de sus conocidas habían delatado ya a sus padres. El de Gilda Schmidt había pasado unas cuantas semanas entre rejas por hablar despectivamente de los nazis y seguía sometido a la vigilancia de la Gestapo. Gilda lo había acusado de tildar a Hitler de peligroso belicista.

—El *Führer* solo quiere hacer que todo el mundo apoye sus valientes intenciones. —Franka oyó salir por su boca las palabras de sus instructores—. Está resuelto a identificar a los enemigos del Estado para poder educarlos y enseñarles cuál es el modo adecuado de servir a la nación alemana.

—No pareces tú —repuso su padre.

—¿Qué me estás diciendo?

—Que me da la impresión de estar oyendo a Daniel o a uno de los nazis que recorren la ciudad dando taconazos. Recuerda siempre quién eres, Franka.

—Eso hago, papá.

—Deja que te enseñe una cosa. —Puso el periódico del Partido Nacionalsocialista, el *Völkischer Beobachter*, en la mesa que tenía ella delante. Los titulares hablaban de la heroica legislación que acababan de aprobar para subyugar la amenaza que representaban los judíos de Alemania—. Los nazis han dicho que los judíos no pueden tener la ciudadanía alemana. Piensan arrebatársela y prohibir que contraigan matrimonio con el resto de los alemanes. Esa es la valiente revolución con la que tanto te has comprometido.

Franka necesitó unos segundos para responder:

—Seguro que el *Führer* sabe qué es lo mejor para Alemania. El otro día les pregunté a algunas de las dirigentes locales de la Liga de Muchachas Alemanas y me dijeron que valía más fijarse en el panorama general y dejar los detalles en manos del *Führer*.

—¿Y te convenció esa respuesta?

Ella, por toda contestación, se hizo con otro libro para leerle a su hermano, pero, antes de que tuviera ocasión de comenzar, su padre la interrumpió.

—Tengo otra cosa que enseñarte. —Sacó otro periódico—. Este semanario se llama *Der Stürmer*. Está controlado y publicado por el Partido Nazi, como el *Völkischer Beobachter*, pero es mucho menos reservado en lo que respecta a sus intenciones.

Franka tomó la publicación. La había visto alguna vez en quioscos, pero nunca había tenido un ejemplar en sus manos. El dibujo a lápiz de la primera plana era una caricatura de un judío con largos tirabuzones que caían sobre su traje oscuro y, de entre sus dientes, afilados como dagas, chorreaban babas. Llevaba en las garras un puñal curvo y se inclinaba sobre una hermosa mujer aria que dormía en la cama. Al pie de la página se leía: «Los judíos son nuestra desgracia». Franka sintió que se le llenaban los ojos de lágrimas. Se volvió hacia Fredi, que, ajeno a todo, se había puesto a jugar con un tren de juguete que había encontrado.

—Pero esto es un periodicucho ridículo —replicó.

—Este semanario tiene una tirada de varios cientos de miles y Hitler ha defendido varias veces su integridad periodística.

—No sé qué decir. El sistema no es perfecto, pero… —Se le apagó la voz. No tenía argumentos.

—No te hemos educado para que mires a otro lado ante una injusticia. Siempre te hemos enseñado a…

—A tener presente quién soy.

—Eso mismo. Creo que si has abrazado con tantas ganas este nuevo régimen es porque estás deseando cambiar el mundo, como muchos jóvenes de tu generación, pero tenéis que ser conscientes de cuanto estáis suscribiendo.

—Yo no comulgo con las medidas que se están tomando contra los judíos, pero estoy convencida de que el *Führer* tiene un plan razonable para ellos.

—¿Razonable? ¿Te parece razonable negarles la ciudadanía? ¿Has oído hablar de un sitio llamado Dachau, Franka?

Ella negó con un movimiento de cabeza.

—Yo tampoco sabía nada. Es un municipio modesto situado a unos veinticinco kilómetros de Múnich, cerca de donde nació tu madre. La semana pasada tuve una reunión de negocios con un hombre de allí que me habló del campo de concentración que han instalado allí los nazis.

—¿Qué es un campo de concentración?

—Un verdadero crimen contra el pueblo alemán. El hombre con el que me reuní se encargó del abastecimiento de parte del material que usaron en los edificios que construyeron allí en 1933 y ha vuelto allí varias veces. Ese recinto es el primer frente de la guerra que están librando ya los nazis contra su propio pueblo. Dachau es el lugar en el que alojan a los enemigos políticos del sistema: socialistas, comunistas, dirigentes de los sindicatos que han declarado ilegales y hasta sacerdotes y otros religiosos disidentes. Hay miles allí encerrados, a los que matan de hambre y hacen trabajar hasta la extenuación tras alambradas que vigilan soldados de la SS con la insignia del cráneo en el casco.

—Eso no es posible. ¿Y lo sabe el *Führer*? —Franka se vio acometida por un creciente sentimiento de repugnancia, aunque seguía preguntándose qué opinarían de todo aquello Daniel y los demás jefes de grupo.

—¿Cómo no lo va a saber? El señor Hitler toma todas y cada una de las decisiones que gobiernan este país. Podría abolirlo cuando quisiera. Sin embargo, yo sospecho que todavía están por venir más campos de concentración.

—¿Quién es ese hombre de Dachau con el que te reuniste? ¿Por qué va por ahí contando mentiras tan mezquinas?

—No son mentiras. Abre los ojos, Franka. Mira a quién estás jurando lealtad.

La joven cerró los ojos. Tenía la sensación de que la cabeza estuviera a punto de estallarle. Cuando se levantó le corrían por la mejilla lágrimas calientes.

—No puedo creer que seas capaz de propagar infundios tan desagradables delante de Fredi, él no puede distinguir que son mentira. Tenemos una responsabilidad con él, papá. No podemos ser así.

Salió hecha una furia de la cocina y subió a su cuarto con el veneno de la duda agitándose en su interior.

La universidad era una extensión del sistema propagandístico nazi que había envuelto a Franka y a sus amigos en la escuela secundaria. Los intelectuales eran equiparables a los judíos y merecían el mismo trato. Cientos de profesores y catedráticos de toda Alemania perdieron su puesto por ser demasiado liberales o judíos. Entre ellos se encontraban algunos de los académicos más destacados de la nación y hasta varios premios Nobel. La palabra *cultura* se convirtió en una palabra fea. Las universidades se vieron transformadas en meros recipientes de la producción del Ministerio de Propaganda. No había más actividades estudiantiles que los mítines patrocinados por los nazis y las arengas destinadas a proclamar la grandeza del régimen. Franka encontró que en sus cursos, centrados en la fisiología del cuerpo humano, podía eludir el campo de minas de asignaturas como la de Higiene Racial o la de Pueblo y Raza.

Dejó la Liga de Muchachas Alemanas. Las demás jefas de tropa cuestionaron su decisión y Franka les explicó que entre sus estudios y su hermano ya no tenía tiempo, pero, aun siendo cierto que la universidad y la casa le daban muchísimo trabajo, había algo más. No podía dejar de pensar en la historia del campo de concentración de Dachau. Desde luego, explicaba muchas cosas. ¿Dónde había ido el señor Rosenbaum, su vecino? ¿Y el señor Schwarz y su familia, y su antiguo maestro, el señor Stiegel? A todos se los había llevado la Gestapo para interrogarlos y ninguno había vuelto nunca, daba la impresión de que ya no le importase a nadie. Franka sabía que el simple hecho de nombrarlos podía hacer que acabara en la cárcel, de modo que se guardó para sí las preguntas y las dudas que se arremolinaban en su interior. Podía confiar en su padre y en nadie más y menos aún en Daniel.

La devoción que profesaba su novio a la causa se trocó en obsesión bajo la tutela de sus profesores de la Facultad de Derecho. La Gestapo era, por encima de todo, una fuerza policial —con el mismo sistema de acceso, la misma jerarquía y los mismos periodos de servicio que habían estado vigentes toda la vida—, pero la fuerza policial, como casi todo lo demás, resultaba irreconocible a esas alturas. Daniel disfrutaba con su inmersión en las enseñanzas nazis. Cada vez resultaba más difícil estar a su alrededor. Hablaba de los enemigos que veía por todas partes, comunistas y judíos. Nadie escapaba a sus sospechas. El odio que lo movía despojaba a Daniel de todo regocijo. Se volvió imposible de amar, y los sentimientos que había albergado por él se desmoronaron hasta morir. Corría el mes de febrero de 1936 y Franka volvía de cenar con él. Él había insistido, como siempre, en pagar, lo que no hizo sino aumentar el sentimiento de culpa que la embargaba por lo que tenía que hacer sin más dilación.

—Esta noche estás muy callada —dijo él.

—Tengo un montón de cosas en la cabeza.

—¿De qué se trata? ¿De tu madre? ¿O es otra vez de tu hermano?

—De nosotros, Daniel. —Al rostro de él acudió un gesto de sorpresa al que no estaba habituada, aunque se mantuvo en silencio—. Creo que los dos hemos crecido de manera diferente y estamos tomando sendas distintas.

—¿De qué estás hablando?

Los dos callaron. Aunque era muy consciente de las miradas de los desconocidos con los que se cruzaban, sabía que tenía que seguir adelante. Se armó de valor para dar el paso siguiente, resuelta ya a pronunciar las palabras que llevaban ya meses viviendo latentes en su interior.

—Creo que necesitamos separarnos un tiempo. No estoy segura de querer…

—¿Estás rompiendo conmigo? ¿Qué? No puedes hacer eso.

—Siempre te he considerado un joven decidido y arrojado, con mucho que ofrecer…

—No seas absurda. No vamos a romper. De aquí a unos años nos casaremos, echaremos raíces aquí y fundaremos una familia. Lo hemos decidido juntos.

—Ya no es eso lo que quiero yo.

—Muy bien —gruñó él—. Como tú digas. ¡Pero no creas que voy a estar esperándote cuando vuelvas arrastrándote de aquí a unos días, zorra! —Y con eso se dio la vuelta y se fue airado.

Semanas después, Daniel recibió una carta del Servicio de Trabajo del Reich en la que se le anunciaba que debía pasar seis meses deslomándose sin sueldo en una granja de Baviera por el bien de la nación alemana. Franka empezó a recibir correspondencia suya unas semanas más tarde. Su padre, que había expresado con sutileza su satisfacción por el fin del noviazgo de su hija, se la ocultó al principio, aunque no tardó en ceder. Al cabo, Franka era ya mayor de edad y podía tomar sus propias decisiones. Ella tomó las cartas que su padre había escondido y se retiró a su escritorio. Fue abriendo los sobres y dejándolos caer al suelo tras sacar el contenido. Daniel decía estar arrepentido y achacaba su reacción al dolor de la pérdida. Aunque no respondió, siguieron llegando cartas. Estaba trabajando en una granja enorme en la que se alojaba con docenas de jóvenes. Hablaba de la maravillosa sensación que le producía el hecho de estar sirviendo al Reich y de la camaradería que había surgido entre él y sus compañeros, cuya edad también rondaba los diecinueve años. La curiosidad la llevó a leer cada una de las cartas antes de quemarlas. El tono empleado le decía que él no había acabado con ella, por más que ella hubiese acabado con él.

Los hábitos de lectura de su padre no habían cambiado desde el comienzo del Estado nacionalsocialista. Muchos de los libros polvorientos y ajados que llenaban su biblioteca estaban ya prohibidos y podían llevarlo a la sala de interrogatorios de la Gestapo, cuando no a pasar unas cuantas noches en la cárcel. Cuando ella le recordaba el peligro que comportaba poseer literatura subversiva, él se encogía de hombros y prometía deshacerse de ellos. Sin embargo, pasaban las semanas y los volúmenes seguían allí. Franka decidió un día encargarse personalmente de despejar las estanterías y en ello estaba cuando llegó su padre del trabajo.

—¿Qué estás haciendo? —preguntó.

—Lo que tenías que haber hecho tú hace mucho tiempo. No podemos permitirnos que te encierren o te echen del trabajo por un puñado de libros.

—No son libros cualesquiera —replicó él arrebatándole el que tenía su hija en la mano—. ¿Ves este? Es de Heinrich Heine.

—Conozco a Heine, como cualquiera que sepa algo de literatura alemana.

—Sin embargo, nuestros gobernantes supremos nacionalsocialistas lo han prohibido. Han declarado oficialmente sus incomparables versos tanto ilegales como inexistentes. Recuerdo cuando, de niña, te sentaba en mis rodillas y te leía su *Libro de canciones*.

Franka asintió. Tenía grabadas en la memoria las líneas que relucían en la página y bailaban de los labios de su padre al oído de ella. Él rebuscó entre las páginas.

—¿Tenías intención de hacer una hoguera como los nazis? —Encontró lo que estaba buscando y puso el dedo sobre unos versos mientras la miraba fijamente.

—No, papá. Pensaba esconderlos debajo de tu cama.

—¿No parece absurdo que, de pronto, un gran poeta deje de serlo por haber pertenecido a la raza equivocada, por ser judío? Lleva muerto casi ochenta años.

—Claro que es absurdo, pero también les preocupan sus creencias políticas. Yo solo quería protegerte, papá.

—Lee lo que te estoy señalando. Léelo.

Los ojos de ella encontraron las palabras:

> Y no es más que el principio: donde libros
>
> queman, quemarán hombres con el tiempo.

—¿Quién sabe si no han empezado ya? —dijo él antes de devolverle el volumen y marcharse sin más palabras.

Aquella misma noche, después de acostar a Fredi, estaba sentada en su propia cama cuando llegó su padre con el resto.

—Estos libros son ahora un tesoro. Puedes considerarte privilegiada por leer las palabras que les están prohibidas a tantos otros. ¿Y por qué las han prohibido? Porque los nazis saben que su verdadero enemigo es el hombre de pensamiento libre, el verdadero patriota alemán que pone en duda sus medidas y alza la voz contra sus injusticias. No te estoy pidiendo que vayas por ahí pregonando la obra de Heine, sino que guardes sus ideas en el corazón y las uses. Analiza lo que está ocurriendo y recuerda que él no conoció a Hitler ni a los nacionalsocialistas. Supo entender la naturaleza humana y la del pueblo alemán y por eso sigue teniendo importancia. A eso le tienen miedo los nazis.

Dos semanas más tarde, Hitler hizo que sus tropas entrasen en Renania, región alemana situada en la frontera con Francia que había quedado desmilitarizada en virtud del Tratado de Versalles, desairando así de forma flagrante el derecho internacional. Aquella noche, Franka se sentó en la cama a leer las palabras que había escrito Heine hacía poco menos de un siglo. El poeta decía que, una vez quebrantado el orden moral y legal en Alemania, volvería a desatarse la violencia de los antiguos guerreros *berserker* a los que habían cantado los bardos nórdicos y esa nueva furia, ese trueno de rabia germana, no podría compararse a nada de lo que había conocido el mundo hasta entonces.

Franka se reclinó en el lecho y supo que aquello ya había comenzado.

En adelante, se afanó en hacer caso omiso de las intrusiones de los nacionalsocialistas en su vida. Se sumergió en sus estudios y trató de prestar poca atención a las ubicuas banderas y los carteles que empapelaban los pasillos y proclamaban la grandeza del régimen. Había cosas que no podían tocar los nazis: la música, el arte, los libros que en ese momento tenía ocultos bajo la cama y el maravilloso patio de recreo del bosque y los montes que la rodeaban. Cada fin de semana salía de excursión con las amigas y se apartaba cuando empezaban a hablar del «apuesto Adolf» entre risas coquetas y mejillas sonrosadas. Se decía que había mujeres que se habían desmayado en su presencia. A Franka no le resultaba fácil verle el atractivo en ninguna circunstancia. Algunos de los muchachos de la ciudad se dejaron un bigote diminuto en honor al *Führer*, pero hasta los seguidores más fanáticos del régimen se miraban al espejo de cuando en cuando y el culto al vello facial como tributo al demagogo no duró mucho.

La ideología y la paranoia del nazismo impregnaron cada aspecto de las relaciones humanas, hasta tal extremo que dejó de haber amigos en los que confiar y los familiares se delataban los unos a los otros por el bien de la causa. La antigua sociedad se desmoronó pieza por pieza. Hasta los más comprometidos con el régimen se encontraban en todo momento bajo la lupa nazi. En Friburgo, como en cualquier otro municipio de Alemania, se puso un agente de los nacionalsocialistas en cada uno de los bloques de viviendas y las vías de la ciudad. Eran los *Blockwarte* y el de la calle de Franka era el señor Duken, un jardinero que se había afiliado al Partido Nacionalsocialista en años los veinte, cuando no era más que una turba de charlatanes que secundaban la propaganda antisemítica y hacían mofa de los «criminales de noviembre» que habían firmado el armisticio que acabó con la primera guerra mundial. El señor Duken era un entrometido con autoridad, un fisgón asalariado con un poder pavoroso, y se preciaba de ello. Se había convertido en un hombre importante, respetado y temido por sus vecinos. Su trabajo consistía en informar de todo acto de mala conducta del que fuese testigo y de todo rumor que pudiese llegar a sus oídos. Informaba hasta de los vecinos que no exhibían la bandera con la cruz gamada en las ocasiones señaladas o aportaban su contribución al partido con menos entusiasmo del exigido. Franka, consciente de que los pensamientos que albergaba en su cabeza constituían delitos contra el Estado, le sonreía cuando se cruzaba con él en la acera. En la ciudad y los campos aledaños operaban docenas de *Blockwarte* y la cabaña de verano era el único lugar que se hallaba lo bastante aislado como para que pudiera sentirse a salvo.

Daniel volvió de prestar servicio al Estado más comprometido que nunca con la causa patria y, al parecer, también con Franka. Sus torpes empeños en recuperarla resultaron poco más que un incordio, aunque en aquel momento se sentía más preocupada por los galanteos de otros pretendientes. Era muy consciente del poder que tenía Daniel y no quería causar problemas a ningún pobre incauto al que se le ocurriese invitarla a salir para tomar una cerveza o cenar. Daniel le había explicado en cierta ocasión, en un intento muy poco afortunado de impresionarla con sus nuevos contactos, que la Gestapo era la nueva autoridad real del Estado alemán. En todo el país se hacía perceptible la sombra de sus miles de agentes, que, junto con la de los *Blockwarte* que los informaban, se proyectaba sobre cada ciudadano alemán. Daniel no iba a tardar en poseer la facultad de arruinar vidas a su antojo. Un análisis crítico del régimen y aun un simple comentario de desaprobación bastaban para justificar el arresto, el encarcelamiento, la tortura y hasta la muerte de su autor. Franka no podía menos de maravillarse al pensar que un día se había sentido atraída por él y tomó la resolución de no permitir nunca más que la tocara.

Se preguntaba adónde habría podido llegar si no lo hubieran corrompido los nazis. ¿Qué habría sido de él si hubiese consagrado su talento a una causa justa? Era una tragedia, una más entre los millones que se estaban dando en aquel tiempo en Alemania.

Franka pasó buena parte del verano de 1938 con su familia en la cabaña, el lugar en el que podían hablar con libertad. Ningún otro sitio era seguro. De cara a la galería, Thomas Gerber era un ciudadano legal y, si bien no podía considerarse en ningún sentido comprometido con el nazismo, cumplía con sus obligaciones para con el Partido tanto con dinero como con su obediencia. No tenía ningún sentido resistirse, pues lo único que se lograba con dicha actitud era un escrutinio aún más detenido y probablemente un tiempo en la cárcel. Él se consideraba responsable de su familia por encima de todo y sabía que cualquier vana manifestación de rebelión estaba llamada a exacerbar sus problemas. Algunos amigos de la familia expresaban las mismas opiniones entre susurros subrepticios. No todo el mundo suscribía las posturas de los nazis, pero nadie lo decía en voz alta. Los que no comulgaban con los nacionalsocialistas seguían con su existencia cotidiana igual que Thomas y Franka. Trataban de vivir con independencia de un régimen que tenía la independencia por peligrosa. Sabían que tras cualquier palabra de enojo podía agazaparse un castigo. El mismísimo Hitler había declarado: «Que sepa todo el mundo que a quien levante la mano para asestar un golpe al Estado le espera una muerte segura». No había nada que hacer. La ciudadanía acabó por retener en su interior toda intolerancia con el régimen. Franka aprendió a guardar la compostura externa mientras gritaba por dentro, pero semejante complacencia la estaba corroyendo. Las palabras audaces que pronunciaban su padre y ella a puerta cerrada no pasaban de ser eso, palabras. Cuando quiso hacer ver que debían intentar propiciar alguna clase de cambio, él se rio en su cara.

—Eso es imposible —respondió—. Si algo distingue a los nazis es precisamente su meticulosidad y, por incultos y retrógrados que sean, tienen un talento innato para la propaganda y la represión. Me sobrarían dedos de la mano para contar a las personas en las que puedo confiar ya en este mundo.

—Pero, entonces, ¿de qué servimos? Seguro que hay algo que podamos conseguir, por pequeño que sea.

—Protestando no se obtiene nada bueno. La libertad de expresión está más muerta que el káiser. ¿Cómo vamos a hacer nada si hasta expresar públicamente el menor desacuerdo con cualquiera de las decisiones del *Führer* se considera delito de traición? La semana pasada condenaron a un hombre a dos años de prisión por oponerse a la idea de echar a todos los niños judíos de las escuelas. ¡A dos años!

Al ver el gesto apenado de su hija, añadió:

—Estoy orgulloso de tu afán de lucha, Franka, pero lo mejor que podemos hacer es resistir. Los nacionalsocialistas no van a durar toda la vida. Nos están llevando a la guerra. Es tan inevitable como el sol que sale por la mañana o la oscuridad de la noche. Va a costar mucho expulsarlos, pero al final perderán. Y cuando eso ocurra, nuestra victoria será el haber subsistido. Mientras sigamos siendo fieles a nuestro propio ser y no dejemos que nos llenen el alma de cicatrices, habremos ganado.

—Pero ¿a qué precio, papá? —Franka meneó la cabeza—. Estoy harta de tener miedo a todas horas.

—Lo superaremos como la familia unida que somos. Te lo prometo. Tu madre está pendiente de nosotros a diario.

Franka deseaba coincidir con él, pero ya no sentía en su vida la presencia de Sarah. Los recuerdos se le escapaban entre los dedos.

La fachada de civismo de los nazis se desmoronó cuando soltaron a sus perros de presa en la Noche de los Cristales Rotos. Usaron la muerte de un diplomático alemán a manos de un joven judío de diecisiete años para desatar toda la rabia contenida de sus matones. El Ministerio de Propaganda organizó una serie de manifestaciones que se extendieron por el país como una enfermedad. Desde el tejado de su casa, Franka observó con horror creciente a la turba y las tropas de asalto arremeter contra los negocios de propiedad judía. No quedó un nazi de la ciudad que no arrojase ladrillos o bombas incendiarias, intimidase o hasta matara. De hecho, vio a Daniel con la cruz gamada en el brazo acaudillando a la muchedumbre en dirección a la panadería del señor Greenberg, a quien sacaron a rastras del establecimiento para apalearlo hasta que dejó de moverse.

Al día siguiente, los diarios hablaban de la justa venganza de un pueblo indignado. Los periodistas aseveraron con regocijo que los judíos estaban recibiendo, al fin, el castigo que merecían después de años de abusos contra la población alemana, si bien no hacían gran cosa por precisar cuáles habían sido los mismos. Los editoriales advertían contra las remilgadas opiniones de quienes desaprobaban los actos heroicos de la multitud. Desdeñaban semejante criterio liberal por considerarlo gazmoño y sensiblero. La prensa instaba a los lectores a denunciar a las autoridades competentes cualquier actitud crítica y censuraban a todo alemán que no fuese capaz de reconocer la era gloriosa en la que estaban viviendo.

Dos días después, el Gobierno impuso a los judíos alemanes una multa de mil millones de marcos por los destrozos de la Noche de los Cristales Rotos. Se envió a decenas de miles de judíos a los campos de concentración, misteriosas prisiones que los alemanes que se atrevían a hablar de ellas denominaban *KZ* entre susurros. El padre de Franka le recordó lo que había oído contar del primero de ellos, instalado en Dachau, en ese momento parecía estar ya fuera de toda duda. Los nazis habían desvelado su natural salvaje, pero no habían perdido el apoyo del que disfrutaban. Las Juventudes Hitlerianas seguían cantando sus himnos mientras trotaban por la ciudad. Las integrantes de la Liga de Muchachas Alemanas seguían cosiendo sus banderas con la cruz gamada y hablaban entre risitas del «apuesto Adolf», el monstruo en jefe. Los lacayos de los nacionalsocialistas seguían pavoneándose por las calles con la cabeza bien alta y sus insignias nazis reluciendo al sol. Millones de personas de todo el país seguían haciéndose el saludo al *Führer* cuando se cruzaban por la acera. El pueblo alemán seguía dando la impresión de estar hechizado por el poder que ejercían sobre él los nazis.

La vida seguía adelante, pese a las injusticias y los horrores que se habían trocado en el pan nuestro de cada día en Alemania. Franka había acabado su formación y había recibido una oferta de empleo en Múnich. De un modo u otro, la gente seguía graduándose en la universidad, buscando trabajo y estudiando la posibilidad de mudarse a otra ciudad. A pesar de cuanto les había impuesto el régimen nazi, los Gerber seguían haciendo lo posible por vivir, aunque esto también estaba a punto de cambiar.

Fredi estaba empeorando.

A finales de aquel verano de 1939 le hablaron de la necesidad de llevarlo a un hospital, un tema que ya no podían seguir evitando. El sol poniente proyectaba su luz etérea sobre un horizonte infinito y pintaba de oro las hojas del bosque que los rodeaba. Fredi estaba en su silla de ruedas. Aunque había alcanzado casi en altura a Thomas, tenía las extremidades delgadas y contrahechas y las piernas apenas le respondían. Estaba jugando con un tren de juguete que hacía rodar sobre sus muslos y los *chu-chu* que emitía se veían interrumpidos cada pocos segundos por el sonido de su propia risita.

—Fredi.

—¿Qué pasa, papá? ¿Por qué lloras?

—Porque te quiero muchísimo, Fredi. —Se volvió para mirar a Franka—. Los dos te queremos.

—Más que nada en este mundo —dijo ella.

—Y yo a vosotros —respondió él.

Franka lo abrazó y sintió los brazos larguiruchos de él aferrarse a su cuerpo y un beso tierno en la mejilla. Intentó hablar, pero las palabras no le salían. No alcanzaba a creer que fueran a poner en manos de una institución el cuidado de Fredi ni a imaginar que pudiese haber ocurrido nada semejante en caso de vivir su madre.

—¿Cómo te encuentras? —preguntó Thomas.

—Muy bien. —Fredi sonrió.

—¿No te duelen los brazos?

—No, estoy bien.

Él siempre estaba feliz. No sabía estar de otro modo. El mundo jamás agriaría ese carácter suyo tan maravilloso. Su sonrisa seguía intacta ante el dolor, ante las estancias hospitalarias y ante cosas que pocos más podrían soportar. Nunca decaía. Todo el mundo lo conocía durante las visitas que con tanta frecuencia tenía que hacer al hospital. Las enfermeras lo adoraban. Algunos de los médicos, los que llevaban insignias nazis en la solapa, se mordían la lengua para no desdeñarlo abiertamente, para no expresar su rechazo a tener que tratar a alguien que el Gobierno consideraba «idiota» o «indigno de seguir con vida».

Franka se arrodilló a su lado. El sol conservaba aún parte de su calor a pesar del crepúsculo. Daba la sensación de que se hubiera dado cuenta de que ocurría algo. Su intuición era más aguda que la de ella. Quiso hablar, pero él se adelantó.

—Te quiero, Franka. Eres muy linda. Eres la mejor hermana mayor.

—Tenemos que hablar contigo de una cosa —consiguió decir.

Thomas se puso también de rodillas.

—Cada vez estás más enfermo —siguió diciendo ella— y papá ya no tiene el tiempo que necesita para cuidarte.

—Lo siento mucho, papá.

—No, Fredi, no te lamentes nunca. No es culpa tuya. Eres el niño más bueno del mundo, el mejor hijo que puede llegar a desear un padre. Tenemos mucha suerte de tenerte, de tener a nuestro propio ángel en la tierra.

—Te caen muy bien las enfermeras, ¿verdad? —preguntó Franka.

—Claro que sí. Son muy buenas.

—Y sabes que yo voy a ser enfermera como ellas, ¿no?

—Sí.

—Me han ofrecido una oportunidad fantástica, un trabajo en un hospital de Múnich. ¿Te acuerdas de Múnich, la ciudad en la que nació mamá?

—Sí, y también de las piruletas que compramos allí.

Thomas se echó a reír.

—Sí, cuando fuimos hace dos años compramos piruletas y nos las comimos sentados en el parque.

—Pues allí es donde voy a trabajar.

—En tren está muy lejos.

—Sí, mucho. Voy a tener que buscar un sitio para vivir allí.

—Vas a ser la mejor enfermera de todo el hospital. Ayudarás a mucha gente.

—Eso espero. —Le resultaba muy difícil articular las palabras.

El padre intervino entonces.

—Las enfermeras y los médicos de nuestro hospital quieren que vayas a vivir con ellos, en una casa especial en la que podrán cuidarte.

—Papá ya no puede cuidarte solo.

—Pero ¿vendréis a visitarme —quiso saber Fredi— o me vais a dejar allí?

—Claro que no. Nunca. Yo iré a verte todos los días, y Franka, siempre que pueda. Cuando venga a casa.

—No cambiará nada —dijo ella—. Te vamos a seguir queriendo tanto como siempre y vamos a estar igual de unidos. De aquí a muy poco volveremos a vivir todos juntos y esta vez será para siempre.

Franka recordaría muchas veces aquellas palabras que entonces había pronunciado. Fredi las aceptó como aceptaba cuanto decía su hermana, con una sonrisa y el corazón abierto, pero el tiempo y las circunstancias la trocaron en una mentirosa, que era lo último que quería ser, sobre todo para él. Fredi se mudó la semana siguiente a la residencia. Lo dejaron con las enfermeras y salieron de allí vacíos y solos. Franka se marchó a Múnich el 3 de septiembre, el mismo día que Reino Unido y Francia declararon la guerra a Alemania. Cuando llegó al andén de Múnich se había cumplido la profecía de su padre y la furia enloquecida de los antiguos *berserker* volvió a verse desatada sobre Europa.

Capítulo 7

El huracán de la agonía había amainado hasta quedar reducido a un vendaval. Con todo, fue lo primero que sintió al abrir los ojos con la llegada del día. Tendió el brazo para buscar el frasco de aspirinas y se introdujo un par de aquellas diminutas píldoras blancas en la boca antes de bajarlas con el agua del vaso, tan fría que le sorprendió que no estuviera cubierta por una capa de hielo. En ese momento se preguntó si el contenido del recipiente no sería algún tipo de suero nazi de la verdad. Daba igual. No tenía más opción que someterse a aquella mujer. La necesitaba. No había más remedio.

La nieve había pintado una telaraña de hielo en el cristal de la ventana. La puerta estaba abierta, pero de la sala de estar no llegaba sonido alguno. Pensó en llamarla, en preguntar cómo se encontraba o cómo seguía el fuego, pero no lo hizo. Volvió a cubrirse el rostro con las mantas hasta que solo quedaron sus ojos a la vista. Recordó la historia que le había contado ella la noche pasada y el gesto de aflicción que se había apoderado de sus rasgos mientras hablaba. Si trabajaba para la Gestapo, estaba hecha una actriz de tomo y lomo. Se llevó una mano a la cara y se frotó los ojos a fin de despabilarse. No tardaría en tener que tomar la decisión de contarle la verdad. Seguía inmovilizado. Estaría allí encerrado el tiempo que tardara en despejarse la nieve, lo que bien podían ser varias semanas. ¿Qué podía hacer mientras seguía postrado en la cama? Estaba a kilómetros de su objetivo. Así no era útil y, para colmo de males, lo más seguro era que lo estuviesen preparando para la tortura o para una muerte espeluznante.

Llevó una mano bajo la almohada y buscó el frío metal de la pistola. Aquella mujer le había salvado la vida. Con independencia de todo lo demás, eso era totalmente cierto. Matarla sería cometer un asesinato y, aun así, ¿qué suponía un asesinato en tiempos de guerra? Había matado a hombres, había visto la mirada de terror que invadía sus ojos al darse cuenta de que estaban a punto de exhalar su último suspiro. Resultaba fácil desdeñar lo que había hecho, obviar la sensación de que había acabado con sus vidas, velar sus actos en la bruma de la guerra, pero lo cierto era que pensaba a menudo en aquellos hombres. Casi todos los días. Eran el enemigo. Lo habrían matado a él. Si no lo habían hecho era porque él había sido más rápido, más fuerte, mejor. Recordó al hombre al que había matado cuando se le encasquilló la pistola, la sensación de la sangre caliente que le corría por los puños al hundirle el cuchillo en el pecho. Recordó el sonido que hizo al sacar la hoja. Sabía que no podría escapar de aquel horror, ni en aquel momento ni nunca.

El ruido que llegó de la sala de estar lo devolvió al presente. Troncos colocados en el hogar y el crepitar de la leña fresca que se afanaba en encenderse. ¿Y si era quien decía ser? Pero ¿qué probabilidades había de que lo hubiese encontrado alguien inmune a la hipnosis colectiva de Hitler?

En su adiestramiento no había habido lugar para matices. Había que exterminar a los nazis. Su misión era de vital importancia y tenía que eliminar a todo aquello, objeto o persona, que se pusiera en su camino. No había nada más relevante, ni él ni, por supuesto, Franka Gerber. Pensó en su cara y en la serena belleza de sus ojos. No podía dejarse arrastrar por sus encantos. Tenía que ser fuerte. Oyó los pasos que se acercaban a la puerta.

—Buenos días —dijo Franka—. ¿Cómo se encuentra?

—Mejor, gracias.

Ella parecía azorada por haber revelado tantos detalles de su vida aquella noche.

—¿Quiere tomar algo?

—Sí, por favor.

Franka se retiró y él la oyó trastear en la cocina unos minutos antes de volver con carne y con queso, así como con una taza de café caliente. Lo dejó dando cuenta de todo y volvió para recoger la bandeja una vez que hubo acabado. Parte de él anhelaba que ella volviera a sentarse a su lado y acabara la historia. ¿Dónde estaba Fredi en ese momento? ¿Existía de veras? Cada vez se le hacía más difícil creer que se tratara solo de una treta elaborada con la única intención de ganarse su confianza. Ella salió del cuarto sin decir palabra.

Pasaron unos segundos antes de que oyera de nuevo los pasos sobre el suelo de madera. Ella volvió a entrar entonces en el dormitorio con la caja de herramientas en la mano. Pasó al lado de la cama sin mirarlo y se sentó al lado del agujero del suelo. Él la observó mientras ella sacaba un martillo y se disponía a levantar el tablón adyacente al agujero.

—¿Qué está haciendo, *Fräulein*?

—¿A usted qué le parece? Desmontando el suelo. —Sin dirigir siquiera la vista hacia él, siguió concentrada en su tarea.

Él aguardó hasta que hubo sacado la tabla para volver a hablar. No se sentía cómodo viéndola hacer todo aquel trabajo mientras él yacía inútil en la cama.

—¿Para qué?

Ella se puso en pie y dejó escapar un suspiro mientras estiraba la región lumbar. Entonces se hincó de hinojos para asomarse al hueco que había dejado, como si lo estuviera midiendo. Tenía un metro de ancho por dos de largo aproximadamente. Franka se levantó y dejó la sala, aún sin mirarlo. Un par de minutos después volvió con varias mantas bajo el brazo. Se arrodilló de nuevo y forró con las mantas el espacio que había quedado bajo el suelo. De nuevo en pie, dio la sensación de ir a decir algo. En cambio, se limitó a dirigirse al rinconcito que quedaba entre la cama y la pared, en el que seguían tirados el macuto y el uniforme de él. Dobló este y lo colocó en el agujero.

—*Fräulein*, tengo que preguntarle qué es exactamente lo que está haciendo. Ese es mi uniforme.

—Ah, ¿sí? —Lanzó el macuto encima de todo y, tomando una de las planchas que había dejado apoyadas en la pared, la colocó en su sitio.

—Señorita Gerber…

Ella hizo lo mismo con los otros dos tablones y volvió a agacharse para presionarlos con tanta fuerza como le fue posible. Pasó una mano por la superficie para asegurarse de que no sobresalía ninguno y luego dio un paso atrás para examinar su obra con los dedos apoyados en la barbilla. Las marcas que había dejado en el extremo de cada pieza resultaban delatoras. Salió y él la oyó revolver unos segundos entre los armarios antes de regresar con un bote de barniz en la mano. Los suelos de aquella vieja cabaña estaban bien cuidados. El suelo estaba bien barnizado, haría menos de cinco años que habían pasado la última capa. De rodillas, Franka empezó a dar barniz a los extremos a fin de disimular las astillas diminutas que había hecho saltar. Dos minutos después resultaba imposible imaginar que alguien hubiese hecho algo a la madera.

—Es para cuando venga la Gestapo. Si lo encuentran aquí, estaremos muertos los dos. Y yo no pienso vivir negándome a aceptarlo, por más que usted sí. No van a venir con tanta nieve, pero, una vez que se derrita y se despeje el suelo, empezarán a buscarlo. Alguien tuvo que ver el paracaídas u oír el avión del que saltó. Cuanto más tiempo quiera mantener esta farsa ridícula, mayor será el peligro en el que pone su vida y la mía. Si no empieza a confiar en mí, vamos a morir los dos.

Y con esto salió del cuarto.

Él permaneció allí tendido durante toda una tarde deprimente. Por la ventana apenas entraba luz y la puerta seguía cerrada. De cuando en cuando oía ruidos, pero no volvió a verla. Tampoco hubo respuestas, solo más preguntas. No podía hacer nada atrapado en aquella cama. Aunque el dolor que sentía en las piernas empezaba a resultar llevadero, aún tendrían que pasar varias semanas para que pudiera salir de allí por su propio pie. ¿Podía confiar en aquella mujer? ¿Era cierto que había renegado de la obediencia ciega que habían inculcado los nazis a tantos alemanes? ¿No sería quizá que todavía tenía mucho que descubrir de ella? ¿Qué estaría dispuesta a hacer si confiase en ella? Cada vez se sentía más presionado. A medida que transcurrían los días y se veía solo e inútil en aquella cama, se sentía más cerca del fracaso, no lo podía aceptar. Maldijo sus piernas, maldijo a los nazis e intentó conciliar el sueño a fin de escapar de la angustiosa posibilidad de estropear su misión. Se mordió el puño con tanta fuerza que a punto estuvo de hacer saltar la sangre. No lograba quedarse dormido. No había escapatoria.

El reloj de cuco dio siete campanadas y segundos después se abrió la puerta. Entró ella para ponerle la bandeja en el regazo y él se incorporó. Tenía la sensación de estar muriéndose de hambre, pero no tocó la comida.

—*Fräulein*… Franka…

El viento aullaba al otro lado de la ventana.

—¿Tiene fotografías de su familia? ¿Algún retrato de Fredi?

—Sí.

—¿Puedo verlas? Cuando salí de la habitación no vi ninguna.

—En el pasado, hubo fotografías familiares, pero las quité todas pocos días antes de encontrarlo a usted.

—¿Las tiene aún?

—Sí.

Desapareció por la puerta y volvió un minuto más tarde sosteniendo dos instantáneas con las esquinas arrugadas como quien acuna un pajarillo herido que acaba de encontrar. Él las tomó entre dos dedos. En la primera aparecían los cuatro posando en los escalones de lo que imaginó que debía de ser su casa. Franka tendría unos dieciséis años. Tenía el pelo rubio rizado y corto y llevaba un vestido blanco. Con el brazo rodeaba a su padre, un hombre recio y apuesto de barba castaña y ojos sonrientes. El cabello largo y dorado de su madre le caía con aire desenfadado sobre los hombros. Tenía una sonrisa radiante y los ojos le centelleaban pese a que la fotografía era antigua y en blanco y negro. Tenía a Fredi envuelto en sus brazos. El pequeño, de unos ocho años, estaba acurrucado a ella y sus extremidades, débiles y lacias, abultaban bajo la camiseta y los pantalones cortos que llevaba puestos mientras alzaba la mirada hacia su madre con gesto amoroso. Volvió el cartón para ver la fecha: junio de 1933. Franka le tendió entonces la otra, tomada en el exterior de la cabaña un día caluroso del verano de 1935. En ella solo aparecían los tres. Fredi, sentado en el regazo de su padre, seguía sonriendo, pero daba más la impresión de hacerlo por respeto a la cámara. Thomas tenía la vista clavada en su hijo y saltaba a la vista la adoración que le profesaba. Franka estaba sentada a su lado y tenía en la mirada una seriedad muy poco propia de una niña de su edad. Le devolvió los retratos.

—Gracias por compartirlas conmigo.

Ella respondió con una inclinación de cabeza antes de salir con las fotografías en la mano. Él había acabado casi con la carne y las verduras que le había puesto delante cuando regresó al dormitorio. Llevaba consigo una silla, que colocó al lado de la cama para sentarse y aguardar a que terminase de comer.

—Le agradezco mucho que compartiera conmigo anoche la historia de su vida —dijo él antes de dar un sorbo al agua mientras esperaba a su respuesta.

—Hacía tiempo que no hablaba de mi familia. De hecho, he abierto algunas heridas que apenas habían empezado a sanar.

«Contente. Deja que siga su ritmo. A su tiempo te lo contará todo.» Dejó el vaso en la bandeja que le había traído ella mientras bajaba la cabeza en silencio. Ella la tomó de sus manos y salió sin decir nada.

Horas más tarde, él se había incorporado y escuchaba el viento azotando el cristal de la ventana. Fuera había oscurecido y ella regresó para encender la lámpara de aceite que había sobre la mesilla. Se sentó a su lado. Él guardó silencio en espera de que empezase ella.

—Quiero contarle el resto de mi historia. He estado pensando mucho, preguntándome qué debía decir y qué era mejor censurar y si es usted de veras quien yo creo que es, pero de pronto lo he visto claro. Me he dado cuenta de que ya no tengo nada que perder. Si no es usted quien yo pienso y pago mi revelación con esta vida desgraciada que llevo, que así sea, pero no pienso seguir callada. Ya no. Ya me da igual. Máteme si quiere. Los suyos mataron a mi padre, y los otros, casi todo lo demás que quiero.

Resultaba demasiado fácil olvidar el motivo que lo había llevado allí. Era mejor callar, dejar que le revelase su verdadero ser si era lo que estaba resuelta a hacer. Tenía bastante alimento para una semana o más. Si iba a abandonarlo allí, podría subsistir sin ayuda. Su misión no consistía en salvar a aquella alemana de los demonios de su pasado. No podía perder el tiempo en apegos ni sentimentalismos.

Se recostó cuando ella empezó a hablar. Fuera cesó el viento y se hizo de noche. El dormitorio quedó bañado por la luz dorada de la lámpara que ardía en la mesilla. Ella dejó perdida la mirada, como si la envolviera su pasado y solo tuviese que tender la mano para tocarlo.

Berlín era la capital, la ciudad en la que residía Hitler, pero a él nunca le había gustado. La niña de los ojos del *Führer* era Múnich. Hablaba a menudo del amor incondicional que profesaba al lugar al que había llegado siendo un artista sin dinero que pintaba postales para venderlas en la calle. Allí había empezado la revolución nacionalsocialista con el fallido *Putsch* de la Cervecería de 1923 y allí estaban enterrados los cuerpos de los hombres que habían muerto aquel día, en colosales sarcófagos de piedra custodiados por integrantes de la SS de rostro granítico. En Múnich había encontrado sus primeros seguidores: soldados que habían perdido sus derechos, rechazados y desechos de una sociedad marcada por la guerra. Durante aquellos días, marchaban al paso vestidos con abrigos y cazadoras por no poder permitirse uniformes. Sus adeptos se multiplicaron hasta tal punto que pocos años después de su llegada se había hecho merecedor del sobrenombre de *el Rey de Múnich*. Hitler nunca lo olvidaría. Múnich era suya.

La ascensión al poder de los nazis había reducido la luminosidad y el encanto de la ciudad llegado 1941. En ella resultaba más difícil aún que en Friburgo escapar a sus omnipresentes banderas. Sus matones dominaban sus calles igual que ocurría a esas alturas en el resto de Alemania y la falta de libertad se hacía sentir como una mordaza. Aun así, los miembros del Partido no habían logrado extinguir toda la vida y la belleza de aquel lugar rebosante de actividad. Franka buscaba refugio en las artes y asistía a tantos conciertos como le era posible. Halló su mayor válvula de escape en la música, lo que se convirtió por sí mismo en una protesta. La música daba vida a aquella parte de su ser que nunca podrían tocar los nazis. Encontró paz en tan sutil modo de rebelión, pues declarar interés por las manifestaciones artísticas equivalía a ser antinazi sin proclamarlo. Hitler desdeñaba lo intelectual y la búsqueda de la estética. Dar muestras de pasión para con cosas así era un signo de debilidad opuesto a la dureza de una voluntad férrea que exigían los nacionalsocialistas. La sala de conciertos le ofrecía un santuario y ella se sentía en armonía con el resto de cuantos ocupaban sus asientos mientras bañaba todo su ser la ambrosía del sonido.

El hospital en que trabajaba estaba cargado de gozo y de terror, de horror y de belleza. Los soldados del frente llenaban las camas y sus heridas representaban un atisbo de un infierno que jamás habría podido imaginar antes de la guerra. A su alrededor yacían por todas partes jóvenes destrozados cuyo futuro se había visto apagado por las balas y las bombas, jóvenes sin ojos o sin piernas, cuyo rostro había quedado reducido a carbonilla y cuya vida se derramaba sobre los suelos de mármol. Cuánto desperdicio. Se sentaba al lado de muchachos cuyo único deseo era que los tomase de la mano y les sonriera. Ellos le enseñaban retratos de sus esposas o sus novias, que iban a visitarlos con flores en las manos y lágrimas en los ojos. Yendo de cama en cama para acompañarlos, sentía una felicidad que nunca había creído posible. Aquellos soldados encendían una llama en la oscuridad que reinaba en su interior. A veces hablaban del Reich y de las esperanzas que albergaban para el futuro cuando se lograse la gran victoria final. De entre sus dientes rotos y sus labios partidos brotaban palabras de la magnífica gloria del campo de batalla. Profesaban una lealtad inquebrantable al régimen que los había despedazado. Eran poquísimos los que se daban cuenta de que los habían masticado para después escupirlos al servicio de una mentira. Pocos parecían reconocer la denigración que los aguardaba cuando se escribiese la historia. Seguían convencidos de que estaban haciendo lo correcto hasta el final mismo de sus vidas y ella no tenía el valor necesario para contradecirlos. Nada habría resultado más cruel.

Hans Scholl vestía el uniforme gris de la Wehrmacht, pero poseía un carisma vivaz que resultaba muy poco común en aquellos tiempos. Era un año más joven que ella, tenía el pelo castaño claro y un rostro que no habría desentonado en las películas que tanto le gustaban. Las otras enfermeras se daban codazos para levantar la cabeza cuando lo veían pasar con paso seguro. Era estudiante de medicina y no hacía el saludo nazi, prefería dar la mano. A los treinta segundos de conocerla le pidió que saliera con él una noche y ella, indefensa ante sus encantos, aceptó casi de inmediato. Al día siguiente fueron juntos a un concierto. Él le tomó la mano en el momento en que se adueñaba de la sala la *Quinta Sinfonía* de Beethoven y ella supo que era diferente, que él era como ella. Aquella noche, la luna brillaba espléndida sobre la ciudad y tras el concierto fueron a sentarse al parque, donde bebieron vino tinto envueltos en el aire cálido del verano. Casi logró olvidar tanta desgracia. Hans hizo que riera y se sintiese hermosa. Sus ojos brillaban a la luz plateada. No pensó en la tiranía ni en el terror. Las espinas del pasado desaparecieron unos instantes y supo que acababa de empezar algo.

Hans Scholl era de Ulm, modesto municipio situado a ciento cuarenta kilómetros de Múnich que recordaba haber visitado de pequeña, y hablaba mucho de su familia. Su padre se dedicaba a la política y tenía un negocio en la ciudad. Era un crítico apasionado del Partido Nazi y la Gestapo lo había arrestado por pensamiento sedicioso. Hans hablaba a menudo de sus hermanos, especialmente de Sophie, que entraría en la universidad al año siguiente. Había pertenecido a las Juventudes Hitlerianas y, aunque bien podría haber sido una de las lumbreras del movimiento, no llevaba la insignia nazi y hablaba del Gobierno de un modo evasivo, siempre dispuesto a cambiar de tema. En cambio, contaba historias que había oído a los compañeros que habían servido en Polonia. Hablaba de las libertades civiles y la libertad con una pasión y una vehemencia que no dejaban lugar a duda sobre de parte de quién estaba. Con él se sentía libre y podía hablar de arte y de política, y él estaba de acuerdo con ella en que las maquinaciones del régimen nacionalsocialista acabarían por llevar a la destrucción a la nación alemana. Algunas de las enfermeras dejaron de dirigirle la palabra cuando se supo que estaba saliendo con él.

A finales del verano de 1941, Hans la invitó a una reunión con un grupo de amigos. Aunque decían juntarse para hablar de filosofía, lo cierto es que solo pretendían desahogar su frustración política. No se habían citado en un bar, sino en el estudio de un domicilio particular. En la mesa había tazas de café y vasos de cerveza junto a rimeros de papeles y libros. Hans le presentó a sus amigos Willi y Christoph y Franka se sentó a la mesa con otros más. Todos eran estudiantes y más jóvenes que ella, excepto el propietario de la vivienda, el doctor Schmorell, cuyo hijo, Alex, estaba sentado a su lado. Tras las rápidas presentaciones, Hans empezó a hablar:

—Todos hemos oído historias sobre el frente. Franka y yo vemos a las víctimas alemanas de esta guerra inútil todos los días en el hospital. —Los hombres la miraron antes de volver a centrar su atención en Hans—. Ayer mismo me contó un amigo en el que confío que vio con sus propios ojos meter a grupos de polacos y rusos en campos de concentración del frente oriental para ejecutarlos o hacerlos trabajar hasta morir como mano de obra esclava.

La sensación de haber escapado a la represión del sistema resultaba abrumadora, casi vertiginosa. Franka no había oído nunca a nadie que no fuera su padre hablar de ese modo. Ni siquiera Hans había mostrado antes tanta franqueza con ella. En su interior acababa de declararse un incendio.

—A las muchachas las detienen —añadió Willi— para mandarlas a prostíbulos y obligarlas a servir a sus nuevos señores de la SS. No se trata solo de subyugar a un pueblo, sino de violar y asesinar a escala industrial. Es un horror desconocido en toda la historia de la humanidad y lo están perpetrando en nombre de todos nosotros.

Christoph se puso en pie.

—El trato que se está dando a los pueblos de los territorios ocupados es abominable, más todavía que el que está dando el régimen a sus propios ciudadanos. La pregunta es si hacemos algo. ¿Podemos quedarnos de brazos cruzados mientras están pasando cosas así? Está muy bien lo de sentarse aquí a expresar ideas que nos valdrían la cárcel si se supieran en la calle. —Se volvió hacia la joven enfermera, que sintió que todos la miraban—. Franka, Hans nos ha contado lo que le hicieron los nazis a tu hermano. Has sufrido muchísimo por culpa de ellos.

Todos esperaban que hablase, pero las palabras se le habían quedado atascadas en la garganta. Solo había hecho saber a Hans lo que había ocurrido a Fredi entre tartamudeos, sin revelarle lo hondo del dolor que había tras aquel episodio, y, por más que fuesen de su mismo pensamiento, no tenía intención de compartirlo con aquellos desconocidos.

—No estoy en disposición de hablar de ello en este momento. Baste decir que los nazis han destrozado o intentado destrozar todo lo que tenía de bueno y de auténtico este maravilloso país. A tu pregunta de si deberíamos hacer algo, tengo que responder de manera inequívoca que sí. Es nuestro deber moral.

—¿Y qué podemos hacer? —dijo Willi—. Es nuestra obligación hacer algo como alemanes leales, pero ¿qué? No estamos en posición de desafiar abiertamente al aparato militar. No somos asesinos ni agitadores, tampoco soldados forzudos ni matones como los nazis.

—Usaremos lo que se nos da mejor —respondió Hans—. Plasmaremos nuestras ideas en el papel y divulgaremos la verdad como la vemos. Los nazis no dudan en proclamar su poderío ni en hablar de los mil años que durará el imperio que están construyendo, pero tienen tanto miedo a su propio pueblo que reprimen con penas extremas cualquier crítica. Los aterra una cosa: la verdad. Si podemos divulgarla entre la ciudadanía, hablarle de los horrores que están cometiendo los nazis en su nombre, venceremos. Han marcado con una estrella amarilla a los judíos que quedan en nuestras ciudades, pero ¿adónde ha ido el resto? Nosotros lo sabemos. Nosotros sí lo sabemos, pero la mayoría no lo sabe o finge ignorarlo. Si podemos obligar al pueblo alemán a enfrentarse con la verdad, tendremos la ocasión de propiciar un cambio real y perdurable. Tenemos que ser la conciencia de Alemania. Tenemos que hablar por los judíos, los homosexuales, el clero y el resto de enemigos del Estado que han hecho desaparecer. Hay que hacer que nuestros compatriotas y el mundo sepan que hay alemanes que están horrorizados por los actos de los nazis y que exigen que desistan.

El discurso político duró unas horas más hasta que, agotada, Franka se marchó a su casa. Las palabras que había oído en aquella reunión siguieron resonándole en el cerebro durante días y ahogaron la propaganda nazi que habría dominado de lo contrario su vida cotidiana.

Los pasos necesarios para convertir en acciones dichas palabras no se dieron de la noche a la mañana. En el Estado nazi no era fácil conseguir cuanto exigía su misión —máquinas de escribir, papel y una multicopista— sin levantar sospechas. Hans buscó un lugar en el que guardar el material adquirido y empezaron a trabajar en el diseño de sus panfletos. Idearon una serie de argumentos básicos a los que acabaron de dar forma en sus reuniones.

Se hicieron llamar la Rosa Blanca y planearon hacer su primer envío multitudinario unos meses más tarde, durante el verano de 1942. No había normas establecidas en lo tocante a las reuniones ni tampoco para pertenecer al círculo. No se hizo lista formal alguna de participantes ni nadie tuvo que jurar guardar el secreto ni poner la mano sobre una Biblia cuando se reunían. Se sobreentendió que Hans era el cabecilla y, por tanto, tomaba las decisiones relativas a la dirección que debía tomar el grupo. Se fueron uniendo más integrantes, siempre después de obtener el visto bueno de los existentes, que se basaban en su intuición más que en ninguna otra cosa. Un topo de la Gestapo podía hacer que los detuvieran y encarcelaran a todos, si no algo peor. Aunque el yugo del Estado nazi se hacía notar con fuerza también sobre ellos, nada les impedía reír y disfrutar. Todavía eran jóvenes.

A pesar de ser la mayoría de ellos universitarios, las actividades de la Rosa Blanca no se limitaban a la universidad. El grupo era como una isla en el océano de leales al nazismo y se negaba a participar en las actividades universitarias, patrocinadas o aprobadas por los nacionalsocialistas.

A esas alturas, Franka y Hans pasaban juntos casi todo el tiempo libre de que disponían. Su vida y su relación iban más allá de las actividades políticas de la Rosa Blanca. Aun cuando Alemania se estuviera hundiendo cada vez más en el abismo, todavía había tiempo para ser joven y estar enamorado.

En abril de 1942, a pocas semanas del primer envío, los dos estaban paseando de la mano por la ribera. Entre las parejas con las que se cruzaban las había de adolescentes y de adultos casados cuyos hijos correteaban frente a ellos, ninguna parecía diferente a la pareja que formaban ellos. Pasaron al lado de un matrimonio mayor que, sentado en un banco, contemplaba la puesta de sol con expresión satisfecha en sus rostros marchitos.

—¿Crees que de aquí a cincuenta años podremos sentarnos nosotros aquí? —Aunque Franka lo dijo en tono de broma, el trasfondo de la pregunta era muy deliberado.

—Claro que sí —repuso él—. No me imagino con nadie más. —Ella estaba a punto de decir algo cuando añadió—: En cierto sentido me dan envidia las otras parejas, parecen ignorar los horrores que nos rodean. Supongo que debe de ser casi una bendición poder abstraerse de ese modo.

—Tú no serías capaz de una cosa así, Hans. No eres así. En parte es por eso por lo que te quiero tanto.

—Por eso y por mi increíble belleza, ¿verdad?

—No he querido decirlo por no parecer superficial.

—Demasiado tarde. Lo sabes.

—Cuando estamos juntos eres muy distinto —dijo ella—. Más desenfadado, diría yo.

—Eso es porque ves mi yo real, Franka, la persona que quisiera ser en todo momento. —Miró a su alrededor para asegurarse de que no los oía nadie antes de continuar—: Ves la persona que seré el resto de mi vida una vez que desaparezca para siempre el azote del régimen nacionalsocialista. Eso es lo único que quiero, vivir una vida tranquila y sencilla en la que pueda ser yo mismo a tu lado.

Ella sabía que era cierto, que todo lo que decía lo decía de corazón.

El panfleto consistía en unas ochocientas palabras. Franka pasaba el tiempo leyéndolas como un ser famélico que devora el alimento que le ponen delante. Sus ojos se clavaron en la tercera frase, que decía: «¿Quién de nosotros puede imaginar el grado de vergüenza al que nos veremos expuestos nosotros y nuestros hijos cuando caiga el velo de nuestros rostros y queden expuestos a la luz del día todos esos crímenes odiosos, que exceden infinitamente cualquier medida humana?». El texto instaba a todos los adeptos a la tradición cristiana de Alemania a «ofrecer resistencia pasiva. Ofrezcan resistencia allí donde estén y eviten la continuidad de esta máquina atea de guerra antes de que sea tarde». La página terminaba con un poema dedicado a la libertad seguido de las instrucciones de transmitirla y copiarla tantas veces como fuera posible. En el encabezamiento se leía: «Hojas de la Rosa Blanca».

Franka tenía por misión distribuir cierta cantidad de los miles de ejemplares que se imprimieron. Volvió en tren a Friburgo con aquellos papeles sediciosos en la maleta. Su sola posesión bastaba para que la ajusticiasen. Los nervios fueron a sustituir la alegría que solía reinar en ella cuando regresaba a su hogar. Con todo, el trayecto se desarrolló sin incidentes. Una vez en Friburgo, remitió los folletos a la lista de direcciones que llevaba consigo. Habrían llegado igualmente de haberlos enviado desde Múnich, pero a las autoridades no les sería tan fácil localizar a la Rosa Blanca si las cartas llegaban por correo desde Friburgo, Berlín, Hamburgo, Colonia y Viena. Franka volvió triunfante unos días después. No atraparon a nadie. A aquella hoja siguió otra y luego dos más. Con todas usaron el mismo procedimiento y tomaron idénticas precauciones. De ese modo, se repartieron por toda Alemania miles de folletos y, aunque las autoridades no quisieron reconocer su repercusión, lo cierto es que no pasó mucho antes de que la joven enfermera empezara a oír comentarios en voz baja en las instalaciones de la universidad y más allá de ellas. La gente hablaba ya de los artículos de la Rosa Blanca. Se había iniciado al fin la conversación que habían anhelado sus integrantes. Las hojas mecanografiadas se pasaban de mano en mano y dejaban a su paso una estela de exaltación y pesadumbre. Los lectores quedaban pasmados ante su contenido. Unos reaccionabas con indignación, otros mostraban asombro o incredulidad. Se había alzado una ola modesta que se extendía de Múnich al resto de la nación. No faltó quien acudiese a la Gestapo, pues, al fin y al cabo, era mejor informar enseguida de cosas así. No tenía sentido alguno dejar que otro se atribuyera el mérito de denunciar semejantes palabras de sedición. La Gestapo empezó a buscar a los autores de los panfletos, pero los miembros de la Rosa Blanca no se dejaron arredrar. Hans estaba convencido de que aquello no era más que el principio.

Franka conoció a la hermana pequeña de Hans después de que se matriculara en la universidad, en mayo de 1942, y se mudara a vivir con él. Al principio resultó un tanto incómodo, ya que la sensación de intimidad a que se había acostumbrado Franka se vio interrumpida en ocasiones por su presencia. Sin embargo, era una muchacha dulce y amable, si bien algo seria. Hans nunca le había hablado de unirse al grupo. Pensaba que era preferible ocultarle sus actividades clandestinas, pero ella no tardó en dar con algunas de las hojas que había escondidas en el apartamento que compartían y exigió a Hans que la incluyera. Franka la ayudó a convencerlo, alentada por el arrojo de Sophie y por su lúcida determinación para defender lo que consideraba justo. Aquello se estaba volviendo contagioso.

Viendo que su oposición no iba a ningún lado, Hans cedió tras unos días de discusión. Semanas después, su hermana se había hecho con una posición análoga a la suya a la cabeza del grupo y, de hecho, se encargó de dirigirlo cuando Alex, Willi y él tuvieron que acudir con sus unidades al frente ruso a finales de aquel verano.

Franka siguió trabajando en el hospital y ocultó a todos, a excepción de sus confidentes más íntimos, su vida secreta de traidora sediciosa. Su relación con sus compañeros de trabajo y sus amistades se vio marcada por la duda y el recelo. Examinaba cada una de las palabras que pronunciaban y los gestos que hacían. No cabía confiar en nadie y semejante aislamiento la llevó a acusar más que nunca la ausencia de Hans. En las cartas que le enviaba con asiduidad, codificadas y contenidas para hacer frente a la censura, se referían a las actividades de la Rosa Blanca como a una casa que estuvieran construyendo. Tenía mucho que contarle. La redacción y la distribución de las hojas de la Rosa Blanca se había detenido en espera de que regresaran, aunque no por ello habían cesado las labores del grupo. En Hamburgo se había fundado una filial para ayudarlos a hacer llegar los panfletos a todas partes. Franka concluía cada una de sus cartas con un párrafo dedicado a ella, a ellos. Con independencia de todo lo demás, quería que supiese que pensaba en él cada hora del día y contaba los que quedaban para verlo volver sano y salvo. Sabía que los nazis no censurarían ciertas cosas en la correspondencia destinada a los soldados que combatían en el frente.

Su padre no volvió a la cabaña aquel verano. La pena era demasiado intensa. Viajó a Múnich por Navidades, convertido en una sombra pálida del hombre que había sido antes de que lo destrozaran los nacionalsocialistas. Le habían dado su puesto en la fábrica a un integrante local del Partido al que doblaba en edad. Lo habían degradado y estaba pensando solicitar la jubilación anticipada. Padre e hija se encontraron en el andén de la estación. Él estaba sin afeitar, tenía el rostro cetrino y olía a *whisky*. Fueron a cenar, pero hablaron poco, temiendo cada uno lo que pudiera decir el otro. Dieron largos paseos por la ciudad, por entre los escombros de los edificios bombardeados, cada vez más frecuentes, y los refugios antiaéreos que estaban construyendo por todas partes. Hablaron de los viejos tiempos, de las extraordinarias vacaciones de las que habían disfrutado en la cabaña y de su madre. Eso fue todo. Apenas mencionaron el nombre de Fredi. Habría sido demasiado doloroso. Su suerte ya los había consumido demasiado. No tenían nada más que dar.

Dejó a su padre en la estación avanzada la noche de aquel domingo de enero. Las lágrimas acudieron otra vez a ella a la hora de abrazarlo.

—¿Estarás bien? —le preguntó al retirarse.

—Claro que sí —repuso él, aunque sus ojos delataban una verdad distinta.

—¿Por qué no te planteas mudarte aquí?

—No, gracias. Me quedaré en Friburgo, allí es donde tengo el trabajo y donde están tu madre y tu hermano. Sigo visitando la tumba de tu madre casi todos los días. Ojalá tuviese algún sitio en el que visitarlo a él. Nunca sabremos lo que hicieron con su cuerpo esos animales.

Su padre se derrumbó en el andén y las lágrimas corrieron por su rostro. Ella se ofreció a acompañarlo, a volver a Friburgo durante un tiempo, y le preguntó de nuevo si no prefería quedarse allí, pero él se negó. Sentados en el banco, esperaron el tren abrazados hasta que llegó y ella tuvo que despedirse.

Hans volvió del frente ruso más resuelto que nunca a divulgar las ideas de la Rosa Blanca. Durante el periodo que había estado sirviendo en el cuerpo sanitario en las zonas de combate había sido testigo de cómo se había despojado a los soldados alemanes de todo sentido de la caballerosidad, la clemencia y la humanidad. Los oficiales de carrera, que en otros tiempos habían seguido un estricto código de honor, habían suscrito por completo el dogma racial nacionalsocialista que guiaba por igual a las fuerzas de la SS y la Wehrmacht. La guerra del frente oriental se presentaba al público como una honrosa campaña defensiva contra el comunismo, pero, por lo que contaba Hans, no era más que un ardid para obtener el espacio vital que había prometido Hitler al pueblo alemán. La verdadera campaña se había emprendido contra los judíos. Hans había hablado con docenas de soldados que podían dar testimonio del asesinato en masa de miles de judíos a los que colocaban en hilera al borde de las fosas comunes que se convertirían en su sepultura. Lo que había visto lo había transformado. La noche de su regreso, Franka lo abrazó mientras él temblaba en la cama.

Los periódicos estaban cargados de noticias de victorias heroicas obtenidas en el frente oriental contra las hordas comunistas. Los rusos aparecían caricaturizados como bestias, desdeñados por considerarlos infrahombres incultos e indignos de seguir con vida. Si había una forma más ruin de existencia era la de los judíos. Solo ellos eran menos humanos, más execrables que los soviéticos, a los que los galantes soldados arios vencerían sin dificultad. La batalla de Stalingrado, no obstante, cambió la idea de que los nazis eran invencibles. Los miembros de la Rosa Blanca tomaron buena nota de ello. Hitler se negó a dar la orden de retirada a sus hombres, a quienes condenó así a morir en una ciudad gélida a varios miles de kilómetros de su hogar. El VI ejército alemán terminó siendo aniquilado. Los informes oficiales presentaban como héroes a los cientos de miles de caídos y aseguraban que su sacrificio llevaría al

Reich a las victorias más egregias que estaban por venir. Los miembros de la Rosa Blanca, en cambio, sabían cuánto distaba aquello de la verdad. Sabían que el triunfo de Alemania ya no era tan inevitable y que, por primera vez, la nación se veía mirando la derrota a los ojos fríos y grises. Hitler había probado su primer fracaso militar de relieve y los miembros del grupo no iban a dejar pasar semejante oportunidad.

Los diarios abundaban en noticias de las severas medidas que aguardaban a quienquiera que desafiase al régimen, por insignificante que fuese la afrenta. A un hombre lo mataron por decir que había que ejecutar a Hitler por permitir la muerte de tantos soldados alemanes. La Gestapo decapitó a un camarero que se rio del *Führer* y ajustició a un hombre de negocios por tener la osadía de señalar en voz alta que la guerra se estaba dando mal. En Berlín corrieron la misma suerte cincuenta personas por transmitir información delicada a los soviéticos en lo que se conoció como la confabulación de la Orquesta Roja. A los implicados no los condenaron a la guillotina, que era el método oficial de los verdugos nazis, sino que los colgaron de ganchos para carne y los dejaron sufrir una muerte lenta y dolorosa. Las mujeres, a las que condenaron los tribunales a cadena perpetua, fueron ajusticiadas en la guillotina por orden del mismísimo Hitler.

Franka conocía a varias personas a las que había arrestado la Gestapo por no medir sus palabras o por escribir lo que no debían en sus cartas. La represión a la que tenían sometida los nazis a Alemania no dejaba de cobrar fuerza ni siquiera en momentos como aquellos, en los que se abocaba a su destrucción. Aunque, de un modo u otro, la Rosa Blanca se las compuso para eludir los numerosos tentáculos de la Gestapo, todos eran muy conscientes de la presión que comportaba su actividad. Franka sentía el miedo a sufrir arresto a toda hora. Todos lo sentían, pero eso los empujaba a seguir adelante con más resolución. Nadie dijo nada de echarse atrás, porque aquello habría sido darse por vencidos.

Redactaron e imprimieron más panfletos. Franka volvió a participar. Leyó la hoja más reciente sentada en el baño del tren que la llevaba a Colonia, donde habría de distribuir la última remesa.

Se enviaron por correo miles de ejemplares a toda Alemania.

El entusiasmo que había sentido en el pasado se vio superado por el terror ante la idea de que la capturasen. Parecía evidente que era solo cuestión de tiempo. Todo dependía de quién capitulase primero, si la Rosa Blanca o el régimen. En el campo de batalla, las tornas se estaban volviendo en contra de los nazis, como habían hecho patente la derrota de Stalingrado y las derrotas que la habían seguido, pero la Gestapo seguía siendo tan eficiente como siempre. En su interior llevaba tiempo germinando la idea de dejar el grupo y esa semilla en ese momento empezaba a brotar. Mientras regresaba a Múnich se decidió a darse un descanso y olvidarse por un tiempo, así como a convencer a Hans y a Sophie para que hicieran lo mismo. Contárselo a ellos iba a ser lo más difícil. Hans y algunos más habían empezado una campaña consistente en pintar lemas contra Hitler en los muros y las carreteras de la universidad muniquesa. Estaban yendo demasiado lejos.

Corría febrero de 1943. Los bombarderos aliados habían ofrecido un respiro en sus incesantes ataques. Franka salió a la calle al amparo de la noche y se dirigió a hurtadillas al estudio en el que imprimían los panfletos prohibidos. Llamó a la puerta del modo acordado y Willi salió a recibirla y la saludó con un beso en la mejilla. Sophie estaba escribiendo en una mesa situada en un rincón, en tanto que Hans hacía funcionar la máquina con la camisa arremangada y el rostro sudoroso y encendido.

—¿Puedo hablar contigo, Hans?

Él asintió e hizo un gesto a Alex para que lo relevara. Franka lo llevó a la habitación del fondo y se sentó allí con él.

—Quiero que lo dejes —le dijo.

—¿De qué me estás hablando?

—La Gestapo nos pisa los talones y lo sabes. Están haciendo preguntas por toda la universidad. Saben que tenemos aquí la sede. Solo es cuestión de tiempo que den con nosotros. Quizá sea el momento de dejarlo mientras seguimos con vida. Muerto no vas a servir de nada a la resistencia.

A él le temblaba la mano cuando tomó su taza de café.

—No podemos dejarlo ahora que hemos conseguido llamar la atención del país. Puede que los de la Gestapo estén ya sobre nuestra pista, pero eso es motivo de más para hacer mayor nuestro compromiso. Hemos encontrado una plataforma muy válida y tenemos que aprovecharla mientras podamos. Nadie ha tenido nunca la ocasión de hacer lo que estamos haciendo nosotros. No podemos desperdiciarlo. Eso es precisamente lo que quieren los nazis.

—Todo el mundo admira lo que has hecho.

—Lo que hemos hecho todos. Todos hemos aportado nuestro granito de arena, y tú también, Franka.

—Claro que sí, gracias. Estoy orgullosa de haber formado parte de esto, aunque sea de forma modesta, pero ¿qué podemos conseguir si nos matan o nos encierran?

—¿Crees que no sé a qué nos arriesgamos? Hasta un niño sabe que quien se pronuncie contra el régimen es hombre muerto, pero eso es precisamente lo que hace más necesaria nuestra labor, lo que aumenta la importancia de nuestras acciones. Somos los únicos que están difundiendo ideas de libertad en un país que las necesita más que ningún otro. Estamos dando de comer a las mentes hambrientas de las masas. Si desaparecemos nosotros, desaparecerá también el sueño de una nación mejor.

—¿De verdad te crees capaz de derribar al régimen más poderoso de Europa con un puñado de panfletos?

—¿Para ti tiene algún valor algo de lo que hemos estado intentando hacer?

—Por supuesto que sí…

—Claro que sé que no podemos cambiar nada nosotros solos. Solo podemos hacerlo si se pone toda la nación alemana de nuestro lado contra los nazis. De eso trata todo esto. De eso ha tratado siempre, de difundir la idea de la libertad y plantar la semilla de la verdad en la cabeza de la gente.

—No quiero que te maten, Hans. Te quiero.

—Y yo a ti, Franka, pero esto es más importante que nosotros. Estamos creando una disonancia que tiene el poder de desafiar al mayor mal que haya recaído jamás sobre nuestro país, si no sobre el mundo entero.

—¿Y no puedes dejarlo por un tiempo?

—Ahora mismo, no. Puede que la Gestapo esté cerca de dar con nosotros y quizá no me quede mucho tiempo de vida, pero la historia no me juzgará con comprensión si no aprovecho la ocasión que se nos ha brindado. Además, ¿cómo voy a dejar sola a mi hermana? Ya la has visto. ¡Si se ha tomado todo esto con más pasión que yo! Para mí, y para la Rosa Blanca, solo hay un camino, que es hacia delante.

—Parece que nada de lo que pueda decir vaya a hacerte cambiar de idea.

Los ojos de él, inyectados en sangre, seguían impasibles.

—Prométeme solo que vas a tener cuidado.

Él se puso en pie para abrazarla y ella lo retuvo contra su cuerpo y lo besó una última vez. Hans la acompañó entonces a la puerta y, después de que los demás le dieran las buenas noches, la cerró tras ella.

Hans y Sophie sufrieron arresto en la Universidad de Múnich el 18 de febrero de 1943. Un empleado de mantenimiento al que los nazis habían dado no poco poder y que ejercía en su tiempo libre de soldado de las tropas de asalto de los que recorrían las calles haciendo el paso de la oca, los vio arrojar panfletos por un balcón como si fuesen confeti. La Gestapo le había dado orden de estar atento a cualquier comportamiento sospechoso, más aún que de costumbre, y tuvo que parecerle estar viviendo el mejor día de su vida cuando vio a aquellos dos estudiantes distribuyendo aquellos escritos prohibidos de un modo tan atrevido. Los detuvo él mismo, sin duda embriagado ante el ascenso o la recompensa monetaria que le esperaba. A Hans y Sophie los llevaron del campus al cuartel que tenía la Gestapo en el palacio de Wittelsbach, antigua residencia real de los monarcas bávaros, situado en el centro de la ciudad. Los acusaron de alta traición y de pretender derrocar el Gobierno con violencia, destruir el nacionalsocialismo y propiciar la derrota de sus fuerzas armadas en tiempos de guerra. A Christoph lo arrestaron horas después. La policía secreta encontró en sus apartamentos cuantas pruebas necesitaba y todos los juicios fueron una farsa.

La noticia de la detención de Hans y de Sophie se propagó por toda la universidad. Franka estaba haciendo el turno de noche cuando fue Willi a contárselo. Lloró hasta por la mañana. No cabía esperar clemencia, solo venganza, y sabían que, antes o después, la Gestapo iría también por ellos. Los periódicos informaron al día siguiente del arresto de aquellos estudiantes traidores. El editorial aseguraba que se impondría justicia con rapidez y así fue. Roland Freisler, el magistrado de infausta memoria que presidía el Tribunal del Pueblo y como tal entendía solo en causas de traición y subversión, viajó de Berlín para juzgarlos. El proceso comenzó el 22 de febrero, solo cuatro días después. Franka rezó con el resto por que la condena fuera indulgente. El juicio apenas duró unas horas, tras las cuales se declaró culpables y se condenó a muerte a Hans, Sophie y Christoph. Los trasladaron del tribunal a la cárcel y los guillotinaron. La esposa de Christoph, que se encontraba enferma, no supo del ajusticiamiento hasta varios días después. Los padres de

Hans y Sophie, presentes en el proceso, volvieron a Ulm después de oír el veredicto de culpabilidad y planearon regresar unos días después para ver a sus hijos. Nadie les dijo que iban a ejecutarlos aquel mismo día.

Franka estaba en su apartamento cuando, semanas después, fue a buscarla la Gestapo. La iban a juzgar en abril junto con otros integrantes del grupo. Al parecer, el pánico que se había apoderado de los nazis con los primeros arrestos ya no era tan marcado. El interrogatorio que sufrió a manos de la Gestapo fue menos duro de lo que había imaginado. Tras unos minutos se dio cuenta de que, en opinión de sus inquisidores, era demasiado afable, demasiado bonita y demasiado joven para haber tenido nada que ver con una organización tan execrable como la Rosa Blanca. Daba la impresión de que los investigadores ya se hubieran formado una idea sobre ella y Franka no tuviese que hacer otra cosa que seguirles el juego. Sabían que Hans y Sophie eran la fuerza que había impulsado el movimiento y que los otros protagonistas eran Willi, Christoph y Alex. Lo único que querían de ella era que corroborase la teoría que ya habían formulado respecto del grupo y su papel de novia renuente del cabecilla, de muchacha aria leal descarriada por unos disidentes traidores. Esta función parecía de una importancia vital en la versión que pretendían presentar los nacionalsocialistas a un público alemán fascinado y estupefacto. El abogado que contrató su padre apenas lograba creer la suerte que habían tenido.

—Dudo que te hubiese ido tan bien si no hubieses sido tan guapa —le dijo.

—Lo importante es salir de esto con vida —señaló su padre—. Di lo que haga falta para que no te maten. Denuncia a la organización. Cualquier cosa para salvar el pellejo.

Franka quería manifestarse en favor de la causa, decir al tribunal que estaba orgullosa de lo que habían hecho y que el traidor homicida era Hitler.

—¿Cómo voy a delatar a mis amigos? Eso sería dar la espalda a todas mis convicciones. No podría ni siquiera mirarme al espejo.

—No lo hagas por ti, hazlo por mí. Te necesito más que nunca. No me dejes. No renuncies a la vida. Hazlo por mí.

Así que eso fue lo que hizo. Delató a la Rosa Blanca delante del tribunal, ante el que afirmó haberse dejado extraviar por el peligroso revolucionario que había resultado ser su novio. Tenía el corazón destrozado y cada negación le arrancaba un pedazo más. Su padre le sonreía desde el asiento que ocupaba en la sala de justicia y le hacía una señal de aprobación cada vez que declaraba su lealtad al régimen. Ella pensaba en Hans y en el conmovedor discurso final que había pronunciado en aquel mismo lugar. Sin embargo, como le había recordado su padre, él ya estaba muerto, la Rosa Blanca también. Ella no tenía por qué morir con ellos. Ella, en consecuencia, vendió todas sus creencias para no dejarlo solo. Se le impuso una pena de seis meses de cárcel. El juez proclamó su esperanza de que dicho periodo le ofreciera la ocasión de detenerse a reflexionar sobre su decisión a la hora de elegir compañías y de que, cumplida la condena, supiera satisfacer su deber casándose con un súbdito leal al Reich, preferiblemente un soldado del frente, a quien daría muchos hijos dispuestos a servir al *Führer*. Incapaz de soportar los remordimientos, lloró cuando el alguacil la sacó de la sala. Willi, Alex y el doctor Huber, el profesor universitario que los había inspirado, también murieron ajusticiados. Ellos eran los verdaderos héroes.

Franka eludió los temidos KZ o campos de concentración, que se habían convertido en un horror innombrable, en la verdad que ni siquiera los seguidores más encallecidos del nazismo estaban dispuestos a reconocer. La enviaron con otros integrantes de la Rosa Blanca a la cárcel de Stadelheim, donde habían sido ejecutados Hans y los otros. Allí se vio sumida en una honda depresión. Los fantasmas de los héroes caídos de la Rosa Blanca atormentaban sus sueños. Pasó el tiempo y su postración empeoró aún más. Su padre le enviaba cartas con regularidad y la promesa de la siguiente era lo único que la mantenía con vida. Sus palabras, amables y cargadas de esperanza, eran el único signo de amor o belleza en un mundo que había quedado desprovisto de tales elementos. La correspondencia dejó de llegar en octubre. Su padre había muerto a causa de una bomba arrojada por un aeroplano aliado que había errado su objetivo. Le faltaban tres semanas para verse en libertad. Su familia se había convertido en víctima de los dos lados de aquella guerra inútil y repugnante que se lo había arrebatado todo.

Tras salir en libertad, permaneció una o dos semanas en Múnich. De aquel tiempo no había gran cosa que resultara memorable. Ya no pertenecía a aquel lugar ni podía fingir que seguía formando parte de su sociedad. Las banderas seguían ondeando sobre los edificios bombardeados y la cruz gamada adornaba aún los incontables ataúdes que llegaban a la nación procedentes del frente oriental. Un día llegó una carta de Friburgo por la que el abogado de su padre le comunicaba que tenía listas las últimas voluntades del finado. Nadie más asistiría a su lectura. Fue en ese momento cuando decidió poner fin a su vida. Ya no tenía nada en el mundo. Le pareció apropiado morir en su ciudad natal, cerca del lugar en el que más feliz había sido.

Escuchó al abogado mientras leía el testamento y soportó las miradas de desaprobación que le lanzaba desde debajo del retrato de Hitler que pendía sobre su escritorio. Al día siguiente visitó la tumba de sus padres, que yacían uno al lado del otro en una colina que miraba a la ciudad en la que habían vivido. Acto seguido se retiró a la cabaña. Los peores recuerdos iban a visitarla por la noche y el hecho de dormir sola se convirtió en una tortura insoportable. El dolor se hizo intolerable. Aquella noche salió sin rumbo alguno en mente. Nunca creyó que fuese a llegar tan lejos, pero siempre parecía haber una colina más que alcanzar, una nueva línea de árboles a la que llegar... hasta que lo encontró.

Franka concluyó su historia. La vela, casi consumida, titilaba en el cuarto. La noche seguía tranquila, sumida por completo en el silencio.

—Franka, ¿qué fue de Fredi? ¿Cómo murió? ¿Qué le hicieron los nazis?

—Ahora me resulta imposible hablar de eso. Tengo que irme.

Cerró la puerta al salir y lo dejó solo en la penumbra del dormitorio.

Capítulo 8

Hacía una semana que había dado con él. El dolor de sus piernas se había reducido hasta convertirse en algo semejante a un hervor a fuego lento, pero seguía atado a aquella cama, atrapado en la cabaña. Fuera, la luz del día empezaba a agonizar y el sol proyectaba tonos vivos de naranja y de rojo que atravesaban el cristal manchado de nieve de la ventana de su habitación. Repasó por enésima vez la historia de Franka en busca de incoherencias inexistentes. No la había vuelto a ver desde que, la noche anterior, había salido por la puerta después de revelarle su pasado. Le había resultado difícil no contarle lo que sabía de las actividades de la Rosa Blanca. Pensó en su adiestramiento y en las técnicas de interrogatorio que había aprendido. Los ojos de ella acusaban una verdad profunda. Sabía que no mentía, pero también que se estaba guardando algo. Le había revelado la mayor parte de la historia, pero sabía que había algo más, faltaba una pieza. Con todo, resultaba casi imposible imaginar que fuera una agente de la Gestapo. Si sabía que él no era alemán y lo había delatado, a esas alturas estaría en una sala sin ventanas y bajo la luz de un foco. Era una traidora a la causa que había cumplido condena en prisión por actividades contrarias al régimen y se había librado de acabar en la guillotina solo porque los hombres que la habían juzgado la habían infravalorado. ¿Podía ser que hubiese logrado averiguar su verdadera identidad? ¿Cómo?

Tomó el vaso de agua de la mesilla para dar un sorbo fresco. Si había descubierto que no era alemán, ¿qué más podía saber de él?

Aquel día hacía buen tiempo. Aunque no era fácil determinarlo por la ventana cubierta de escarcha, no había nevado. Lo más seguro era que la cabaña resultara accesible en aquel momento. El mundo podía invadir el escondite en que se ocultaban. Miró a su alrededor. En aquel cuarto no había sitio alguno desde el que escuchar, en el que apostar de modo subrepticio a agentes de la Gestapo para que lo espiaran a través de agujeros practicados en la pared. Oía cuanto estaba ocurriendo en la vivienda cada vez que ella metía leña o se hacía un café en la cocina. Poco antes la había oído tomar un baño y sabía que en ese momento estaba leyendo sentada en la mecedora situada frente a la chimenea de la sala de estar mientras oía la radio. Actuaba con absoluta libertad frente a él. Sintonizaba emisoras ilegales y hablaba a menudo de su desdén para con el régimen. Si fuese un oficial de la Luftwaffe como aseguraban sus documentos, Franka podía esperar un trato muy severo por parte de la Gestapo en caso de que denunciara sus actividades. Ella no mentía cuando decía estar al tanto de todo. No había otra explicación. Fuera como fuese, lo sabía.

Un ruido procedente del salón le dijo que su cuidadora se había levantado y se encontraba en la cocina. Entonces oyó acercarse sus pasos, llamar y abrir la puerta. Tenía el rostro macilento. No era habitual que fuera a verlo durante el día si no tenía un motivo concreto para entrar en el dormitorio. Solo solía entrar para llevarle la comida, aunque aún quedaba al menos una hora para la siguiente.

—¿Se encuentra bien?

—Bastante bien, *Fräulein*.

Contener sus instintos y no revelar su interior formaba parte de la disciplina que le habían inculcado. Había oído rechinar los muelles de la cama de ella durante la noche y no pasó por alto las ojeras con que se presentaba ante él.

—Franka, no hay motivo ninguno para que se sienta culpable.

—¿Perdón?

—No es culpa suya que usted siga con vida y ellos no. Además, tampoco debería sentir vergüenza por haber deseado morir. —Las palabras salieron de él sin pensarlo y sin intención alguna. De hecho, él mismo se sorprendió al oírlas.

—Vendí lo último en lo que creía. —Se volvió hacia él casi sin voz y con la vista clavada en el suelo—. No tenía nada más en esta vida. Al menos, si hubiera dicho lo que opinaba…

—Usted estaría muerta ahora y yo también. ¿De qué habría servido? ¿A quién le habría hecho algún bien? Hans murió, pero eso no significa que usted no pudiera seguir con vida.

—Es absurdo. Nunca le había revelado todo esto a nadie. Y a usted ni siquiera lo conozco.

—En estos tiempos no abundan las personas en las que poder confiar.

¿Podía fiarse de ella? ¿Estaría contándole la verdad? ¿Qué probabilidades había de dar con alguien así? Quería creerla, pero no podía, sabía que le estaba ocultando algo.

—Franka, ¿le importa que la tutee?

—Claro que no.

—Quiero darte las gracias por revelarme tu pasado.

—¿Piensa denunciarme?

—¿Por qué?

—Por escuchar emisoras prohibidas o por hacer comentarios sediciosos contra el *Führer*.

—Yo no soy nazi.

—Entonces, ¿quién es?

—No todo alemán de uniforme es nazi. Tú deberías saberlo mejor que nadie.

—Ni todo el que lleva un uniforme nazi es alemán.

—En tiempos de guerra no cabe desconfiar del Gobierno —repuso él sintiendo la vacuidad de sus palabras.

—La Rosa Blanca pensaba todo lo contrario.

—¿Y tú te consideras una patriota de verdad por hablar contra el Gobierno?

—En el pasado sí, pero ahora ya no soy digna de tenerme por patriota. Después de lo que hice, no. Hans, Sophie, Willi y Alex, sí, ellos sí eran patriotas de verdad.

En la habitación se hizo un silencio pesado. Había llegado el momento. Tenía la ocasión ante sí, esperando a que la aprovechase.

—Hay algo que no me estás contando —dijo.

—No sé a qué se refiere.

—Conozco a las personas. Forma parte de mi trabajo. Me adiestraron para darme cuenta de cuándo me están ocultando algo y en ti lo noto.

—¿Y qué me dice de usted, señor Graf? —Franka escupió el nombre como si le amargara—. ¿Qué me está ocultando usted?

—No estamos hablando de mí.

—¿Ah, no?

Pensó en la pistola que tenía bajo la almohada y reflexionó sobre lo que ocurriría con aquella conversación y con toda aquella situación en caso de que alargara la mano para hacerse con ella.

—Hay algo de ti que no me has dicho.

—¡Usted no me ha dicho nada! —le espetó ella.

—No puedo revelar los detalles de la misión que me ha traído aquí.

—Ya lo sé, por el bien del Reich. Se asoma usted a mi interior y, cuando cedo, lo único que sabe hacer es pedir más. —Se puso en pie—. Dice no ser nazi, pero es igual que ellos. Quizá sea usted el que oculta algo.

Fue a la puerta y salió dando un portazo, pero el pestillo no llegó a encajar en la cajuela y quedó un resquicio en la hoja. Toda la cabaña se estremeció al dirigirse ella a la cocina con paso marcado. La oyó arrimar una silla a la mesa y echarse a llorar.

Él hizo lo posible por reprimir la flaqueza que sentía en su interior.

Franka siguió llorando sola.

¿Qué podía hacer confinado en aquella cama, en aquella cabaña, en aquellos montes? ¿Podía confiar en ella? No dejaba de hacerse la misma pregunta, que volvía una y otra vez a su cabeza sin respuesta alguna. ¿Podría hacer ella lo que le resultaba imposible a él en semejante situación? Era cierto que le había revelado buena parte de su vida, pero sabía que había algo más escondido en su interior. Lo notaba. ¿Qué había sido de Fredi, su hermano? Había hablado de su suerte solo de pasada, como si se hubiera desvanecido sin más. ¿Por qué no iba a verlo si estaba en una institución de los alrededores? Era la última parte del enigma, la pieza del rompecabezas que faltaba. Una vez revelados, no podían quedar secretos en el tintero y la pistola que tenía bajo la almohada podría ser su único recurso. Tenía que estar seguro. Le iba la vida en ello.

Pasaron las horas. La cena no llegaba. El vaso quedó sin agua y el orinal, sin vaciar. La oía ir de un lado a otro, percibía cada uno de sus pasos, pero no se atrevió a hacer ruido alguno. Sabía que habían llegado a un punto decisivo y que era ella la que tenía que hacer el siguiente movimiento. Esperó. El reloj de cuco del pasillo dio las once. El negro impenetrable de la noche había trocado la ventana en un espejo que reflejaba el fulgor amarillento de la lámpara de aceite.

Entonces oyó acercarse el ruido de sus pasos y la vio permanecer unos segundos en el umbral, con la luz de la lámpara bailando en el azul de sus ojos. Él no dijo nada.

—Le voy a decir lo que quiere saber, pero no por usted, sino por mí —dijo ella con voz desvaída—. Llevo demasiado tiempo llevando ese peso en mi interior. Solo llegué a contárselo a Hans, aunque hay detalles que ni siquiera pude compartir con él.

Quedó contemplando la nada mientras dejaba salir las palabras a borbotones de su boca.

Fredi había cumplido casi los catorce cuando lo llevaron a la institución en 1939. Su altura estaba empezando a pasarle factura. Medía ya un metro ochenta y sus extremidades daban la impresión de marchitarse a medida que crecía su cuerpo. Hacía ya mucho tiempo que no caminaba y Thomas tenía que hacer un gran esfuerzo para subirlo y bajarlo a diario de su silla de ruedas. Franka estaba preparándose para mudarse a Múnich y comenzar allí su nueva vida. Su padre la había alentado casi hasta el punto de obligarla a aceptar el trabajo. Insistió en que tenía una historia propia por vivir y en que Fredi supondría demasiado trabajo para cualquiera de los dos. Lo mejor era que se encargaran de su cuidado los profesionales. Franka aceptó sin protestar los deseos de su padre, aunque en el fondo sabía que lo que la estaba empujando era su propio egoísmo, sus deseos de vivir su propia vida independiente. Tenía veintidós años. El de Daniel era el único amor que había conocido y quería más. En aquel momento, Friburgo le parecía una ciudad envenenada. Múnich, la gran urbe, parecía brindar una esperanza nueva.

Fredi era la mejor persona que había conocido en su vida. El odio, la malicia, el espíritu de venganza y el desprecio, las emociones que conformaban los cimientos del nazismo, no se habían hecho para él. Él solo conocía el amor. Quienes lo conocían sentían el destello de su amor. Era imposible resistirse. Aceptó con su proverbial optimismo y de buen grado la noticia de su traslado, porque, según dijo, en la residencia tendría la ocasión de hacer cientos de amigos nuevos. Y así fue. Cuando Franka volvió de visita en noviembre de 1939, semanas después de que lo ingresaran, tuvo la sensación de que su hermano llevase allí toda la vida. No había nadie que no lo conociera, que no lo adorase. De hecho, pasó casi una hora presentándole a los amigos que tenía allí, desde las enfermeras, que lo recibían con una sonrisa radiante, hasta los pacientes que no podían moverse o hablar y lo saludaban inclinando la cabeza o levantando una mano. Nadie era inmune a su vitalidad.

Franka volvió para visitarlo tantas veces como le fue posible. Regresaba a Friburgo cada tres semanas aproximadamente para ir a verlo con su padre, a quien el personal trataba con gran familiaridad. Fredi se mostraba feliz y aquel lugar parecía perfecto para él. Su padre lo repetía tantas veces que ella no tuvo más remedio que empezar a creerlo y vio disminuir la sensación de culpa que le había provocado su traslado a Múnich. Sus dolencias también se estabilizaron. Aunque los médicos no tenían esperanza alguna de dar con una cura, la degeneración de sus extremidades se hizo más lenta. Fredi podía recorrer la institución sin dificultad en la silla de ruedas y siempre tenía un lugar al que acudir, alguien a quien ir a ver y animar.

Franka conocía a varias de las enfermeras de su periodo de formación y se mantenía en contacto con ellas para saber de los progresos que hacía Fredi entre visitas. A medida que pasaba el tiempo aumentaban su tranquilidad y la de su padre. Su vida con Fredi no había ido nunca tan sobre ruedas. Thomas pudo relajarse por primera vez en lo que parecían lustros y la satisfacción de ella le permitió entregarse de lleno y con pasión a su existencia muniquesa. Todo hacía pensar que era posible alcanzar un equilibrio.

La noticia llegó sin previo aviso. Corría el mes de abril de 1941 cuando Franka recibió una llamada telefónica en el trabajo. Era una de las enfermeras que conocía de la institución y hablaba entre llantos. Un martes por la tarde se presentaron sin anuncio alguno los furgones negros de la SS. Hacía un día excelente e hicieron sacar al exterior a todos los pacientes, incluidos los que se encontraban en estado catatónico. A los pacientes mayores que podían tenerse en pie los pusieron en fila. La enfermera jefe protestó, pero la apartaron y se la llevaron con ellos. Una serie de hombres ataviados con bata blanca que ni siquiera se identificaron como médicos se puso a examinar la boca de los mayores. Al personal de la institución le aseguraron que se trataba de un trámite y que acabarían pronto. Dividieron a los pacientes en dos grupos y a algunos les puso el ayudante un sello con tinta en el pecho. A uno de los grupos lo dejaron volver adentro, en tanto que al otro, mucho más numeroso, lo llevaron al lugar en que estaban estacionados los furgones. Metieron a los pacientes en los vehículos, algunos en sus sillas de ruedas, otros cojeando con sus muletas y otros en camilla. Cuando un chiquillo preguntó al comandante de la SS adónde los llevaban, él respondió que al cielo. De ese modo, entraron en los furgones con una sonrisa de tranquilidad en el rostro.

Fredi estaba nervioso, como si su instinto le dijera que mentían. Se resistió. Se agitó ante las enfermeras y rogó que lo dejaran quedarse. A las que, entre gritos, intentaron acudir en su auxilio las contuvieron con la culata de sus fusiles y las tiraron al suelo. Un soldado sonriente de la SS apoyó la mano en el hombro de Fredi y le dijo que no tardaría en estar de vuelta con historias maravillosas que contar a sus cuidadoras y que iban a poder tomar helado gratis. A fuerza de mentiras, lograron que empezara a calmarse. El mismo soldado tomó las empuñaduras de la silla de ruedas de Fredi y la empujó hasta el furgón negro para que se uniera a sus amigos. Los hombres de la SS dieron a los pequeños el pie de una canción como si fuesen con ellos de excursión a una feria. Fredi se despidió agitando los brazos cuando cerraron la puerta tras él y el sonido de los críos cantando quedó flotando en el aire mientras se los llevaban.

El padre de Franka trató frenéticamente de averiguar el paradero de su hijo y topó con un muro de ignorancia fingida y con negativas. Pasaron varios días agónicos antes de que recibiera la carta por la que lo informaron de que Fredi había muerto de un ataque al corazón y habían incinerado su cadáver. El escrito llevaba anexo un certificado de defunción y, al pie, el saludo oficial de *Heil Hitler*.

La legislación procedía del mismísimo *Führer*, ineficaz, descuidado y propenso a promulgar directrices vagas que, sin embargo, esperaba ver cumplidas de inmediato. Había hablado en el pasado de las «bocas inútiles» que desperdiciaban los recursos de la patria mientras la flor de la juventud alemana se sacrificaba en el campo de batalla. Había que expulsar de sus camas de hospital a los que eran «indignos de seguir con vida» para hacer sitio a los heridos que llegaban del frente o a las madres cuyos hijos podían sustituir a los caídos en combate. ¿De qué servían en tiempos de guerra los enfermos incurables, los inválidos, los deficientes mentales o los ancianos? Privándolos de sus derechos se lograría una nación más sana y vigorosa y se avanzaría en la defensa del futuro de la raza aria. Hitler nombró un equipo de médicos que habría de decidir quién debía morir y quién podía vivir y así se seleccionó a numerosos miles de ellos para asesinarlos.

Thomas Gerber se quedó destrozado. La muerte de Fredi extinguió su vida, su amor y su alegría. La vitalidad y el júbilo que había manifestado en otro tiempo desaparecieron por completo. Franka no volvió a oírlo reír después de aquello, como si hubiera olvidado cómo hacerlo. Poco después perdió el trabajo y se refugió en un estupor agravado por el alcohol. La insondable agonía que experimentaron superó todo lo que hubiese podido sentir nunca Franka. Pasó días enteros llorando, incapaz de comer o dormir y atenazada por un odio a los nazis que le quemaba las entrañas como cristal derretido. Los asesinos de Fredi se veían ensalzados como héroes y el responsable último, deificado. No había escapatoria: los que habían matado a su hermano estaban por todas partes. Eran todos los que lucían el brazalete nazi o cualquier otro emblema del Partido Nacionalsocialista, todo soldado de la SS y todo ario de la ciudad. También cada integrante de las Juventudes Hitlerianas y cada histérico de ojos desorbitados que gritaba el saludo en los incontables mítines que se celebraban. Quién sabía cuántos miles habían muerto asesinados en virtud del programa de eutanasia de los nacionalsocialistas o sometidos por ser judíos, gitanos, comunistas, dirigentes sindicalistas, disidentes políticos o simplemente ciudadanos a los que habían sorprendido diciendo lo que no debían. Franka reparó en que en la sociedad alemana se había trazado una línea que separaba a los verdugos de las víctimas. Había muchos miles por los que compartir la culpabilidad colectiva de la que hablaba Hans en sus escritos, pero eran muchas más las víctimas del régimen a cuyas familias habían enviado a campos de concentración o asesinado por considerarlas «indignas de seguir con vida». La existencia de todos ellos se desarrollaba en la prisión abierta en que se había convertido la Alemania nazi bajo el yugo de quienes habían cometido crímenes horrendos contra ellos.

No tenían cuerpo que enterrar ni nadie se vería obligado nunca a enfrentarse a un tribunal por la muerte de Fredi. Franka volvió a la institución con la esperanza de lograr cierta aceptación de la pérdida. Las enfermeras se desmoronaron al verla. La amiga que la había llamado se le echó a los brazos implorando perdón por algo que, al fin y al cabo, no había estado en posición de detener. La visita no duró mucho. El lugar había quedado embrujado y el personal que lo llevaba calculaba que la SS no tardaría en volver por el resto de pacientes. Franka regresó a Múnich y trató de sumergirse en la música, el trabajo y cualquier otra cosa que pudiera distraerla del dolor constante que sentía en su interior, cualquier cosa que la hiciese dejar de recordar. Conoció a Hans. Él lo entendió y sumaron su indignación, dispuestos a morir al servicio del pueblo alemán.

Fredi nunca la dejó. Veía a diario el rostro de su hermano, oía su risa adondequiera que fuese. Había sido demasiado bueno, demasiado puro para la cloaca de prejuicios y odio en que se había transformado la nación. En Alemania habían dejado de tener cabida los ángeles. En su seno solo podían prosperar ya aquellos que se habían visto trastornados por el odio y el miedo.

El viento agitó las ventanas antes de amainar. Desde el fin de su relato habían pasado dos minutos sin que ninguno de los dos articulara palabra. Solo el sonido de su llanto preñaba el aire.

—He hablado demasiado —dijo—. Va siendo hora de que lo deje dormir un rato. Ya no sirve de nada se…

—Franka…

Ella, ya camino de la puerta, se detuvo al oír su voz.

—Me llamo John Lynch, soy de Filadelfia, Pennsylvania, y necesito tu ayuda.

Capítulo 9

Isla de Guadalcanal, noviembre de 1942

El viento ofreció un respiro frente al calor implacable. John se quitó el casco y se llevó la muñeca a la frente para secar parte del sudor que parecía cubrirle todo el cuerpo. Los hombres que lo rodeaban soltaron sus macutos y sus fusiles. Muchos usaron el casco a modo de asiento. La larga hierba de la colina que se alzaba ante ellos silbaba y danzaba por acción de la brisa. John tomó la cantimplora que llevaba a la cintura. Las manos, secas y llenas de cortes, le temblaban cuando se la acercó a los labios. Bebió solo la cantidad necesaria para aplacar la sed antes de volver a taparla. Hacía varios días que no recibían avituallamiento y el agua escaseaba. Los superiores parecían no considerarlo una prioridad. Tenía el cuerpo aquejado por mil dolores y hasta el simple hecho de ponerse en cuclillas se había convertido en todo un lujo tras varios días de marcha. Apoyó el fusil contra la cresta en la que se había sentado su sección. Algunos soldados abrieron sus latas de raciones y atacaron el contenido con dedos sucios. En el viento flotaba el humo de los cigarrillos. Los hombres gruñían. Apenas hablaban. Sabían la que se les venía encima. Sabían que aquello no era más que un breve respiro. Había que tomar aquella colina.

Albert King, un granjero de Kansas, le ofreció un pitillo que él declinó agitando la cabeza.

—El señorito vale mucho para aceptar mi tabaco, ¿no? —repuso King—. Ya veo que su majestad no se sienta porque no le deja la cuchara de plata que lleva metida en el culo.

—Estoy esperando a mi mayordomo. El servicio está fatal últimamente.

Oyeron ante ellos la voz del comandante Bennett y lo vieron recorriendo la fila de soldados extenuados y escrutándolos uno a uno. Al llegar al lugar en que se encontraban John y King se detuvo.

—Necesito voluntarios —anunció—, cinco hombres que suban y echen un vistazo a lo que hay en lo alto de esa colina. —Siguió caminando unos pasos mientras apoyaba en cada uno de sus combatientes el peso de su mirada—. Aquí somos patitos de feria. Si el enemigo tiene instalada una pieza de artillería en la cima, como sospecho, nos hará pedazos. Así que necesito que cinco de vosotros suban a neutralizar lo que haya ahí arriba. Nuestros cañones ya los han abatido, de modo que es muy probable que no encontréis otra cosa que un puñado de cadáveres amarillos. ¿Quién se apunta?

Se levantaron unas cuantas manos cansadas y renuentes entre las que se incluía la de John. Bennett lo eligió en primer lugar. Los cinco escogidos hicieron un corro alrededor del comandante.

—Estáis a las órdenes de Lynch. Si hay una pieza de artillería, anuladla y volvéis para informarme.

Los demás siguieron a John, él asomó la cabeza por encima de la cresta. El viento hacía olas en la hierba que cubría los cien metros que alcanzaban a ver en dirección a la cima de la colina. El sol había empezado a ponerse y el cielo se teñía de pinceladas de naranja y oro por obra de algún pintor celestial. La luz parecía más densa, como si pudieran palparla con solo alargar la mano. John se secó el sudor de las manos en el ajado pantalón de fajina e indicó a los otros que lo siguieran. Se agachó hasta que sus ojos quedaron muy poco por encima de la línea de espesa hierba que silbaba alrededor de todos ellos. Los hombres se desplegaron. King y Carpenter quedaron a su izquierda y Smith y Munizza, a su derecha. Avanzaron en silencio, batiendo con las piernas la densidad de la hierba. Se encontraban ya a un centenar de metros del resto de la compañía. Indicó con un gesto a los hombres que se detuvieran. Todos se agacharon a un mismo tiempo y se hicieron invisibles al instante. Sacó los binoculares que llevaba al cinturón. Nada. La cima estaba oculta tras otra cresta.

Hizo una señal a los otros cuatro para que lo siguieran y siguió adelante con cuidado y en cuclillas. Todos formaban una línea que se extendía unos treinta metros a izquierda y derecha de él. La compañía que los aguardaba había dejado de verse tras la ladera. John sentía la respiración forzada e irregular y el corazón acelerado. Cada paso resultaba más doloroso que el anterior. Tenía los pies llenos de ampollas y en carne viva y los calcetines manchados de sangre seca. Allí no había nada. Podían indicar a los demás que subieran. Solo tenía que asomarse al lomo de tierra que tenía delante. Casi alcanzaba a ver la cima. Se volvió a mirar a los hombres que lo acompañaban y vio que en ese instante habían alcanzado la cresta antes que él. Entonces rasgó el aire el tableteo de una ametralladora y del pecho de Munizza brotó un penacho carmesí. Acto seguido se oyó una descarga de fusil y la cabeza de Smith escupió sangre mientras su cuerpo caía hacia atrás. John se echó al suelo. Las balas lanzaban dentelladas a la tierra que tenía frente a él. Rodó hacia un lado. King yacía a diez metros de él. Reptó hacia él con los oídos inundados por el ruido de las ráfagas de la ametralladora.

—Me muero —dijo King. Estaba boca arriba y tenía manchada de rojo la pechera del uniforme.

John lo tomó de la mano.

—No vas a morir, Al. Voy a sacarte de aquí.

John volvió a levantar la cabeza, solo lo suficiente para ver el búnker que tenían a cien metros. Se llevó los binoculares a los ojos y logró distinguir la ametralladora que escupía fuego. El suelo que tenía delante volvió a levantarse y terminó con la cara en tierra. Pasaron unos segundos antes de que volviera a atreverse a alzarla. Sus compañeros habían muerto. El cadáver de Carpenter yacía a treinta metros a su izquierda. A su lado, el cadáver de Munizza. Smith había rodado colina abajo con el cuerpo acribillado y expulsando sangre granate. Una gota de sudor recorrió el rostro de John mientras abría la camisa a King. Tenía la herida en el lado diestro del pecho, debajo del pulmón. Si conseguía que lo atendiesen, no era una condena de muerte, pero ¿cómo podría bajar la colina con él? La ametralladora haría fuego en el instante mismo en que se movieran. Él solo sí podía componérselas para llegar abajo, pero ¿qué sería entonces de King? ¿Y del resto de los que serían víctimas de aquella arma más tarde? Había que tomar la colina. No tenía vuelta de hoja.

Estrechó la mano de King.

—Tengo que subir a echar un vistazo. Ahora vuelvo. Voy a hacer que paguen lo que os han hecho.

King dejó de hacer fuerza con la mano y John se arrastró hasta la cresta pasando al lado del cadáver de Smith. Asomando la cabeza, alcanzó a ver el fortín sin provocar ningún disparo. La ametralladora soltó algunas ráfagas indiscriminadas hacia el lugar en que yacía King y se oyeron también varios fusiles que fueron a dar en el lugar en que había estado John, pero ninguna de las balas se dirigió a su posición. Se encaramó al lomo de tierra y avanzó reptando al amparo de los más de sesenta centímetros de altura de la hierba. Le temblaban las manos y tenía la garganta tan seca que sintió ganas de buscar el cuerpo de Smith para ver si le quedaba agua en la cantimplora. Había dejado la suya con el macuto y la compañía. Hizo caso omiso de los instintos que, desde el interior de su ser, le pedían a gritos que echase a correr colina abajo. Todo movimiento hacia delante le parecía antinatural e insensato, pero no se detuvo.

Se dirigió hacia lo que esperaba que fuese una extensión de campo abierto situada a su derecha. Por lo que sabía, allí arriba podía haber todo un batallón de japoneses y cabía la posibilidad de que aquellos fuesen sus últimos segundos de vida. Pensó en Penelope, recordó el reflejo del sol en su piel en aquella habitación de hotel de Honolulú antes de su partida. Casi pudo sentir de nuevo su tacto y oír su voz. Pensó en su padre, su madre, su hermano y su hermana y reprimió el rencor que seguía albergando. No quería sentirlo, no en aquel momento. Recordó el otoño en Pennsylvania y las hojas rojas que alfombraban el jardín trasero de la casa de sus padres y que Norman y él apartaban a patadas siendo niños.

La lluvia de balas no llegaba. Avanzó apoyándose en los codos sin soltar el fusil. Entonces alcanzó a ver el búnker con más claridad a un centenar de metros a su izquierda y, pegado a él, un mortero apostado. Estaban esperándolos. Iban a hacer trizas la compañía. En la posición del mortero había sentados tres soldados japoneses, preparados para atacar y mirando hacia donde estaban King y los otros. El búnker estaba excavado en el suelo y por el recuadro negro de la aspillera asomaba una ametralladora pesada, cuyo cañón iba de un lado a otro en busca de cualquier movimiento. John rodó sobre su espalda y sostuvo el fusil sobre el pecho. Pensó en King. ¿No sería mejor regresar con él para intentar llevarlo hasta donde esperaba el resto de la compañía? Los japoneses no lo habían visto acercarse. Se encontraba en una posición inmejorable para flanquearlos. La ametralladora no podía girar para alcanzarlo en el ángulo en el que se encontraba. Sin embargo, si regresaba era más probable que lo abatieran. El enemigo se aseguraría de impedir que informara de su posición.

Siguió reptando. Estaba ya a cincuenta metros del mortero. Los soldados japoneses seguían mirando colina abajo, ajenos a su presencia. Estaba tan cerca que los oía hablar. Uno de ellos soltó una carcajada. John se puso en pie de un salto, se llevó el fusil al hombro y disparó. Corrió hacia ellos mientras apretaba de nuevo el gatillo. Uno de los soldados cayó a tierra con un balazo en el cuello. Los otros dos fueron por sus fusiles mientras la ametralladora rugía de nuevo, disparando a la nada. John vio sus propias balas alcanzar a otro en el pecho. El tercero alzó su fusil, pero él ya lo tenía a tiro y descargó sus dos últimas balas en la cabeza. John seguía corriendo y sentía el aliento caliente entrando y saliendo de sus pulmones. Echó mano a la granada que tenía en el cinturón y, deteniéndose en la posición del mortero, la lanzó hacia la entrada del fortín. Cayó al suelo en el instante en que salían de él dos japoneses, que desaparecieron en medio de una lluvia de barro y sangre. Él corrió hacia el búnker, sacó la anilla de otra granada de mano y la arrojó por la arpillera a dos metros de distancia. Se echó al suelo, que tembló ante una sacudida que a punto estuvo de levantar el techo del refugio. Entonces sonó un alarido y de este salió tambaleante la figura de un hombre con una espada de samurái en alto cuyos ojos enfebrecidos parecían querer salirse de sus órbitas en medio de un rostro ennegrecido. John tomó el fusil y apretó el gatillo, pero el percutor no dio más que un chasquido. Estaba vacío. El soldado, ensangrentado y cubierto de quemaduras, corrió hacia él trastabillando y hendió la tierra con la hoja en el momento en que John se apartaba rodando y buscaba su machete. El hombre tenía destrozada media cara y la piel le colgaba a jirones. Volvió a acometer con la espada, pero con golpes lánguidos, débiles. John le agarró el brazo, tiró de él hacia sí y le hundió el machete en el estómago. De sus entrañas salió sangre caliente mientras abría los ojos de par en par y la vida se le escapaba. Se hizo el silencio. John lo apartó y, empapado de la sangre de aquel hombre, se incorporó hasta quedar de rodillas. El viento volvió a silbar en la hierba al mismo tiempo en que se imponía una noche tan cerrada que apenas le permitía distinguir contra el cielo las siluetas de los soldados de la compañía que acudían colina arriba en su apoyo.

Washington, D. C., febrero de 1943

Le habían almidonado demasiado la camisa.

—Deja de hacer el tonto con el cuello —dijo Penelope, radiante con su vestido de lentejuelas rojas—, que lo vas a estropear. —Parecía estar furiosa.

—¿Qué más da, Penny?

—No da igual porque nos están mirando.

Lo tomó de la mano para llevarlo al salón de celebraciones. Él se sentía fuera de lugar, como si no estuviera allí. Nunca dejaba de pensar en los hombres de su sección. Los recuerdos parecían tirar de él hacia aquel lugar. La parte de su persona que importaba de veras seguía estando allí y seguiría estando allí para siempre.

Miró a su mujer. Estaba tan guapa como en sus sueños. Aunque en ese instante estaban juntos y de la mano, no había dejado de ser inaccesible. Había algo agazapado tras su sonrisa, tras las palabras amorosas que le había dedicado al ir a recibirlo a la estación. Su obsesión con lo que podían pensar o sentir los otros le resultaba más ajena que nunca. ¿Era ya así cuando se conocieron en la universidad? A su mente acudió aquella noche de otoño en Princeton. Se había producido el encuentro entre dos grandes familias, la fusión definitiva. Al principio había parecido forzado. A fin de cuentas, habían organizado aquel baile en la mansión vecina de sus padres casi con el único propósito de juntarlos. Su primer impulso había sido el de rechazar toda aquella farsa, pero la belleza de ella y la insistencia de sus padres lo hicieron ceder. Ella lo había amado durante un tiempo, hasta que él había advertido que el hombre que quería ella no era el que él quería ser. Sintió que ella dejaba de apretarle la mano a medida que sorteaban las mesas en dirección al lugar en que los aguardaban de pie los padres de él.

Su padre era amigo de senadores y diputados y hasta había conocido al presidente cuando, en 1938, había visitado las fábricas de Filadelfia. La fotografía que se había hecho con él seguía colgada sobre el escritorio de su estudio. Había usado sus contactos para procurar a John un mes de permiso que él no había pedido.

Aunque seguía marcado por el tiempo que había combatido en la selva, las costras empezaban a sanar. Había necesitado varios días para limpiarse, eliminar toda la suciedad que tenía bajo las uñas y quedar presentable. Los circunstantes los miraban. Su padre lo saludó estrechándole la mano. John abrazó a su hermana, Pearl, y le dio la mano a Norman, a quien apenas pudo mirar a los ojos. Era la primera vez que lo veían en público con ellos desde su regreso. Tenían la ocasión de presumir de él entre sus iguales. Penelope besó a sus suegros y sus cuñados y esperó a que John le retirase la silla para sentarse. Pearl tomó asiento a un lado de él y Penelope al otro. El marido de Pearl estaba sirviendo con las fuerzas aéreas y lo habían destinado a Inglaterra. Habían empezado ya las incursiones con bombarderos sobre Europa y sus ojos delataban la preocupación que se afanaba en ocultar.

Cuando llegó el momento de los discursos, cada uno de los oradores se encargó de poner de relieve la urgente necesidad de comprar bonos de guerra. El padre de John subió al estrado en su turno y, desde allí, hizo una señal a su hijo para que se pusiese en pie. Él obedeció y sostuvo en alto la Estrella de Plata que le habían otorgado por destruir el nido de ametralladora de Guadalcanal y salvar la vida de King. Las más de doscientas personas congregadas en la sala se levantaron a una para aplaudir. John sintió la mano de Pearl posada en su hombro, vio que Penelope se mantenía a cierta distancia de él y aplaudía con el resto. Acabada la ovación, volvió a ocupar su asiento con la sensación de que le habían quitado un peso de encima.

Tras la cena acudió todo un rosario incesante de amigos de la familia y simpatizantes —de los cuales solo conocía a algunos— a estrechar su mano, transmitirle su admiración y asegurarle que no habrían dudado en estar a su lado en aquellas tierras de no ser ya unos vejestorios. Tenía la muñeca dolorida de tanto dar la mano y los músculos de la cara acartonados de tanto sonreír. Penelope los cautivaba a todos y los ancianos no dudaban en usar la chequera.

La música había empezado ya cuando lo llamó su padre. Estaba sentado al lado de un sesentón más bien achaparrado y de pelo cano vestido de esmoquin.

—John, quiero presentarte a William Donovan. Bill, mi hijo John.

—Un placer —dijo Donovan con un fortísimo apretón de manos.

—John quiere algo más de lo que yo puedo ofrecerle.

—¿A qué te refieres, papá? —Tenía la sensación de saber adónde quería llegar, pues ya había mantenido a menudo con él aquella conversación, de la que siempre salía sintiéndose culpable.

—Yo tenía planes de dejarlo al cargo de mi empresa —explicó el padre a su acompañante—, pero él no lo quiso. Me destrozó el corazón. Por suerte, mi otro hijo, Norman, está haciendo un gran trabajo.

—¿Y por qué no quisiste continuar la labor de tu padre, muchacho? —preguntó Donovan.

—Porque no estoy hecho para eso.

—Es una verdadera lástima, aunque la verdad es que John nunca ha querido ser el gran industrial en que podría convertirse con la formación que le he dado. Tiene sus propios planes.

—¿No podemos hablar de esto en otra ocasión? —preguntó el hijo.

—Sí, quizá sea mejor dejarlo para otro momento. Os dejo hablar.

Donovan esperó a que se hubiera marchado para decir:

—En primer lugar, quería darle las gracias por el servicio que está prestando a la nación.

—Se lo agradezco.

—¿Sabes quién soy, John?

El tono de la pregunta no le dejó duda alguna de que tenía que pertenecer al Ejército, por más que fuera vestido de paisano.

—No estoy muy seguro, señor, ni quiero hacer suposiciones. Mi padre parecía estar deseando que nos conociésemos.

—Y tiene sus motivos, muchacho. Somos viejos amigos, porque combatimos juntos en la última guerra, siendo tú un bebé.

—¿Y cómo es que no nos habíamos visto antes?

—Tu padre y yo perdimos el contacto hace un tiempo. Llevábamos años sin saber el uno del otro cuando coincidimos en una cena igual que esta poco antes de las Navidades pasadas. —Donovan se llevó la mano al bolsillo para sacar un paquete de tabaco y ofrecerle un pitillo. Al ver que John declinaba, volvió a guardarlo sin tomar ninguno tampoco para él—. Tu padre me ha hablado de ti y de las increíbles hazañas que has llevado a cabo por nuestra nación. Me ha dicho que eres un patriota de verdad.

—Sí lo soy, señor.

—Además, pasasteis un tiempo en Alemania y hablas la lengua, ¿verdad?

—Estuvimos viviendo en Berlín allá por los años veinte, antes de que las cosas se torcieran de este modo. Mi padre abrió allí unas cuantas fábricas.

—¿Cómo lleva ahora ese alemán?

—Puede que esté un poco oxidado, pero sigo teniendo soltura. El primer par de años que pasamos allí tuve que hacer de intérprete de mi familia. Pearl y Norman son mayores que yo, de modo que se quedaron aquí, en internados, e iban a vernos en verano.

—¿Y por qué eligió el Pacífico teniendo tantas conexiones con Europa?

—Solo quería servir a mi patria. Sabía que de alguien de mi condición se esperaría más bien que se uniera a lo más selecto de la oficialidad, pero quería...

—Querías demostrar que podías tirarte al suelo y combatir como el que más, servir codo a codo con las clases de tropa.

—Supongo que se podría expresar así, señor.

—¿Has oído hablar de la OSS, la Oficina de Servicios Estratégicos?

—Algo he oído —respondió John, entendiendo el verdadero motivo por el que le habían hecho volver a casa—. La gente habla de un cuerpo de espías...

—En realidad es más que eso, aunque también nos dediquemos al espionaje. Fui yo quien la creó el año pasado con la intención de unir bajo un solo mando los departamentos de información del Ejército de Tierra, la Armada y la Fuerza Aérea. Nos encargamos de coordinar las actividades de espionaje tras las líneas enemigas de todos los cuerpos de las fuerzas armadas. Ahora mismo tenemos a más de diez mil hombres y mujeres trabajando para nosotros.

—¿Y qué había antes de la OSS?

—Unas cuantas ancianitas que cuidaban de un puñado de ficheros del Departamento de Guerra.

En realidad, John sabía más de lo que había reconocido. Claro que había oído hablar de Will *el Bestia* y el proyecto al que se había consagrado, aunque había tardado en darse cuenta de que lo tenía delante. La OSS era el lugar en el que podían jugar a la guerra los que tenían contactos de relieve. Donovan recurría a su red de amigos para dotar de personal dicho organismo con gente tomada de las universidades adscritas a la selecta Ivy League, bufetes prestigiosos de abogados y grandes bancos. Todo ello lo convertía en un club pensado para la casta de los privilegiados de la que precisamente estaba intentando huir.

—En este momento estamos metidos hasta el cuello en los dos conflictos. Tenemos agentes en el Pacífico y tras las líneas enemigas de Europa. Mi gente se presenta voluntaria para caminar entre los depredadores, sin comités de recepción ni, muchas veces, un lugar seguro en el que refugiarse ni amigos en los territorios más hostiles imaginables. Son los hombres y las mujeres mejores y más valientes de todas las fuerzas armadas y nos proporcionan a diario información de vital relevancia.

Una mujer de cabello entrecano vestida de negro llamó la atención de Donovan con un golpecito en el hombro y él la saludó con un beso en la mejilla antes de asegurarle que estaría con ella en unos minutos. Luego esperó a que se hubiera ido para seguir hablando.

—Esta guerra no es como las anteriores. Los días en los que se lograban las victorias en el campo de batalla forman parte del pasado. Este conflicto lo ganará el lado que posea más información sobre lo que el otro está pensando y sepa lo que va a hacer antes de que se ponga a ello.

—¿Por qué me está contando todo esto, señor?

—Estos últimos meses he hablado mucho con tu padre. Le brillan los ojos de orgullo cuando pronuncia tu nombre. Me contó que quería entregarte las riendas de la empresa familiar, pero que tú buscabas otra cosa. También me ha hablado de los enfrentamientos que habéis tenido tu hermano y tú desde que se hizo cargo él del negocio.

John se preguntó cuánto sabía de él aquel hombre. Solo se le ocurría un motivo por el que Donovan pudiera sentir tal curiosidad.

—¿Le ha dicho mi padre que no aprobaba lo que estaba haciendo mi hermano con su empresa?

—Entre otras cosas. Hemos hablado largo y tendido sobre ti y me ha contado que no te encuentras tan cómodo como tu hermano en este mundo. —Hizo un gesto destinado a abarcar todo el salón—. Sé que te alistaste en la infantería de marina porque, en el fondo, querías demostrar que podías hacer algo por ti mismo. Lo sé porque me veo a mí mismo en ti. Yo era abogado antes de la última guerra, pero quería más. Quería servir, pero no solo a mi país. Quería poner de manifiesto mi propia valía.

El magnetismo de aquel hombre resultaba innegable. Hablaba con voz suave, pero poseía una autoridad incuestionable.

—¿Crees que podrías estar interesado en alistarte en la OSS?

—¿Qué clase de hombre está buscando, señor?

—Un carterista con conciencia. Necesito un hombre capaz de actuar llevado de su intelecto antes que de su corazón, alguien honrado y taimado a la vez, discreto pero audaz. Necesito a alguien de sangre caliente y fría al mismo tiempo.

»Con tus dotes y la destreza y el arrojo que has demostrado tener en el campo de batalla, sé que encajas a la perfección en nuestro cuerpo.

—Supongo que ya habrá estudiado mi hoja de servicio.

—Somos muy meticulosos, John. No tenemos más remedio. Nuestra función en esta guerra es demasiado importante para dejarla en manos del azar.

John miró a su alrededor. Su padre estaba a poco más de diez metros de él, de pie en la barra y con una copa en la mano. Donovan tenía razón: sí que parecía estar orgulloso.

La carta de Penelope llegó tres meses después, cuando estaba enzarzado en el adiestramiento de la OSS en un parque de la Virginia rural que habían transformado en el Reich para enseñarles a él y al resto de alistados a sobrevivir al otro lado de las líneas enemigas. A falta de instalaciones adecuadas, el nuevo organismo se había hecho con diversas partes del Prince William Forest Park y había convertido una serie de antiguos campamentos de verano en zonas de instrucción secretas. John regresaba de pasar varias noches en el campo sin apenas pegar ojo. La idea de una ducha con agua caliente y una cama le parecía un lujo inimaginable. Lo llamaron de la estafeta para entregarle una carta. El matasellos era de hacía dos semanas. Se sentó en el catre para abrirla. Llevaba casi seis meses sin ver a Penelope y casi no había acusado su ausencia. Antes de sacar el contenido sabía ya lo que le esperaba. Él habría hecho lo mismo de estar en su lugar. Al leer las dos primeras palabras estuvo a punto de echarse a reír. Lo que seguía se había convertido en un verdadero tópico en tiempos de guerra y le estaba ocurriendo a él.

> Querido John:
> He conocido a un hombre. Es capitán de las fuerzas aéreas y quiero casarme con él. Me gustaría que me concedieras el divorcio como último acto de amor entre los dos. He dejado de quererte. Ya no eres el hombre con el que me casé. Quiero a otro. Por favor, ayúdame a dejarte. Hazlo por el amor que hemos compartido, por favor. Un amor tan fuerte como el que hemos tenido tú y yo nunca llega a morir en realidad, pero el nuestro ya no da más de sí. Tú tienes ya otra vida independiente de la mía. Nuestras almas ya no están unidas ni son indivisibles como lo fueron en otra época.
>
> Lo siento. Por favor, perdóname y concédeme el divorcio que necesito para dejarte y mantener mi alma intacta.
>
> Atentamente,
> Penelope

Llevaba años sin llorar. De hecho, ni siquiera sabía que seguía teniendo esa capacidad. Sus emociones parecían fuera de lugar en un sitio como aquel. Por eso miró a su alrededor para asegurarse de que no hubiera nadie mirándolo. Tenía todavía asida con firmeza la carta. No podía soltarla. Ignoraba si aún la amaba. Sabía que había guardado lo que sentía por ella hasta encontrar el momento propicio para reconsiderarlo, pensando que quizá cuando acabase la guerra llegara el momento de amarla de nuevo. Sin embargo, ya era tarde. Tendió la mano para alcanzar el lápiz que tenía al lado de la cama y escribió unas palabras en un trozo de papel. Le resultaba imposible odiarla, todo había sido culpa suya. Leyó y releyó la carta antes de escribir su respuesta («Tendrás el divorcio que deseas») para echarla al correo al día siguiente.

Cielo del suroeste de Alemania, diciembre de 1943

El estruendo de los motores hacía irrelevante casi cualquier otro sonido. John sentía cada vibración en todo su cuerpo. Estaba tenso como un cable y tenía el corazón acelerado. Pensó en las palabras de su superior, que le había hablado con total sinceridad al reconocer que no estaban del todo seguros de la credibilidad de los documentos falsos que llevaba encima ni de la tapadera que le habían inventado. Apenas tenían precedentes que les permitieran juzgar las circunstancias en las que se hallaban. Era la primera vez que la OSS lanzaba un agente en paracaídas sobre Alemania y, por si fuera poco, lo iban a enviar solo y despojado de toda ayuda. Conocía los peligros a los que se enfrentaba. Se había presentado voluntario y había superado a un buen número de agentes para tener el honor de hacerse con aquella misión.

El tripulante puso las manos a uno y otro lado de la boca para elevar el volumen de su voz y que lo oyera pese al ruido:

—Estamos llegando al objetivo. Deberíamos estar allí en cuestión de media hora.

John asintió y el tripulante volvió a desaparecer en el interior de la cabina. Se asomó a la ventanilla, situada a pocos palmos de donde estaba sentado. Las nubes habían empezado a arremolinarse en la oscuridad del cielo nocturno y el amplio manto negro que se extendía a sus pies apenas se veía salpicado por unas cuantas luces. Pasó las manos por el uniforme de la Luftwaffe que llevaba puesto y volvió a pensar en la tapadera que creía haber repasado ya un millón de veces. Tenía la sensación de que su alma perteneciera ya a Werner Graf, de haberse convertido en él de veras, como si John Lynch fuese en realidad la tapadera o, a lo sumo, el recuerdo de otra época de su vida. No parecía tener sentido seguir siendo John Lynch. Toda evocación podía poner en peligro la misión y su propia vida. Algún día, cuando Werner Graf hubiese cumplido con su cometido, volvería a ser él mismo.

El avión se agitó al dar con una zona de turbulencias y lo arrojó hacia delante, pero el cinturón de seguridad lo mantuvo en su sitio. Uno de sus instructores le había advertido que la Gestapo le exploraría el pecho y los muslos en busca de las marcas producidas por las cintas del paracaídas, pero él desechó aquellos pensamientos en cuanto acudieron a su cabeza. De nada servía preocuparse. De nada en absoluto.

Sobre el ruido del avión oyó retumbar algo que le hizo levantar la cabeza. A continuación se sucedieron otros dos estallidos. Sabía que estaban ya sobrevolando Alemania. Ni se había planteado que la artillería antiaérea pudiese derribar el aeroplano antes de que llegasen a la zona de salto. Había pensado en casi todas las demás posibilidades. Había estudiado toda posible pregunta que pudieran formularle y practicado su acento y su tapadera más veces de las que alcanzaba a recordar, pero no se había planteado la contingencia de que los derribaran. El tripulante volvió a asomar la cabeza para informarlo de que los estaban atacando por ambos flancos. John alzó un pulgar y el otro desapareció de nuevo. Aún estaba cerrando la puerta de la cabina cuando rasgó el aire una explosión colosal. La fuerza del estallido abrió un tajo en el fuselaje del avión, a pocos metros de su asiento, y dejó entrar una ráfaga de aire frío. John se aferró a su macuto hasta tener los nudillos blancos. El ala se desgarró como si fuera de papel. El motor empezó a echar humo y a toser como un anciano que se aclarase la garganta. John palpó el paracaídas, sabedor de que la zona de salto debía de encontrarse a unos cien kilómetros. El avión tembló y empezó a caer mientras a cada lado estallaban más proyectiles antiaéreos. Las explosiones se hicieron cada vez más sonoras. El aparato se sacudía con cada una de ellas y lo agitaba en su asiento. Sintió una nueva convulsión, esta vez en el otro costado del aeroplano, que, sin embargo, siguió adelante a duras penas. Los fuegos de la artillería no cesaban.

El tripulante abrió la puerta una vez más y estudió los daños mientras seguían descendiendo. El ataque empezaba a perder intensidad y las explosiones se habían vuelto esporádicas. John miró por la ventanilla. El motor arrojaba una espesa nube de humo negro y se detuvo con un balbuceo. El hombre volvió a meter la cabeza en la cabina y él apenas logró distinguir los gritos. Entonces salió para hablar con él.

—No vamos a llegar a la zona de salto —gritó, aunque John ya lo sabía—. Nos han dejado para el arrastre. Estamos sin el motor de estribor. No vamos a poder volver. Habrá que intentar cambiar el rumbo y ver si llegamos a Suiza. Si quiere saltar, tendrá que ser ahora.

John hizo un gesto de asentimiento y se desabrochó el cinturón. No sabía si habría suficiente distancia con el suelo. El avión parecía estar perdiendo altitud por segundos. Estaban a kilómetros del objetivo, pero si llegaba de una pieza al suelo, tal vez pudiera llegar por tierra. Si optaba por quedarse a bordo, no podría aspirar sino a informar de su fracaso, siempre que lograran llegar a su nuevo destino. El ataque se había detenido, al menos por el momento. Habían superado la ciudad, fuera la que fuese, que defendía aquella unidad de artillería y a sus pies volvía a extenderse un tapiz de oscuridad.

El tripulante le dio la mano y formuló una sucesión de buenos deseos que se perdió entre el rugido del viento cuando se abrió la compuerta. John se dirigió a ella y sintió la bofetada de la corriente de aire. El asistente de salto comprobó la cuerda de apertura automática del paracaídas y dio el visto bueno. La luz verde se encendió mientras el avión daba sacudidas. Él se obligó a concentrarse en lo que tenía entre manos y a recordar que debía saltar con el cuerpo recto, las piernas juntas y la barbilla pegada al pecho. Sintió que el avión reducía la velocidad y el asistente le daba una palmada en el hombro. Saltó. El aire frío lo recibió con un impacto semejante al del agua de una cascada. Sintió el tirón en los muslos y las axilas al abrirse el paracaídas. El avión desapareció en la oscuridad. La noche estaba serena y él se hallaba solo. El ruido de los motores también se disipó y lo dejó solo con el de su propia respiración y el silbido del aire. El paracaídas flameaba mientras él se precipitaba hacia el suelo, negro como la boca de un lobo. Aunque no tenía modo alguno de saber adónde iba a caer, por la oscuridad dedujo que debía de ser un lugar remoto y desierto, lo que tal vez le ofreciera cierta esperanza. Se dio cuenta de que había saltado desde escasa altitud, pero tampoco podía hacer nada al respecto. Pensó en rezar, pero sus labios, entumecidos, apenas pudieron mascullar palabra mientras el suelo corría hacia él como un tren expreso invisible y mudo. Sintió un dolor terrible en las piernas cuando su cuerpo fue a estrellarse contra la tierra cubierta de nieve. Abrió los ojos, vio la nieve que se extendía a su alrededor y sintió que el cuerpo se le distendía mientras se desvanecía cuanto lo rodeaba.

Capítulo 10

Franka había quedado petrificada, clavada en su asiento. El fuego de la sala de estar se había extinguido y la cabaña estaba mucho más fría. Él estaba inmóvil ante ella, inerme. Al fin sabía la verdad. Se sentía compensada. No iba a volverse loca. Sus sospechas estaban bien encaminadas. El hombre que yacía en la cabaña de su padre después de que lo rescatase de la nieve era estadounidense. Un espía. Sabía que debía de ser norteamericano o británico. Aunque llevaba días con ese convencimiento, oírselo decir a él no dejaba de ser una revelación. Pensó en Daniel y en la Gestapo. Esta vez no podía esperar misericordia alguna. Dar cobijo a un espía se pagaba con la guillotina, pero solo después de pasar por tormentos que harían que la muerte pareciera un acto de clemencia. Con todo, de un modo u otro, se sentía liberada. Desde la distribución de aquellos panfletos y de ver el entusiasmo y el orgullo que brillaban en los ojos de Hans, volvía a sentirse viva por primera vez. Viva de verdad. En lugar de limitarse a comer, dormir y respirar, en lugar de matar el tiempo sin más, tenía de nuevo una existencia relevante.

—Tengo que avivar el fuego —dijo antes de dejarlo allí.

En su cabeza se agolpaban con violencia los pensamientos. Por fin lo sabía todo. Todo menos el porqué. ¿Qué hacía él allí? ¿En qué consistía su misión? ¿En qué quería que lo ayudase? Los troncos crepitaron cuando los lanzó a las ascuas encendidas del hogar. Se puso en pie y dedicó unos instantes a calentarse las manos antes de dirigirse a la cocina. Tenía hambre. No quedaba gran cosa. Alimentar a dos personas con sus raciones no era fácil y lo iba a ser menos todavía en adelante, agotadas las reservas de latas de alimentos. Pensó en la conveniencia de acudir a la ciudad al día siguiente. No había necesidad alguna de salvar toda la distancia que la separaba de Friburgo. Se detuvo un instante y se apoyó en la mesa de la cocina con los brazos doblados sobre el pecho. Cerró los ojos y regresó al dormitorio.

—Ahora ya lo sabes todo —dijo él.

Aunque su acento no había cambiado, en aquel momento notó que no era perfecto. Se preguntó si sabría mantenerlo en caso de que lo sometieran a interrogatorio, si los que estaban adiestrados para diferenciar detalles así no lo notarían con más rapidez que ella.

—Tu alemán es excelente. No está oxidado en absoluto.

—Sí que lo estaba un poco antes de mi adiestramiento, pero lo recuperé enseguida. Eso fue lo más fácil.

—¿Y lo más difícil?

—Aprender a resistir las técnicas de interrogatorio. Los simulacros de tortura.

—A mí me interrogó la Gestapo.

—Es verdad.

—Pero no necesitaron torturarme, porque ya lo sabían todo. —Se detuvo unos segundos y se dirigió a la ventana—. ¿Piensas todavía en tu familia, en tu casa de América?

—Intento no hacerlo. Tengo que hacer lo posible por ser Werner Graf, pero John Lynch no deja de asomar su cabezota.

—Desde luego, has resultado muy convincente.

—¿Qué te hizo sospechar?

—Cuando te encontré, te oí hablar en sueños. Estabas delirando, gritando en inglés.

—En la vida se me habría pasado por la cabeza que toparía con alguien como tú. De hecho, ni sabía que pudiese existir nadie así.

Franka había oído que los estadounidenses podían ser muy sinceros. Aquella situación representaba una experiencia diferente.

—Deja que te pregunte una cosa. ¿Por qué le echaste en cara a tu hermano que se hiciera con la empresa de tu padre cuando tú no la querías?

—No me gustaba lo que estaba haciendo. Va a llevarla a la ruina. Está poniendo en peligro toda una vida de trabajo de mi padre.

—Y, si era tan importante para ti, ¿por qué no te encargaste de ella? Cuando rechazaste la oferta de tu padre, renunciaste al derecho a criticar las decisiones de Norman.

—No se te escapa ni una, ¿verdad?

—No has contestado a mi pregunta.

—No quería tomar un camino que solo llevara a hacer dinero. Buscaba algo más. Quién sabe lo que habría pasado de no haber sido por esta guerra. Probablemente ahora estaría en casa trabajando con Norman.

—En vez de enfrentarte a él.

—Solo intentaba ser útil.

Franka consideró que ya había insistido demasiado.

—Debes de tener hambre. No has comido en todo el día.

—Estoy famélico.

—Nos estamos quedando sin provisiones. Mañana tendré que ir a la ciudad.

Se dirigió a la cocina para calentar lo que quedaba de estofado y partió un trozo del pan que había hecho para acompañarlo. Él apenas necesitó dos minutos para dar cuenta de todo. Franka esperó a que hubiese acabado para preguntar:

—¿Por qué estás aquí?

John tomó la servilleta que había dejado ella en un lado de la bandeja y se secó con ella las comisuras de los labios.

—Mereces saberlo —aseveró antes de volver a soltarla—. En realidad, no tenía que estar aquí. La zona en la que tenía que saltar está a unos cuantos kilómetros de Stuttgart. Habíamos planeado la ruta más segura para llegar allí, evitando las ciudades en las que sabíamos que se había concentrado una mayor cantidad de piezas de artillería antiaérea. Supongo que no cayeron en las que había alrededor de Friburgo. Deben de ser nuevas.

—Las instalaron después del bombardeo que mató a mi padre. La ciudad no había sufrido gran cosa antes de aquello, aunque era solo cuestión de tiempo que se uniera a las otras que habéis arrasado ya los aliados.

—Siento lo de tu padre. La guerra tiene la manía de cobrarse víctimas inocentes.

—Estaba en la cama cuando llegaron los bombarderos. Imagino que ni siquiera supo qué fue lo que lo mató. No llegó a enterarse de quién fue quien lo asesinó.

—La muerte de tu padre fue algo desafortunado. —John se arrepintió de inmediato del término que había usado.

—¿Desafortunado? Era la última persona que me quedaba en este mundo y me la arrebatasteis. ¿Y ahora me pides ayuda?

—Tu enemigo son los nazis, no los aliados. Los bombarderos que atacaron Friburgo aquella noche no tenían ni idea…

—¿Me vas a decir que no sabían que estaban bombardeando a la población civil? ¿Y qué me dices de los ataques a Hamburgo, Colonia o Maguncia? Han muerto miles de inocentes en esas incursiones con bombas incendiarias.

—Igual que en Londres, Birmingham y todos los territorios ocupados.

—Pero estás dando a entender que la causa justa es la de los aliados. ¿Cómo puedes justificar la muerte de cientos de miles de paisanos alemanes?

—La guerra es una fiera repugnante. Si te tengo que decir la verdad, dudo mucho que a los generales que envían esos bombarderos les importe gran cosa la vida de la población civil de Alemania, igual que la de los ciudadanos británicos o soviéticos no les importa a los alemanes.

—¿Y qué me dices de ti?

—¿Qué quieres decir?

—¿A ti te importan, John? Tú has vivido aquí.

—Franka, yo veo en los noticiarios a los ciudadanos de Alemania declarando a voz en grito su lealtad a Hitler. Todo el mundo lo ha visto. La campaña de bombardeos aliados está pensada para minar la voluntad combativa del pueblo alemán.

—¿Y no os dais cuenta de que la voluntad del pueblo alemán da lo mismo? Los nazis la subyugaron hace años. Hace tiempo que ese concepto ha quedado vacío.

—Puede que sí, pero esto lo empezaron los nazis. Fueron ellos los que bombardearon de forma indiscriminada Varsovia y Londres antes incluso de que entrara en la guerra Estados Unidos. Es una lástima que los nazis estén usando de escudo humano a su propio pueblo, pero eso no va a ser un obstáculo para la campaña de los aliados. Estamos dispuestos a ganar esta guerra.

—¿Tú me ayudarías si los bombarderos alemanes hubiesen matado a tu padre?

—Eso es casi imposible.

—Pero ¿y si hubiera ocurrido? ¿Y si tu lealtad estuviese dividida entre el Gobierno y el pueblo? ¿Te enfrentarías a la voluntad de tu Gobierno por el bien del pueblo al que se supone que tiene que servir?

—Eso sí que es impensable.

—Eso creía todo el mundo también de Alemania, una nación industrial moderna, defensora de la ciencia y las artes.

—Si lo que quieres saber es si conspiraría contra mi propio Gobierno como hicisteis vosotros, arriesgándome a incurrir en pena capital, mi respuesta es que no lo sé.

—¿Y ayudarías a un agente extranjero contra la voluntad manifiesta de tu propio pueblo?

—Si todo el mundo al que quiero hubiese muerto por su culpa y si hubieran deformado las cosas que hacen de América una nación grande, noble y justa, sí. Sí que lo haría.

—Como dijo Robespierre, «A nadie le gustan los misioneros armados».

—Yo no soy tu enemigo, Franka, y tú no me habrías salvado la vida ni me habrías tenido aquí todos estos días si creyeses lo contrario. Si me trajiste aquí fue por un motivo. Puede que un día la nación alemana llegue a agradecer los esfuerzos de los aliados.

—Si es que queda nación alemana para reflexionar sobre el pasado.

—Puede parecer paradójico, pero los aliados son la única esperanza que le queda a Alemania. Utilízame, Franka. Dame la oportunidad de liberar este país de los nazis en tu nombre.

Ella le quitó la bandeja del regazo de un tirón, con tal fuerza que cayó un tenedor al suelo y tuvo que agacharse a recogerlo.

—Odio a los nazis. No quiero tener ese sentimiento, pero me acompaña a diario. Cuando pienso en lo que han hecho…

John la interrumpió con voz cortante.

—Pues supera ese odio y haz algo por el futuro del pueblo alemán, por tu padre y por Fredi.

—No lo sé. ¿Qué es lo que quieres que haga?

—Algo muy sencillo que podría hacer casi cualquier adulto.

—Necesito tiempo.

Fue a la cocina y dejó la bandeja en la mesa. El corazón le pesaba como una piedra. Metió las manos en el agua que llenaba el fregadero y se enjuagó el rostro. Pensó en todas las personas que conocía a las que habían arrastrado y seducido los nacionalsocialistas y sus mentiras. Ella no era como ellos. Era una delincuente, una enemiga convicta del Estado y en aquel momento estaba dando cobijo a otro enemigo. No podía ser menos nazi. Era imposible. No pensaba entregarlo a las autoridades. Antes muerta. Pero ¿qué opciones le quedaban? Podía dejar que se marchara a hacer lo que tuviese que hacer y guardar silencio mientras él se introducía de manera subrepticia en las entrañas del Reich, pero ¿adónde iría ella después? ¿Qué podía hacer? ¿Volver al bosque para culminar lo que empezó la noche que se topó con él? ¿O limitarse a intentar sobrevivir a la guerra? Aquel hombre le ofrecía algo más.

—Siga con su historia —dijo al regresar—. Dígame qué lo ha traído aquí. Si quiere mi ayuda, tengo que saberlo todo.

—La artillería antiaérea nos alcanzó y tuve que lanzarme en paracaídas sobre estos montes, donde tú me encontraste. —Se detuvo dos segundos generosos antes de proseguir—. Mi misión es un hombre. —La tensión parecía ir evaporándose con cada palabra que pronunciaba—. Se llama Rudolf Hahn y es científico, una de las mentes más preclaras del planeta. Está llevando a cabo una investigación pionera en un campo nuevo de la física que podría cambiar el curso de la guerra en favor de Alemania. Uno de nuestros agentes alemanes ha conseguido infiltrarse en su laboratorio y contactar con él. Hahn está dispuesto a desertar a América y yo he venido a sacarlo de aquí.

—¿Y no puede hacerlo el agente que ha contactado con él?

—Es diplomático y no está preparado para hacer frente a los aspectos más peligrosos de la misión. La Gestapo sospecha de él, así que ha tenido que extremar la discreción. Hahn sigue en el mismo sitio. Todavía no lo han arrestado.

—Entonces, ¿cómo planeabas sacarlo del país?

—Vamos a tranquilizarnos un minuto.

—Necesitas mi ayuda, ¿no?

—Sí, pero…

—No puedes hacer nada, porque está a doscientos kilómetros de aquí y tú estás atado a esa cama con las piernas rotas.

John tomó el vaso de la mesilla y bebió un sorbo de agua.

—Así que quieres que te ayude, pero no te fías de mí para contármelo todo.

—¿Podrás aprender a confiar en mí y a aceptar lo que represento?

Su pregunta recibió silencio por toda respuesta.

—Teníamos intención de atravesar los Alpes al sur de Múnich y entrar en Suiza, porque los pasos montañosos ofrecían el modo más discreto de cruzar la frontera, aunque llegar allí no habría sido nada fácil. Contábamos con un guía y la OSS se encargó de adiestrarme en alpinismo. Imagínate lo bien que me viene eso estando como estoy. —Se miró las piernas y pasó las manos por las escayolas que las envolvían.

—¿Y cómo va a cambiar ese científico el curso de la guerra para Alemania? ¿Qué está investigando?

—Yo no puedo ir a buscarlo —dijo John haciendo caso omiso de la pregunta.

—¿Qué está investigando?

—Vas a obligarme a que te lo cuente, ¿verdad?

—Si voy a arriesgar la vida por ti y por tu causa, quiero conocer el motivo. Quiero saber lo que hay en juego.

—El profesor Hahn y sus colegas han estado estudiando una técnica nueva llamada *fisión nuclear*. Publicaron en 1939 un artículo al respecto y los aliados han estado pendientes de sus avances desde entonces.

—¿Y qué tiene de especial esa fisión nuclear? —Le costó pronunciar esto último.

—No te lo diría ni siquiera si me lo hubiesen explicado a mí, aunque creo que se trata de algo enorme y capaz de cambiar las tornas del conflicto. Sin Hahn, el proyecto no irá a ninguna parte.

Él es el cerebro de todo. Los nazis no se dan cuenta de lo que tienen entre manos. Sus superiores han asignado una partida irrisoria a la investigación y la han obviado casi por completo. Hitler está obsesionado con los motores de propulsión a chorro, así que todos se han centrado más en ese fin.

—Entonces, ¿por qué ha decidido desertar Hahn?

—No está de acuerdo con el trato que está recibiendo del régimen la población judía. Muchos de sus amigos y colegas de antes de la guerra eran judíos y los nazis los excluyeron de todo trabajo por motivos raciales. Muchos están muertos o en el exilio. A algunos, de hecho, los hemos acogido nosotros. Además, está frustrado por la falta de financiación. Estados Unidos sí es consciente de la importancia de su investigación. Allí recibirá toda la financiación y el apoyo que necesite, siempre que consigamos que llegue.

—De manera que los americanos pueden desarrollar esa técnica nueva por su cuenta.

—Tenemos que hacerlo antes de que lo consigan los nazis o los soviéticos. Esta carrera podría determinar el resultado de la guerra. Si los nazis descubriesen que podrían tenerla al alcance de la mano, cambiaría todo. Eso no va ocurrir si desaparece Hahn. Nosotros necesitamos sus conocimientos y su experiencia. Si han hecho algún avance importante, tenemos que saberlo.

—¿Y qué pinto yo en todo eso?

—Habíamos quedado en que yo contactaría con Hahn, me ganaría su confianza y lo ayudaría a salir del país de forma clandestina por la frontera suiza.

—¿Y quieres que cruce yo la frontera con él? —preguntó ella con los ojos como platos.

—No, lo único que necesito es que te encuentres con él, le expliques lo que me ha pasado y… —No era fácil acabar de asimilar el giro que habían dado sus planes.

—¿Y qué?

—Y lo traigas aquí para que pueda ayudarlo yo a pasar a Suiza cuando me cure.

—Todavía falta un mes para que puedas volver a andar y, desde luego, no estarás en condiciones de escalar montañas.

—Deja que me preocupe yo de esos detalles.

—Yo diría que son más que detalles. Entonces, quieres que vaya a Stuttgart para contactar con ese hombre, ¿no?

—Es lo único que se me ocurre.

—Yo no sé nada de espionaje. Nunca he hecho nada parecido a esto.

—Se trata solo de encontrarse con alguien, escuchar lo que tenga que decir y hacerle llegar un mensaje.

—¿Y si no quiere hablar conmigo o me detienen?

—No sé cómo van a detenerte, a no ser que te entregues tú. Además, cuando oiga la contraseña que te voy a dar no tendrá más remedio que escucharte. ¿Lo vas a hacer? ¿Me vas a ayudar?

—No lo sé. Parece demasiado…

—Es mucho más fácil de lo que parece. Ya verás como puedes hacerlo. Puedes prestar un gran servicio.

—De acuerdo —respondió ella con los ojos cerrados.

—Gracias —dijo él tomándola del codo.

Era la primera vez que llegaban a tocarse sin motivo y ella sintió un escalofrío. Era absurdo.

—Habíamos quedado en encontrarnos en el parque. Él estaría en un banco leyendo el periódico.

—¿Con este tiempo?

—Solo tiene que estar allí de las seis menos diez a las seis de la tarde y un único día a la semana: los lunes. Ya habrá estado allí, esperándome.

—¿La semana que viene también estará allí? ¿Tengo que ir entonces?

—Las Navidades empiezan el sábado, así que no lo creo. Lo más seguro es que pase la semana en Berlín, con los suyos. Yo diría que lo mejor es que lo dejemos para el lunes siguiente, el 3 de enero. De ese modo yo tendré más tiempo para curarme y tú te habrás hecho a la idea. No tendrás que hacer nada fuera de lo común, solo reunirte con él y contarle lo que me ha pasado.

—¿Cómo le hago ver que no soy de la Gestapo?

—Con la contraseña. Cuando la oiga, sabrá que estás de mi parte. Lo único que tienes que hacer es contactar con él y quizá ofrecerle la opción de que venga aquí una vez que yo esté mejor, pero eso lo podemos decidir más tarde. Tenemos tiempo de sobra.

—Dos semanas —apuntó ella—. Tengo que buscarte unas muletas, ya no tiene sentido tenerte atado a esta cama. Estar encamado te va a provocar escaras. Lo mejor que puedes hacer es levantarte y empezar a moverte. Como mañana tengo que ir a la ciudad por comida, te traeré unas.

—¿Tendrán en las tiendas con el racionamiento?

—Lo dudo, pero tengo contactos en el centro médico y creo que podré conseguírtelas.

La mañana llegó como siempre con su guadaña de frío, pero esta vez la sensación era distinta. La víspera había tardado en llegar el sueño por las muchas preguntas que quedaban aún por responder. No tenía necesidad alguna de bombardear a John en ese momento. Todavía quedaba mucho por hacer. Antes que nada necesitaban comida. Tomó los cupones de racionamiento que le había dado él. Sabía que eran una falsificación, pero el tendero no se daría cuenta. Sin ellos habrían tenido que depender de los suyos propios, por completo insuficientes. Habrían muerto de hambre. Alzó los que tenía en la mano para examinar a la luz cada una de las letras impresas en el papel. Parecían convincentes, aunque, mirándolos de cerca, la tipografía parecía vacilante en determinados rasgos. Tenía que intentarlo, tendría que adquirir los alimentos en el mercado negro.

Allí encontraban las mejores provisiones quienes estaban dispuestos a pagarlas, pero eso podía atraer la atención de la policía. El riesgo era demasiado elevado.

John estaba despierto cuando le llevó el desayuno.

—Buenos días, *Fräulein*.

—Espero que hayas dormido bien.

—Sí. Hacía mucho que no dormía tan bien. ¿Cómo te sientes después de la conversación de anoche?

—Nerviosa, aturdida. Tengo la sensación de cargar con una gran responsabilidad sobre los hombros.

—No te habría contado nada si no supiera que eres muy capaz. Estoy convencido de haber tomado la decisión adecuada.

Se sentó con él mientras comía el queso y las sobras del estofado de hacía dos noches. En ningún momento mencionó que no quedaba comida para los dos. Habló del tiempo, del viaje que iba a emprender y de la salud de él. Parecía que no quedaba nada más que decir sobre su identidad ni sobre su misión. Por la noche se había prometido que no lo presionaría.

Franka fue a la puerta principal y la abrió para salir. Aunque llevaba dos días sin nevar, las precipitaciones de las semanas anteriores habían sido tan copiosas que el coche seguía enterrado y la carretera, intransitable. Vio formarse vaho delante de ella. El sol brillaba frío, sin más fuerza que la necesaria para reflejarse en el blanco de la nieve que se extendía a sus pies, de modo que se puso las gafas a fin de protegerse.

Sobre Friburgo pendía la sombra de Daniel Berkel. Su ciudad natal resultaba muy peligrosa. Aunque no se topase con él, había demasiadas personas allí que podrían reconocerla, demasiada gente dispuesta a avisar a la Gestapo. No había necesidad alguna de ir a la farmacia como la última vez. Sankt Peter se encontraba a unos tres kilómetros de allí. Era un municipio pequeño, pero tenía una tienda de ultramarinos y un centro médico. Con eso les bastaría por el momento. Se colocó los esquís y se puso en marcha. Pensó en John Lynch y en cómo sería Filadelfia, en Rudolf Hahn y en lo que le iba a decir.

No vio a nadie hasta llegar a la cola que se había formado en la puerta del comercio. Se colocó en ella y apoyó los esquís en la pared. Entre quienes la vieron llegar no había ningún conocido, casi todos estaban en el frente o habían muerto ya. Era todo un alivio sentirse anónima. Mezcló sus cupones con los que le había dado John para que los falsos llamaran menos la atención. Funcionó. El tendero no se dio cuenta. Ocultando su euforia, salió del establecimiento con el macuto a reventar de cuanto había podido comprar con aquella particular cartilla de racionamiento.

En las callejuelas de la modesta localidad de Sankt Peter reinaba un silencio sepulcral. Franka mantuvo la cabeza gacha mientras recorría la acera a pie y cargada en dirección al centro médico. Cuando abrió la puerta, alzó la vista hacia ella un adolescente con el brazo en cabestrillo. A su lado había dos jóvenes a los que faltaban un ojo y un brazo. Uno iba en silla de ruedas y el otro llevaba muletas. La guerra había calado cada palmo de la sociedad alemana. Nadie había salido ileso. Tras un mostrador anodino de madera cubierto de papeles había una anciana de rostro gris. Franka se acercó y aguardó su turno detrás de una madre que tenía en brazos a un recién nacido. Cuando le llegó la vez, la mujer del mostrador levantó la cabeza para mirarla con sus ojos cansados.

—He venido a ver a Martina Kruger, que trabaja aquí de enfermera.

—¿Y para qué quiere verla?

—Somos viejas amigas. Es por un asunto personal.

—La enfermera Kruger está ocupada. ¿Por qué no…?

—Solo serán unos minutos —insistió Franka.

La anciana masculló algo entre dientes.

—¿No puede hacer un descanso?

—Espere un momento. —La mujer desapareció por una puerta que tenía a sus espaldas.

Pasaron dos minutos antes de que volviera a abrirse la puerta para dejar pasar a una joven sonriente que no dudó en abrazar a Franka. Se conocían desde el jardín de infancia y habían ido juntas a la escuela. Además, habían estado en la misma tropa de la Liga de Muchachas Alemanas.

Franka no la veía desde que se había marchado a Múnich en 1939. Estaba casi idéntica, con el pelo largo y castaño y sus brillantes ojos verdes. La mujer frunció el ceño a Martina, que le devolvió el gesto antes de llevar a Franka al exterior. Encendió un cigarrillo y ofreció uno a su amiga, que rehusó con un movimiento de cabeza. Estuvieron un par de minutos hablando de la familia de Martina. Tenía dos hijas y a su marido lo habían destinado al frente francés. Franka tenía confianza con ella, no tanto como para pedirle morfina ni nada más que pudiera causarle problemas, pero sí para convencerla de que nadie iba a echar de menos un par de muletas.

—¿Qué estás haciendo aquí? —preguntó Martina.

Franka se preguntó cuánto sabía e imaginó que debía de estar al tanto de todo.

—He vuelto para asistir a la lectura de las últimas voluntades de mi padre.

—No sabes cuánto sentí su muerte. Vi su nombre en el periódico y no podía creérmelo.

—Gracias. Parecía tan fortuito en una ciudad que apenas habían tocado…

—Las bombas terminarán cayendo sobre nosotros. Es solo cuestión de tiempo que los aliados intenten asesinarnos a todos.

Franka obvió el comentario, pero sintió que la atravesaba una aguda punzada de rabia.

—Siento venir a verte después de tanto tiempo para pedirte un favor, pero necesito una cosa.

Martina encendió otro cigarrillo.

—Cuenta conmigo. ¿Qué es?

—Estoy viviendo en la cabaña que tenían mis padres en los montes. Te acuerdas, ¿no?

—Sí, claro.

—Pues estoy pasando unos días allí con mi novio.

A Martina se le iluminaron los ojos.

—No me habías dicho que te estuvieras viendo con alguien. ¿Va en serio?

—Creo que sí. Es sanitario y ha vuelto del frente. Estamos pasando un tiempo juntos ahora que podemos, pero tenemos un problema. Se ha roto una pierna esquiando y la nieve nos ha dejado atrapados.

—¡Vaya por Dios!

—No ha sido nada fácil, pero he conseguido escayolárselas.

—¿Escayolárselas? ¿No se ha partido una pierna?

—No, no. Han sido las dos. Quería decir las dos.

Franka sintió que el corazón le daba botes en el pecho. Martina cambió de actitud para adoptar una expresión preocupada.

—Está bien, escayolado, pero está bien… y, claro, no puede moverse. Necesito un par de muletas y me preguntaba si tenéis por ahí unas viejas que podáis prestarme unas semanas hasta que se derrita la nieve.

—¿Necesita un médico? Podría preguntar…

—No, no hará falta. Solo me hacen falta unas muletas. Le he recolocado los huesos y parece que están soldando bien.

Franka dejó de hablar. Martina acabó el cigarrillo y lo apagó con el pie antes de mirar a su alrededor por ver si había alguien escuchándolos.

—¿Cuándo las necesitas?

—Ahora mismo si es posible.

—Déjame unos minutos y veré qué puedo hacer.

Franka esperó fuera, en el frío de la calle, durante un cuarto de hora y estaba empezando a preguntarse si volvería Martina cuando la vio llegar con un par de muletas viejas bajo el brazo.

—Han visto más de un invierno, pero servirán. Dudo que las echen de menos.

—Muchas gracias —dijo Franka cuando Martina se las tendió—. A Tommy le vas a dar la vida.

Su amiga se quedó con ella unos minutos más antes de que la llamara el deber y tuvieran que despedirse. Franka ató las muletas al macuto y se dispuso a salir de la ciudad. Al guardia que la detuvo le aseguró que eran para su novio, veterano de guerra, con lo que consiguió que dejara de hacer preguntas y le devolviese los papeles.

Franka regresó a la cabaña blandiendo las muletas en alto como un trofeo. John se las metió enseguida bajo las axilas y se incorporó. Le seguía costando moverse y tenía que ir arrastrando las piernas, pero su situación había mejorado infinitamente en comparación con su confinamiento en la cama. Su primera excursión tuvo por destino la cocina. Se sentó a la mesa mientras Franka preparaba sopa, pan y queso y comieron juntos como si fuera su último almuerzo.

Aquel mismo día, Martina Kruger se devanó los sesos recordando la reunión con su amiga. ¿Por qué no había querido Franka que su novio viese a un médico? Aunque los huesos estuvieran sanando correctamente, ¿no habría sido mejor asegurarse de que estaban soldando bien? Siguió dándole vueltas a esa idea durante las Navidades y hasta entrado el nuevo año de 1944. No podía quitarse de la cabeza el modo como la había mirado Franka ni lo insólito de la petición. De hecho, no pudo evitar cierto pesar al acudir a la sede local de la Gestapo para denunciar a su amiga. Tal vez no fuera nada, se dijo, y lo más seguro era que Franka no tuviese nada que ocultar, pero era mejor dejar que se encargasen los profesionales. Reprimió cualquier sentimiento de lealtad que pudiera albergar para con los amigos, porque, en tiempos de guerra como aquellos, primaba anteponer al *Führer*. A fin de cuentas, Franka Gerber tenía un pasado delictivo y Martina no podía correr el riesgo de verse implicada en ningún asunto turbio. Tenía una familia en la que pensar. El agente de la Gestapo le dio la razón: Martina había hecho lo correcto.

Llegaron las Navidades y las pasaron juntos. Hablaron durante horas y más horas. Ella repasó cada una de las ideas que propugnaba la Rosa Blanca y él le reveló que tenía noticia de la distribución multitudinaria del manifiesto de los estudiantes muniqueses por toda Alemania. Aquel fue el regalo de Navidad de Franka: la callada satisfacción de que lo que habían hecho no había sido en vano. Le habló de su infancia en las montañas. Tuvieron tiempo de repasar cada verano que había pasado allí, cada recuerdo que albergaba. Él le enseñó algunas frases en inglés, en su mayoría del vocabulario militar. Le habló de Filadelfia, de la casa de sus padres y de los días de sol vividos en la playa durante el verano, de la empresa familiar y de lo incómodo que se sentía por haberse criado en un entorno privilegiado. Sin embargo, abordaba el tema con un tono diferente del que había empleado hasta entonces, no como un motivo para guardarle rencor a nadie. Había cosas mucho más importantes por las que vivir y morir.

Le habló de cómo había conocido a su mujer en Princeton y de lo felices que habían sido los primeros años que habían pasado juntos. Ella se casó con su aviador una semana después del divorcio, un mes antes de que John se embarcara en la misión. Jamás había contado a nadie tantos pormenores de su vida, su exmujer, su infancia, sus padres y el lugar en que había crecido. Nunca había tenido tanto tiempo. Repasó cuantos detalles pudo recordar sobre Rudolf Hahn y cuanto sabía de su trabajo, que no era mucho. Había partes de la misión que ni siquiera le habían revelado a él. John no tenía que saberlo todo.

Hablaron de cómo llevarían a Hahn a la cabaña. Quedaron en que era preferible esperar a que a John se le hubiesen soldado ya las fracturas, cosa que sería de esperar a finales de enero. Solo entonces podrían ponerse en marcha hacia la frontera. Sin embargo, pese a todo lo que hablaron y todas las horas que pasaron juntos, jamás llegaron a mencionar el futuro, a hablar de lo que haría Franka cuando John partiera con Hahn hacia Suiza. Lo único que importaba era la misión. Él se repitió estas palabras sin descanso hasta convertirlas en un mantra, en una frase que guiara su vida.

Franka colocó la cama de él sobre los tablones que había arrancado del suelo. Planearon y ensayaron lo que debían hacer en caso de que la Gestapo fuese a buscarlo. Hicieron el simulacro docenas de veces. La única advertencia que tendrían sería el sonido de un automóvil al llegar. Al oírlo, John tenía que ir de inmediato al cuarto, tumbarse en el espacio que quedaba bajo las tablas, taparlo con estas y ponerse tan cómodo como le fuera posible. La cama ocultaría las maderas, que a su vez lo cubrirían a él. Si los agentes emprendían un registro exhaustivo, no habría escondite alguno que valiese, pero ¿qué motivo podían tener para hacer algo así? Los periódicos locales no decían nada de aviadores aliados desaparecidos ni de espías. Todo apuntaba a que no sabían que estuviera por la zona y mucho menos que se ocultara en la cabaña del padre de Franka.

Llegó el Año Nuevo. Franka no había visto a nadie más que a él desde el viaje que había hecho a la ciudad hacía ya casi dos semanas, durante el cual solo había hablado con Martina, con el oficial que le pidió los papeles y con quienes trabajaban en los diversos establecimientos que había visitado. John pasaba ya más tiempo fuera del dormitorio. Cuando volvía de su paseo diario, Franka lo solía encontrar sentado en la mecedora, leyendo literatura prohibida delante del fuego. Solo parecían interesarle los libros por los que los nazis estarían dispuestos a meterla entre rejas. Cuanto más severa fuese la condena que amenazaba a quien los tuviera, mayor atractivo poseían para él. *La montaña mágica*, de Thomas Mann, descansaba en la mesita con el punto de lectura asomando entre sus páginas. Solo escuchaban emisoras de radio ilegales por extranjeras y disfrutaban de la libertad que les concedía su aislamiento. Ella se mostró fascinada por cuanto le contaba él de la guerra que se estaba desarrollando en el resto del mundo: las batallas que se libraban en Rusia y en Italia, los combates del Pacífico...

Franka hacía estofado las más de las noches y él la ayudaba a picar las verduras tan finas que se deshacían al llevárselas a la boca. Habían empezado a comer juntos el día de Navidad y a esas alturas se había convertido ya en un hábito.

Aquella noche de enero estaban cenando en silencio. Él guardaba unos modales exquisitos a la mesa. Intentó figurárselo sentado con el resto de soldados comiendo sus raciones de las latas de comida que con tanto detalle le había descrito él y no le resultó nada fácil.

Él tomó la servilleta para limpiar las migas que pudiesen haberle quedado en las comisuras de los labios antes de seguir comiendo.

—Te veo mirarme con esa sonrisa... ¿En qué piensas?

—Estoy intentando imaginarte con tus compañeros de tropa, los *grunts*, como los llamas tú. —Se sintió orgullosa por usar la palabra en jerga inglesa que le había enseñado él.

—No fue fácil que me aceptaran durante el periodo de instrucción básica, pero cuando entendieron que estábamos todos en el mismo barco y que los prejuicios podían costarles la vida... Me gusta pensar que me gané su respeto. —Soltó el tenedor sin acabar de comer—. Sé que estás nerviosa por lo de mañana. Ya verás como sale a pedir de boca. Solo tendrás que hablar con él unos minutos. Nadie recelará nada. Por lo que sabemos, nadie sospecha de él.

—Por lo que sabéis.

—Por supuesto, hay cosas que ignoramos, pero piensa que yo no confiaría a cualquiera este trabajo.

—No tienes más remedio.

—Claro que sí. Cabe la opción de esperar. Hahn podría cambiar de idea, acabar su investigación o caer preso. Podría pasar de todo mientras tanto. Pero yo ni puedo esperar ni puedo ir. —Tendió la mano sobre la mesa para tomar la de ella—. ¿Cuándo vas a darte cuenta de lo valiosa que eres para esta misión? No puedo creer que te haya encontrado. Si no fuera por ti, habría muerto hace semanas.

Franka apartó la mano y asió la taza de café que tenía delante.

—¿Y por qué estás tan convencido de que puedo con esto?

—Porque soy consciente de tu fuerza. ¿Qué otra persona habría hecho lo que has hecho tú y estaría dispuesta a seguir adelante?

—Tengo que avivar la candela.

—Olvídate de eso. Puede esperar unos minutos. —Volvió a tomarla de la mano. Las suyas eran cálidas y fuertes—. Puedes hacerlo. Tienes todos los requisitos necesarios. Eres valiente y…

—No soy valiente. Soy una cobarde. —Sintió que le afloraban las lágrimas y tuvo vergüenza de llorar delante de él—. Vendí a los míos para salvar el pellejo. Fingí no saber lo que estaba pasando, lo que estaban haciendo Hans y los demás. —Se apartó de él para recoger leña de la que había apilado en un rincón. El fuego de la estufa crepitó al recibir los troncos que le lanzó—. Ellos eran los verdaderos héroes, dispuestos a dar la vida por los ideales en los que creían.

—Su muerte no hace que sean más héroes que tú. ¿No crees que habrían preferido vivir si hubiesen tenido la opción? ¿De qué habría podido servir tu ejecución? ¿Qué habría conseguido una muerte más?

—Tenía que haber confesado lo que hice y lo que sabía, pero preferí hacer el papel de la «rubia tonta», de la muchacha estúpida que no se entera de nada.

—Hiciste lo que tenías que hacer para sobrevivir. Yo habría hecho exactamente lo mismo en tu lugar. Fuiste valiente, inteligente y ahora estás viva. Y, gracias a ti, yo también. Eres rubia y eres mujer y también eres más despierta e intrépida que la mayoría de las personas que conozco.

Tan amable alegato no hizo nada por contener las lágrimas de Franka, que brotaron con más fuerza y llegaron con rapidez al extremo de la barbilla. Él usó las muletas para levantarse, no sin esfuerzo, de su asiento y acercarse a ella.

—Puede que seas la persona más valiente que haya conocido, Franka Gerber.

—Lo abandoné —dijo ella.

—¿Qué?

Las palabras brotaron de Franka con la fragilidad de la ceniza que se agita al viento.

—Murió por mi culpa. Lo abandoné. Mi padre no podía cuidar de él sin ayuda.

—No, eso no es verdad. —John sintió el calor de ella en la piel.

—No tenía que haberme ido. Fredi murió por mi culpa. Si me hubiese quedado en Friburgo, podríamos habernos ocupado de él juntos. No lo habríamos tenido que llevar a esa residencia y ellos nunca le habrían echado la zarpa. Todavía estaría vivo.

—Tú no eres responsable de su muerte. Lo asesinaron los nazis.

—¿Por qué tuve que irme a Múnich? ¿Por qué lo abandoné?

—Querías empezar de cero. Tenías veintidós años.

—Eso es lo que tú dices, pero...

—La muerte de Fredi no fue culpa tuya. ¿Quién te dice que no habrían ido de todos modos a tu casa a buscarlo? No podías haber hecho nada. No podías saberlo.

—No habría muerto.

—Tienes la oportunidad de devolvérsela donde más le duele al régimen que asesinó a tu hermano y a tu novio. Todavía no se han dado cuenta de la importancia que reviste ese programa nuclear y tenemos que frenarlo antes de que lo averigüen. Por lo que dice Hahn, nos llevan ventaja. Si dejamos que los nazis desarrollen primero su proyecto, puede que nunca lleguen a pagar por la muerte de Fredi y de tantos otros.

—Ya es tarde. El daño ya está hecho.

—Nunca es tarde, al menos mientras tengas aliento en los pulmones y vida en tu interior. Los nazis han dejado un reguero de millones de víctimas en toda Europa y a ti se te ha otorgado la ocasión de luchar por la justicia en su nombre.

—O por la venganza.

—Por lo que quieras —dijo él—. Por las dos. Hay muchas combinaciones diferentes de motivos para explicar lo que hacemos y la venganza es uno de ellos. Tengo que saber si estás totalmente entregada a esta misión. De lo contrario, estarías poniendo en peligro tu vida y la mía. ¿Estás conmigo?

—Sí, totalmente.

Capítulo 11

Franka estaba ya despierta antes de que amaneciera, observando el momento en el que la oscuridad de la noche se rendía ante el gris apagado de una mañana nubosa. Esperó una hora antes de salir de la cama e hizo una mueca de dolor al sentir en la cara como una bofetada el frío de la cabaña. Tenía por delante un trayecto de dos horas en tren desde Friburgo hasta Stuttgart. Las carreteras seguían intransitables y el coche se había convertido en poco más que un recuerdo de por qué se había levantado allí y cómo podía marcharse. El café le permitió entrar en calor. Ya sabía exactamente cuántos les quedaban, pero volvió a comprobar los víveres de que disponía John. Quería asegurarse de todo. Entonces lo oyó hablar al otro lado de la puerta y entró en su dormitorio con una taza de café humeante en la mano. Estaba incorporado en la cama.

—Puedes hacerlo. Solo vas a reunirte con alguien en Stuttgart.

Hablaron unos minutos del viaje antes de que ella fuera al cuarto de baño para asearse. Cuando salió, con el pelo punzándole el cuero cabelludo por obra del agua fría, él se hallaba en la cocina. Se sentaron y desayunaron juntos. John volvió a repasar todo el plan, ella ya lo había memorizado. Quince minutos más tarde, Franka había hecho el equipaje y estaba lista para salir y John se impulsó hacia la puerta para estrecharle la mano mientras se despedían.

—Hasta mañana —dijo ella.

Aunque intentó mostrar su mejor cara y ocultar la angustia que parecía estar minándola en su interior, él no pasó por alto la inquietud que asomaba a sus ojos.

Franka no hizo movimiento alguno cuando el tren entró en la estación central de Stuttgart. Tenía la mente en blanco, tan falta de color como la nieve que caía en los montes. El soldado del asiento de delante se ofreció a ayudarla con el equipaje, pero ella se aferró con fuerza a sus pertenencias y declinó con un gesto educado. Él respondió quitándose la gorra y se puso en pie para salir del vagón. Ella se obligó a dejar su asiento, consciente de que debía de estar muy pálida. No había comido nada ni se había movido desde el momento de subir al tren. Le temblaban las manos, así que las metió en los bolsillos del abrigo antes de ponerse en pie. Siguió al resto de pasajeros que salía del tren con desidia y bajaba al andén. Habían llegado puntuales. El reloj de la pared marcaba las tres y cuarto. Tenía tiempo de sobra para buscar un hotel antes de ir a encontrarse con Hahn. Varios agentes de uniforme de la Gestapo se dedicaron a pedir los papeles a algunos de cuantos conformaban la multitud. A ella la dejaron en paz, pues parecían estar más centrados en varones en edad de servir en el Ejército. Buscaban desertores.

Al salir de la estación notó el aire frío de aquel día nublado y neblinoso. La escasa visibilidad apenas hacía distinguible la hilera de colosales banderas nazis dispuestas sobre astas de quince metros. A la entrada de la estación había un retrato gigantesco de Hitler de tres metros de altura. Franka levantó un brazo para llamar a un taxi.

Se obligó a comer algo después de registrarse en el hotel y se dirigió al Schlossplatz, la gran plaza situada en el centro de la ciudad, donde aguardaría Hahn durante diez preciosos minutos. Atravesó paseando los jardines barrocos en dirección a la estatua de la diosa romana Concordia que se alzaba en el centro a casi treinta metros del suelo. Las bombas habían llenado de cicatrices los edificios que rodeaban la plaza que en ese momento se confundían unos con otros por la niebla. En algunos se habían acometido obras de restauración y en otros no. En el aire ondeó una bandera nazi de grandes dimensiones y entonces pasó con aire tranquilo un grupo de soldados fuera de servicio. El cuerpo se le tensó todo cuando se fijaron en ella. Parecía haber enemigos por todas partes y, de hecho, tenía la sensación de que las miradas de todos los transeúntes se pegaban a ella como sanguijuelas a la piel. Tomó asiento en un banco del parque que miraba a la plaza y deseó ser fumadora por el simple hecho de poder calmar sus nervios. Resistió la tentación de mirar el reloj. Un hombre que pasaba por la plaza se detuvo, dio la impresión de volverse hacia ella y acto seguido siguió andando. Los segundos pasaban lentos como días.

Entonces lo vio. Un hombre de unos cincuenta años con una gabardina beis atravesó la plaza para ir a sentarse en un banco situado a unos treinta metros de ella. Llevaba sombrero, pero tenía el bigote gris que le había descrito John. Desplegó un periódico delante de su cara, tal como había dicho John que haría. ¿Debía dirigirse de inmediato hacia él? Miró por encima de uno de sus hombros y luego del otro como si estuviera esperando a alguien y, en ese momento, se sentó a su lado un joven de unos treinta años que la miró y dijo:

—Qué sitio tan bonito, ¿verdad?

A Franka se le heló el corazón.

—Sí —consiguió responder pese al miedo.

No se atrevió a volver hacia él la vista, pero sabía que él sí tenía la suya clavada en ella. Franka se miró la muñeca y a continuación miró al hombre de la gabardina gris. Hahn se iría en cuestión de ocho minutos. ¿Quién era el desconocido que se había puesto a su lado? En ese instante llegó a su nariz el suave aroma del humo de un cigarrillo.

—¿Quiere uno? —preguntó él.

Le estaba tendiendo el paquete de tabaco. Ella negó con la cabeza. La sonrisa de él dejó al descubierto dos paletas torcidas.

Además, por la mejilla le corría una cicatriz muy marcada. Sus ojos grises resultaban impenetrables.

—No fumo —respondió ella.

—Es un vicio muy malo. Hasta el *Führer* lo ha censurado. —Dio una larga calada.

—A mí, la verdad, no me gusta. Si me disculpa…

Se puso en pie y se alejó con paso tranquilo sin más palabras. El hombre de la gabardina beis seguía leyendo el periódico y no reaccionó cuando ella se sentó a su lado. El hombre que le había ofrecido el cigarrillo los miró.

—Hace un día espléndido para esta época —dijo Franka—. Un tiempo así es la delicia de los niños.

Él volvió la cabeza al oír aquellas palabras. Tardó unos segundos en recobrar la compostura. Tenía un paraguas a su lado, tal como le había dicho John.

—Muy buen tiempo para quien quiera patinar sobre hielo, pero no para los granjeros que intentan alimentar a los valientes soldados que tenemos en el frente.

Lo dijo en tono ensayado, deliberado. Esa era la contraseña. Volvió la página sin apartarse el periódico de la cara.

Franka sabía que le tocaba hablar, pero no dejaba de mirar al hombre del cigarrillo. Tenía la vista clavada en Franka, pero la apartó al encontrarse con la de ella. A su lado pasó un soldado con uniforme de la SS.

—¿Es seguro hablar aquí?

—Puede que no —repuso él, aunque sin hacer movimiento alguno—. No es usted a quien estaba esperando.

—Ha habido un problema con el operativo original. Quien tenía que venir no ha podido. —Hahn se volvió hacia Franka mientras ella seguía hablando—. Está a salvo, pero ha tenido un problema de salud que le impedirá viajar hasta que pasen unas semanas.

Tenía la mirada puesta al frente, aunque era consciente de que él la estaba observando desde detrás del periódico.

—Voy a levantarme —señaló el hombre—. La esperaré en la esquina de aquella calle. Vaya allí dentro de cinco minutos y caminaremos juntos.

Dicho esto, dobló el diario y se lo colocó bajo la axila mientras se ponía en pie. Ella hizo lo posible por no mirar el reloj más de un par de veces. El hombre que le había ofrecido un cigarrillo se había puesto a hablar con otro hombre que había ido a sentarse en el banco y no parecía haberla visto. En cuanto contó cinco minutos, se dirigió al lugar que le había indicado Hahn, quien la recibió con un apretón de manos.

—Usted sabe quién soy yo, pero yo no la conozco. ¿Cómo se llama?

—Franka. Soy alemana.

—¿Representa a nuestros amigos aliados? ¿Puede hacer promesas en su nombre?

—Sí. —Eso era lo que le había dicho John.

—Me dice que nuestro amigo no puede viajar. ¿Cuál es exactamente el problema?

—Se ha roto las dos piernas. Está recuperándose en una cabaña cerca de Friburgo.

Hahn esperó hasta que acabó de pasar a su lado un soldado de la mano con su novia.

—Eso podría ser un inconveniente, porque ha habido un cambio de planes.

—¿Y de qué se trata?

—Quiero sacar a mi mujer conmigo.

—Pensaba que estaba divorciado y tenía una hija exiliada en Suiza.

—Heidi está en Zúrich, sí, pero no tendré jamás la conciencia tranquila si dejo atrás a mi mujer. Los bombardeos se han intensificado estas últimas semanas. Se diría que los aliados se han enseñoreado de los cielos de Alemania. Están muriendo miles de personas y solo Dios sabe lo que puede pasar si vienen los soviéticos. No puedo dejarla aquí para que se enfrente a eso ella sola.

—Veré lo que puede hacerse.

Hahn se detuvo.

—Si ella no viene, yo tampoco.

Franka trató de imaginar a John caminando a duras penas y sin haberse recuperado del todo mientras se afanaba en ayudar a un matrimonio de cincuentones a cruzar el bosque helado en dirección a Suiza. No resultaba muy verosímil.

—Se lo haré saber a nuestro amigo. Yo tengo también unas preguntas que hacerle.

Franka miró a su alrededor y vio que no había nadie cerca. Siguieron paseando.

—Espero que hayan encontrado la casa que he pedido. Quiero una casa en la playa y dos coches, uno alemán y otro americano. —Hahn se sonrió antes de añadir—: Quiero dirigir el equipo con el que voy a trabajar y también la investigación.

—De todo eso se han encargado ya —contestó ella—. ¿Está progresando su trabajo?

—Nos estamos acercando a un avance de importancia.

—¿Y qué me dice de los mandos nazis? ¿Han empezado a prestarle atención?

—La semana pasada recibí una carta de Himmler en la que encomiaba los logros que habíamos alcanzado. Corre el rumor de que se quiere volcar en el proyecto y usar lo que consigamos para ganarse el favor de Hitler. Está programando una visita al laboratorio. Si obtiene su aprobación, tendremos toda la financiación que necesitamos y podremos desarrollar nuestra arma.

Aquella palabra la dejó helada e hizo que se multiplicaran en su cabeza las preguntas, pero permaneció centrada en la labor que le habían encomendado y recordó las palabras de John.

—¿No hay ninguna manera de detener el avance?

—Formo parte de un equipo. Si cometiera algún error deliberado, el resto se daría cuenta. Me expulsarían del proyecto y, en ese caso, su gente no tendría a nadie dentro del laboratorio. No puedo hacerlo. Dañaría mi reputación y, además, sus jefes quieren que adelante cuanto pueda hasta que estén en condiciones de robarlo. Dudan que la cúpula nazi vaya a poder apoyarnos el tiempo suficiente para que completemos nuestro trabajo. Están convencidos de que la guerra habrá acabado para cuando demos con algo que podamos usar realmente.

—¿Y están en lo cierto?

—Puede que sí y puede que no. No es fácil saberlo. Están jugando a un juego muy peligroso.

—¿Puede seguir adelante el proyecto sin usted?

—Sí, pero yo soy el maquinista y el motor del proyecto, además de su cabeza visible. Sin mí, gente como Himmler perdería todo interés en él y todo el apoyo iría a parar al desarrollo de los motores de propulsión a chorro con los que quiere hacer Hitler que cambien las tornas de esta guerra. Nuestro proyecto es solo uno de los muchos que prometen salvar Alemania. La única diferencia es que yo conozco el verdadero potencial de lo que estamos haciendo. Hasta ahora ha sido difícil lograr que sean conscientes de su potencial y la reunión con Himmler puede ayudar a salvar la investigación o a hundirla del todo.

No era fácil determinar si estaba o no en contra de los nazis. Franka estaba empezando a tener la sensación de que, si no lo sacaban de Alemania, se encargaría de sacar adelante su proyecto allí y los nacionalsocialistas tendrían en sus manos todo el potencial de esa arma de la que hablaba. Tal vez lo único que deseaba era servirse de la superioridad estadounidense en cuanto a instalaciones y financiación, tal vez para él solo contaba el proyecto en sí, de modo que el descubrimiento científico revestía más importancia que los fines con los que se usara el mismo. Un hombre sin más lealtad que la que debía a su trabajo resultaba peligroso.

Siguieron callejeando en silencio unos minutos más allá de la Schlossplatz, rodeados de imponentes edificios de piedra mientras caía la tarde. Las farolas que no estaban rotas se encendieron.

—¿Y qué plan tienen entonces?

—Queremos que se mantenga dos semanas a la espera y vaya después a Friburgo.

—¿Después nos llevarán a América a mi mujer y a mí para que pueda seguir con mi trabajo?

—¿Qué edad tiene su mujer, señor Hahn?

—Cincuenta y tres.

—Una persona más, sobre todo una mujer de esa edad, dificultará mucho cruzar la frontera en dirección a Suiza. Seguro que un hombre de su intelecto se hace cargo de ello.

—Pues, si no es así, no voy.

Franka trató de imaginar lo que diría John. Quizá podía cruzarlos uno a uno, llevando primero a la mujer y volviendo luego por Hahn. Era una posibilidad remota, pero no dejaba de ser una posibilidad.

—¿Tiene algún modo de llevar consigo su trabajo?

—He hecho un microfilm con el proyecto y los planos. No será difícil llevarlo con nosotros.

—¿Y dónde está ese microfilm?

—Guardado en un lugar seguro.

Estaba a punto de pedirle que fuera más concreto cuando rasgó el aire el sonido estridente de las sirenas antiaéreas. Franka vio el terror asomar a los ojos de él.

—Un ataque aéreo —anunció—. Hay que buscar refugio.

—¿Cuánto tiempo tenemos antes de que empiece el bombardeo?

—No es fácil de decir. Al hallarse la ciudad en un valle y con la niebla, los aviones podrían estar casi encima de nosotros. ¿Viene conmigo?

—No tengo ningún otro sitio adonde ir.

La gente echó a correr. Las madres arrastraban a sus hijos de un brazo.

—Hay un refugio a pocos minutos de aquí —anunció Hahn.

Lo interrumpió un silbido agudo y una explosión colosal sacudió entonces la calle que se abría ante ellos. En aquel momento estalló a un centenar de metros de ellos un comercio que regó la vía de escombros. Sonó una alarma antirrobo. Las sirenas no habían callado aún. Todo el mundo iba a la carrera de un lado a otro. Franka volvió la vista y vio cadáveres sobre el asfalto. Hahn la tomó de la muñeca al oír de nuevo el silbido de los proyectiles. El número de ciudadanos que corría por la calle a esas alturas superaba el centenar. Era imposible saber a qué distancia estaba el refugio. Franka era incapaz de ver nada más que figuras dispersas que iban de un lado a otro. Hahn avanzaba con lentitud, tanto que ella casi lo estaba arrastrando cuando cayó otra bomba a unos treinta metros a sus espaldas. Un hombre salió despedido hacia el lateral de un edificio como si hubiese recibido la bofetada de una mano gigante y su cuerpo sin vida cayó al suelo en un montón informe. Una más y luego otra fueron a estrellarse contra las casas de uno y otro lado de la calle, haciendo saltar cristales y cascotes. Franka se dio la vuelta y vio a un hombre que corría tras de ella con el cuerpo envuelto en llamas amarillas hasta derrumbarse. La gente pasaba a su lado apretando el paso y dejando una estela de gritos a su paso. Horror ciego. Cayó otra bomba y el edificio que tenían justo delante saltó hacia la calle y llenó su ruta de polvo y escombros. Había muertos por toda la calzada, ante ellos y también detrás. Franka seguía con los oídos saturados por el silbido de las bombas. Hahn redujo la marcha.

—¿A cuánto estamos del refugio? —gritó ella.

—A poco menos de un kilómetro. Lo normal es que haya más avisos. Las nubes...

Una nueva explosión estremeció el aire que los rodeaba y Franka vio que la calle que acababan de recorrer se había convertido en un reguero de fuego. En la luz mortecina yacían varios cuerpos en llamas como antorchas. El cielo se estaba oscureciendo sobre sus cabezas, lo que hacía invisibles los aviones. Vio una bomba y observó su resplandor oscuro antes de que diera en el suelo y destrozara una tienda de ultramarinos, haciendo saltar por los aires como confetis trozos de cristal y las cajas de madera de las verduras. Cayó una bomba más y a pocos pasos de donde estaban irrumpió en el asfalto patinando el cuerpo mutilado de una anciana. El fuego había acabado con su ropa y tenía la piel carbonizada y la mandíbula cercenada. Franka la esquivó mientras estallaba otro proyectil tras ellos. Perdió a Hahn unos segundos en medio de la neblina humosa y volvió a encontrarlo a unos quince metros a su izquierda. Fue hacia él en el momento justo en que otra bomba llenaba de cascotes la calle. A su alrededor yacían entre gritos docenas de personas destrozadas, otras seguían corriendo desesperadas. Se detuvo y se frotó los ojos. Había vuelto a perder a Hahn. Recorrió el suelo con la vista por ver si daba con él.

La siguiente explosión la tiró a la calzada y estuvo a punto de reventarle los tímpanos. Los edificios que la rodeaban se habían transformado en un mar de llamas y lanzaban al aire columnas de humo que se hinchaban al subir. Se limpió el polvo de los ojos e intentó centrarse pese al pitido de sus oídos. Se miró el cuerpo. No tenía sangre. Podía moverse. Solo estaba un tanto dolorida. Se puso en pie y se encontró rezagada con respecto al grueso de la multitud.

Estalló una bomba más, esta vez a varios centenares de metros. De la ciénaga de su conciencia emergió la idea de que se encontraba sola y todavía tenía que llegar al refugio antiaéreo. El gentío que tenía delante seguía corriendo hacia él, que, según pudo ver en ese instante, se hallaba a escasas manzanas de allí. ¿Dónde estaba Hahn? Sintió algo caliente corriéndole por la cara y al palparlo vio que tenía la mano manchada con su propia sangre. La cacofonía de las sirenas había cambiado y se mezclaba con los gemidos agónicos de los heridos. Tropezó con escombros y cristales rotos mientras buscaba a Hahn. Contó siete muertos quince metros a su alrededor, algunos sin extremidades y otros aplastados bajo ladrillos y mortero. El silbido de las bombas volvió a cruzar el cielo, más lejos esta vez. Los bombarderos habían pasado de largo, pero eso no quería decir que no pudiesen volver. Todavía tenía la necesidad de un lugar en el que refugiarse. Mantenerse a cielo descubierto comportaba la muerte.

Franka lanzó un chillido al verlo. Hahn se encontraba en la otra acera, tendido de costado sobre un charco espeso de carmesí. Acudió hacia él dando tumbos y esquivó las manos tendidas de varios heridos que imploraban ayuda. Hacer caso omiso de ellos iba en contra de todos sus instintos, pero eso fue lo que hizo ante la débil voz de su interior que le recordaba que debía concentrarse en su misión.

—Hahn —dijo. Sintió que su voz hacía eco en su interior como en una cueva honda y oscura.

Más explosiones agitaron entonces la tierra mientras se inclinaba hacia él. A su lado pasó corriendo mucha gente. Un joven le gritó que los siguiera e intentó levantarla para llevarla consigo, pero ella se zafó. Hahn abrió los ojos y alzó la cabeza. De la comisura de sus labios salía sangre. Tosió y clavó su mirada en la de ella. Tenía la ropa empapada en sangre y el charco que había frente a él no dejaba de hacerse más denso. Imploró su ayuda con los ojos, pero ella sabía que no había nada que pudiese hacer. Un bloque suelto de pared le había atrapado las piernas y lo tenía anclado al suelo. Pensó en dejarlo allí y seguir corriendo hacia el refugio. Recordó a John, que la esperaba en la cabaña.

—¿Dónde está el microfilm, Hahn?

Los ojos de él lanzaron un destello, aunque de su boca no consiguió sacar más que un gruñido.

—No permita que muera su investigación en esta calle. Dice que los nazis no han sabido valorar su trabajo. Deje que acaben los americanos con lo que ha empezado usted.

Él abrió los ojos para mirar a Franka, que insistió:

—¿Dónde está el microfilm? Déjeme salvaguardar la obra a la que ha dedicado su vida.

Él intentó darse la vuelta y mover el bloque de obra que le aprisionaba las piernas. Franka metió las manos debajo y se tensó mientras trataba también de levantarlo. Al ver que no cedía, Hahn no pudo menos de resignarse y volver a su posición original. Su respiración se estaba volviendo cada vez más superficial y su rostro estaba perdiendo su color. Ella sabía que apenas le quedaban unos segundos.

—Doctor Hahn, no permita que su obra caiga en manos de los nazis. Deje que los americanos hagan algo bueno con ella.

Él retrajo los labios para dibujar una sonrisa sangrienta y macabra.

—¿Como esto que acaban de hacer? ¿Es usted consciente de cuál es el objeto de mi investigación?

—La fisión nuclear. No sé lo que es, pero sí que podría cambiar el rumbo de la…

—Se trata de una bomba, la más poderosa de la historia. Una bomba capaz de arrasar toda una ciudad.

—¿Una bomba que puede destruir una ciudad entera?

—E incinerar en segundos a miles de personas.

—No deje que caiga en manos de los nazis. Piense en lo que han hecho a sus amigos y colegas judíos y en lo que podrían hacer con semejante poder.

Hahn cerró los ojos un instante y, cuando volvió a abrirlos, Franka supo que sería por última vez.

—Está en mi apartamento, en el número 433 de Kronenstraße, bastante cerca de aquí. —Volvió a toser—. Asegúrese de que completan la investigación. Está todo allí. Vaya mientras dura el ataque, ahora la policía está en el refugio antiaéreo.

—¿Dónde lo ha escondido? —Seguían cayendo bombas a escasos centenares de metros. Franka sabía que no podía quedarse allí, que los bombarderos no iban a tardar en llegar de nuevo.

—El retrato de mi madre —dijo él con voz cada vez más débil—. Mire dentro…

La cabeza le cayó hacia atrás con el bigote cubierto de sangre y los ojos abiertos mirando a la nada.

No había dejado de pasar gente a su lado. Franka, de hecho, era la única persona que estaba en condiciones de correr y no corría. El apartamento de Hahn estaba bajo vigilancia. Si no, ¿qué sentido podía tener que la instara a llegar allí mientras los bombarderos aliados sembraban de muerte la ciudad que tenían a sus pies? Aquella podía ser su única oportunidad de resucitar la misión, de colaborar en la derrota del diablo que había matado a Hans, a Fredi y a su padre.

Dedicó unos segundos horripilantes en rebuscar las llaves entre sus bolsillos. Nadie estaba mirándolos. Lo dejó allí tumbado y corrió con los demás hacia el final de la calle, donde divisó al fin la seguridad que ofrecía el refugio antiaéreo de hormigón armado. En el aire pendía una neblina de humo y de polvo. Las sirenas seguían aullando y varios de los edificios que la rodeaban se habían incendiado. Su camino estaba sembrado de cuerpos sin vida. De pronto vislumbró el nombre que estaba buscando: Kronenstraße. La calle estaba vacía, sin policías, sin soldados, sin Gestapo y posiblemente sin una señora Hahn esperando el regreso de su exmarido. Nunca tendría una ocasión como aquella. Se detuvo un segundo. El aliento le atronaba al entrar y salir de los pulmones y tenía el cabello empapado en sangre. Apenas necesitaba doscientos metros más para alcanzar la seguridad del refugio, que, sin embargo, iba a tener que esperar.

Corrió por la Kronenstraße, pendiente de los números de los edificios. Entonces volvieron los bombarderos y el suelo tembló a sus pies por efecto de varias explosiones. Moles de obra envueltas en humo, que minutos antes habían sido edificios, se tambalearon sobre ella, dispuestas a desmoronarse sobre la calle. La misión. La misión. Siguió los números: 411, 413... A su derecha cayó una bomba que escupió cristal y cemento a la calzada que tenía delante. Se encogió de miedo unos segundos hasta asegurarse de que no iba a caer ninguna más. Vio el edificio, corrió hacia la puerta de cristal, aún intacta, y buscó entre las llaves. Probó con una, que no era, y, a continuación, la siguiente giró sin dificultad. La puerta daba a una escalera de mármol. El ascensor estaba a unos pasos, pero resultaría demasiado peligroso. Por los buzones dispuestos a su derecha supo que Hahn vivía, había vivido, en el apartamento 2*b*. Se dirigió a la escalera desierta mientras todo el edificio temblaba por el impacto de una bomba a escasa distancia de allí. Si salía de aquella sería por pura casualidad. Se agazapó en las escaleras mientras pasaba el ruido y luego siguió adelante. Resollando y con el rostro encendido, corrió al apartamento 2*b*. La llave entró en la cerradura y le permitió abrir. Entonces pensó que podía ser que la mujer siguiera allí, pero no tenía un segundo que perder. Corrió al salón repitiéndose una y otra vez las palabras de Hahn.

—El retrato de su madre… —dijo mientras escrutaba la sala.

Todas las mesas sostenían marcos con fotografías en blanco y negro, también había muchas en la pared. ¿Quién sería su madre? ¿Y dónde podía haber escondido el microfilm si los marcos eran diminutos? Le llamó la atención una puerta cerrada y corrió hacia ella. Entró en el dormitorio y vio sobre la cama la imagen enmarcada de una mujer de atuendo tradicional y rostro severo. Lo descolgó de la pared para colocarlo bocabajo sobre el colchón. En ese momento rasgaron el aire más explosiones y pudo oír las baterías antiaéreas que respondían a los aeroplanos. La parte de atrás de la fotografía estaba cubierta con papel de color pardo situado a ras de la madera, a escasos centímetros del retrato en sí. Franka metió la mano en el papel y lo rasgó. En el interior del marco, en la esquina inferior izquierda, había un objeto negro de escasas dimensiones sujeto con cinta adhesiva. No podía ser otra cosa que el microfilm. Lo arrancó y se lo metió enseguida en el bolsillo.

Cuando se dirigía a las escaleras empezaron a llover bombas de nuevo y tuvo que esperar a que cesara el fragor antes de seguir descendiendo. Abrió a la carrera la puerta del edificio y salió a la calle en ruinas. Vio muerto a un hombre que minutos antes había estado pidiendo ayuda a gritos. Le costó no mirarlo al pasar corriendo a su lado. En ningún momento sacó la mano del bolsillo ni relajó los dedos con los que envolvía el microfilm. Encontró cerrada la puerta del refugio antiaéreo y se puso a aporrearla con el puño mientras gritaba para que la dejasen entrar. Cuando se abrió, Franka cayó al interior, jadeante y cubierta de polvo y de sangre. Cientos de personas se volvieron a mirarla. Seguía con la mano metida en el bolsillo como si la tuviese soldada al interior.

Pasaron las horas y al fin cesó el bombardeo. Le picaba el vendaje que le había puesto en la cabeza el sanitario que la había atendido. Le había asegurado que el corte era superficial y que las heridas en la cabeza casi siempre eran mucho menos graves de lo que parecían. Franka se había hecho de nuevas, asintiendo sonriente mientras él terminaba. El hombre que tenía a su lado le ofreció su abrigo, pero Franka declinó antes de preguntar cómo se llegaba al hotel en el que se había alojado con la esperanza de que siguiera intacto. Pensó en los aviadores aliados que estaban arrojando las bombas, se preguntó si sabrían lo que estaban haciendo y a quién estaban matando con sus bombas. ¿Eran criminales de guerra, tal como estaría dispuesta a testificar la mayor parte de los de aquel refugio, o eran los vencedores quienes decidían cosas como la responsabilidad de aquellos homicidios? Dudaba que la mayoría de los asesinos de aquel conflicto llegase a pagar jamás por nada de todo aquello. Lo más probable era que los del lado que se hiciera con el triunfo recibieran honores de héroes y sus fechorías se recordaran como acciones ejemplares. En todo el planeta había calles y estaciones de ferrocarril con el nombre de personas que algunos considerarían criminales de guerra.

Era de noche cuando la multitud salió del refugio. Franka salió arrastrando los pies y topó con un paisaje urbano transformado en el que las llamas del bombardeo seguían lamiendo la oscuridad. Todo el mundo decía que aquel había sido el peor ataque que había conocido Stuttgart hasta entonces. Habrían de pasar días hasta que reuniesen y contaran a todos los muertos. Franka dejaría mucho antes la ciudad. Los habitantes recorrían como fantasmas las calles envueltas en tinieblas, deambulando entre los escombros y los cadáveres de los que habían tenido menos suerte. El aullido de las sirenas había cesado por el momento y se había visto sustituido por los lamentos de las lágrimas y el silencio culpable de los supervivientes.

Capítulo 12

John pasó sentado a la ventana buena parte del tiempo que ella estuvo ausente. Pensaba en Penelope, su mujer deseaba a otro hombre. Era otro el que esperaba sus cartas. Imaginó al aviador llevándose los sobres a la nariz, oliendo el dulzor de su perfume como había hecho él en el pasado. No había pensado mucho en ella desde la última carta que le había escrito ella y que, por supuesto, no había impregnado con su fragancia. Recordó cómo habían reído juntos, lo orgulloso que se había sentido de ella y cómo habían hecho el amor. La amargura que había sentido se había ido desvaneciendo. Deseó poder verla, disculparse y decirle que había hecho lo correcto. En otros tiempos, la felicidad de Penelope había sido lo que más le había importado de este mundo y esperaba que ella la encontrase con su nuevo esposo. Le resultaba imposible enfadarse con ella. Toda la culpa recaía sobre él. Nunca la había engañado ni, de hecho, había deseado a nadie más, pero no había estado con ella cuando lo necesitaba. Sabía que no había despedidas perfectas. Volverían a verse, quizá en algún acto de etiqueta en el que se cruzarían sus miradas por entre la multitud de un salón. Tal vez pudieran hablar y desearse suerte. Ojalá.

La imagen de Franka parecía colarse en todo aquello que cruzaba por su mente. Sus empeños en apartarla de su conciencia eran en vano, porque siempre regresaba. Era como si tuviese tatuado su rostro en el interior. Intentó obviar la preocupación que sentía por ella. Lo mejor era tratarla como al resto de agentes y centrarse en la utilidad que tenía, pero aquella mañana, al despertarse, sintió su falta en la frialdad que reinaba en la cabaña. La sentía vacía. Dejó la cama y salió del cuarto con ayuda de las muletas para ir a la cocina. El café estaba en la hornilla, donde lo había dejado. Todo estaba intacto. Aquello era antinatural. La sensación que tenía en su interior parecía absurda. Debía de ser, sin duda, la resulta de haberse visto confinado allí durante mucho tiempo. Era cierto que llevaba mucho tiempo sin ver una mujer como Franka. Era normal que sintiese cierta afinidad con ella. Le había salvado la vida. Era valiente, sincera y hermosa. No podía culparse de abrigar pensamientos inapropiados que no era capaz de dominar. No podía evitar haber memorizado cada curva de su rostro. Había cosas que escapaban a su control.

Acabó su desayuno de fruta seca, pan duro y mermelada y fue a la sala de estar. Su libro estaba en la mesa, al lado de la leña que debía prender. Calculó que los troncos darían para otros tres días antes de que Franka tuviera que salir a buscar más. No le hacía ninguna gracia mandarla al bosque nevado, pero ella nunca se quejaba. Nunca protestaba por nada. Tardó unos minutos en ver arder el fuego con la fuerza suficiente para poder recostarse y relajarse. Ojalá pudiera hacer más cosas en la cabaña, pero apenas podía moverse. Era más un estorbo que una ayuda.

No la estaba utilizando: había sido ella la que se había prestado voluntaria. Había aceptado encantada la oportunidad de influir en el resultado de la guerra contra el régimen que había destruido a su familia y la nación que amaba. Entonces, ¿a qué venía esa culpabilidad que sentía en su interior? ¿Por qué tenía la impresión de haberla enviado sola a la guarida del león? Le había dicho que Hahn tenía fama de ser un hombre muy difícil. De todos modos, estaba convencido de que podría resolver la situación sin ayuda. A fin de cuentas, solo tenía que contactar con él.

Llegó la hora de comer y John seguía delante de la chimenea con el libro intacto en la mesa que tenía a su lado. Fuera brillaba el sol y alcanzaba a oír caer las gotas de la nieve que empezaba a derretirse. Apartó la manta con la que se había tapado hasta el pecho, alargó la mano hacia la radio y la encendió. El acento aristocrático del locutor de la BBC aleteó entonces por las ondas hercianas. John había conocido a muchos ingleses y muy pocos hablaban así. La voz leyó la lista de las incursiones aéreas efectuadas la noche anterior y se le heló la sangre cuando oyó mencionar el ataque a Stuttgart.

—El mando de bombardeo de la RAF llevó a cabo ayer una incursión impresionante sobre el bastión industrial de Stuttgart. Las fuentes aseguran que es el mayor que se ha producido en la ciudad desde el comienzo de la guerra.

Aunque había sido poca cosa en comparación con los intensos ataques que habían destruido buena parte de Hamburgo y Colonia, la misión se había tenido por un éxito colosal. ¿Cuántos muertos había habido? La había enviado a las fauces de la bestia aliada. A su cabeza acudieron ideas horripilantes que lo consumieron. El locutor pasó a otro asunto sin prestar más atención a las palabras que seguían martillando el cerebro de John.

—Estamos en guerra, maldita sea —dijo sin hablar con nadie—. Sabía a lo que se exponía.

Forzó la vista para consultar la hora en el reloj de cuco del pasillo. Era la una. Los minutos se arrastraron como si fueran meses hasta dar casi las cinco. Había empezado a caer la tarde cuando al fin se abrió la puerta. John no alcanzó a verla mientras dejaba los esquís en la entrada. Tampoco la llamó. Franka apareció en el extremo más cercano del pasillo. Tenía la frente adornada con un gran vendaje blanco. Dejó caer el macuto y entró casi sin poder levantar los pies.

John reprimió el instinto de expresar el alivio que le produjo volver a tenerla delante.

—¿Lo has visto? —le preguntó.

—Lo he visto —respondió ella. Fue a la cocina y volvió segundos después con un vaso de agua—. Estaba con él cuando llegaron los bombarderos. Toda la ciudad parecía haber estallado en llamas.

—¿Estás herida?

Ella se llevó una mano a la venda de la cabeza.

—Es solo un rasguño. He tenido mucha suerte, porque han matado a cientos de personas, a miles quizá. Hahn murió en la calle.

—¿Qué? ¿Estás segura?

—Yo estaba allí. Murió delante de mí. —Casi sin fuerzas para sostener la cabeza, se desplomó sobre la silla que había delante de él.

John intentó digerir la información. Hahn había muerto. Eso quería decir que la labor que estaba llevando a cabo para los nazis también había llegado a su fin, pero ¿y si su muerte no había supuesto menoscabo alguno para la investigación de los nazis en el terreno de la fisión nuclear? Sin los conocimientos de Hahn, quizá los científicos de Estados Unidos no llegaran al punto en que se hallaban aquellos hasta que fuera demasiado tarde. Los superiores de John no iban a quedar satisfechos hasta que tuvieran a su disposición cuanto sabía Hahn. Tardó unos segundos en recobrar la compostura para volver a hablar.

—¿Seguro que no estás herida?

Ella negó con la cabeza.

—¿Qué ha pasado? ¿Cuánto tiempo estuviste con él?

—Unos minutos solo. Resulta que tenía más de mercenario que de disidente. Parecía más ansioso por ver acabada su obra que por usarla contra los nazis. No parecía importarle tanto quién pudiese culminar el proyecto. Estaba convencido de que los americanos le darían la financiación y las instalaciones que necesitaba.

—Esa era nuestra intención. He oído las noticias del ataque y es todo un alivio verte con vida. ¿Qué ha pasado?

Franka se lo contó todo, desde el momento en que conoció a Hahn hasta el instante en que lo vio morir.

—¿Y el microfilm? —preguntó él.

—Dame un minuto —pidió ella. Fue al cuarto de baño y volvió tras unos segundos con la bobina de plástico y el rostro rígido y severo.

Él intentó levantarse y buscó las muletas, pero al acercarse ella se dejó caer de nuevo en el asiento.

—Lo has conseguido.

—Fui a su apartamento después de su muerte.

Él fue a hacerse con el rollo diminuto que tenía Franka en la mano, pero ella lo envolvió con sus dedos.

—Me dijo cuál era la finalidad del proyecto —aseveró.

John se reclinó en la mecedora. La luz parpadeante del fuego danzaba en las sutiles líneas del rostro de ella.

—Yo te he contado todo lo que sé. Mi trabajo no consiste en hacer preguntas.

—Estaba desarrollando una bomba capaz de arrasar por completo una ciudad. Hahn estaba creando el arma más mortífera de la historia del mundo. —Apretó el puño en torno al microfilm.

—No tenía ni idea de que fuese una bomba. Solo que era un avance tecnológico capaz de cambiar el curso de la guerra. Ahora depende de nosotros que esos documentos lleguen a los aliados antes de que los nazis descubran lo que tienen en sus manos. Si desarrollan esa bomba antes que nosotros, ¿te imaginas lo que pueden hacer con ella? No dudarán en usarla. Morirían millones de inocentes.

—Ya están muriendo millones de inocentes. Lo he visto con mis propios ojos. He sido testigo de lo que están haciendo los aliados al pueblo alemán con sus ataques aéreos.

—Esta guerra la empezaron los nazis. —La vio hacer un movimiento hacia el fuego—. No hagas eso, Franka.

—Pareces un niño discutiendo por quién ha empezado. No estamos hablando de ninguna pelea de patio de recreo. Cada día matan a miles de personas.

—Lo que tienes en la mano podría suponer un paso de gigante a la hora de acabar con esa carnicería. De todos modos, la van a fabricar. Estados Unidos tiene a varios cientos de las mentes más insignes de la nación trabajando en ello a diario. Lo que tienes en la mano podría ayudarlos a desarrollarla antes. Podría poner fin a esta guerra sin sentido.

—O matar a más millones de personas.

—Esa decisión no depende de nosotros.

—Pero somos nosotros los que tenemos que decidir. Y ya que soy yo quien lo tiene, la decisión es mía.

—Piensa bien antes de precipitarte. Destruyendo ese microfilm no conseguirás detener la investigación. Ya no hay nada que la detenga.

—Por lo menos no estaré contribuyendo a la posible muerte de millones de inocentes.

—Se trata de una carrera entre los aliados y los nazis. ¿Y si son los nazis los que desarrollan primero esa bomba? ¿Crees que van a dudar en usarla, en lanzarla sobre Londres, Moscú o París?

—¿Y quién dice que los aliados no la lanzarán? He visto la destrucción que han provocado en Alemania.

—No podemos hacer nada para evitar que se fabrique, pero sí decidir a quién ayudamos a ser el primero. ¿Quién quieres que gane la carrera? ¿Los aliados o los nazis?

Franka desplegó los dedos y le entregó el microfilm.

—Sé cómo debes de sentirte.

—¿Cómo? ¿Me puedes decir cómo lo haces para mirar en mi interior?

—Sé que no es nada sencillo, pero no somos nosotros quienes tienen que tomar estas decisiones. Debemos confiar en las personas a las que somos leales. Estás haciendo lo correcto.

—¿Al ayudar a crear la bomba más destructiva de la historia de la humanidad? Perdona que no le vea sentido.

—Ya sé que resulta contradictorio, pero una amenaza así podría obligar a los nazis a darse cuenta de que su guerra es imposible de ganar.

—¿Y crees que la amenaza de matar alemanes hará que los nazis os obedezcan? A ellos les importa un pepino la ciudadanía de este país. Llevan usado a la gente de esta nación en su propio interés desde que fundaron el Partido Nacionalsocialista. Lo único que puede acabar con esto es la destrucción de los propios nazis, no ninguna amenaza contra su pueblo.

John dejó la bobina en la mesa, tomó la taza de café, que llevaba frío un buen rato, y le dio un sorbo.

—Gracias por lo que has hecho —dijo al fin—, no solo por la campaña bélica, sino también por mí.

—¿Qué piensas hacer?

—Tengo que hacer llegar este microfilm hasta Suiza.

Franka le miró las piernas, enyesadas y tendidas ante él.

—La cura lleva muy buen camino. Posiblemente podamos quitarte la escayola de aquí a dos semanas más o menos.

—¿No hay ningún modo de acelerar el proceso?

—Si quieres volver a andar bien, no. Soy enfermera, no hago milagros.

—Pues yo creo que sí los haces.

—¿Un cumplido? ¿Eso es lo único que puedes ofrecerme? —repuso ella antes de marcharse.

Aunque Franka no pudo darse, ni por asomo, el baño caliente que había deseado, los cuatro dedos de agua tibia que consiguió reunir le supieron a gloria. La imagen de los cadáveres en llamas de las calles de Stuttgart no desapareció de su conciencia ni un instante. John tardaría otras dos o tres semanas en curarse y luego desaparecería. ¿Qué le iba a quedar después a ella? Había superado ya la idea del suicidio. Él le había enseñado que seguía siendo útil y podía contribuir de forma notable a mejorar las vidas de otros, pero ¿qué hospital iba a querer contratarla? Había traicionado al Reich y había pasado un tiempo en la cárcel por sedición. No parecía haber sitio para ella en Alemania. Con el dinero que tenía podía vivir un año más aproximadamente, pero ¿y luego? ¿Y si no podía trabajar? Tenía tíos en Múnich y primos repartidos por diversas ciudades del país, pero ¿la aceptarían? ¿No la tratarían como la desertora desleal en que habían querido convertirla los nazis? A la mayoría llevaba años sin verlos. Sus primos por parte de madre eran ya como desconocidos para ella. No le bastaba con eso.

La guerra acabaría en breve. Todo cambiaría. El acto de sobrevivir a Hitler y a su régimen sería su victoria. Era más de lo que iban a conseguir millones de sus conciudadanos. Anhelaba ver el día en el que los ideales que defendían Hans y Sophie volviesen a ser la norma, en el que los venerasen como héroes, como merecían, y ella, al menos, pudiera sentirse perdonada. Vivir lo bastante para conocer ese momento, llegara cuando llegase, sí sería suficiente para ella.

En ese instante volvió a irrumpir John en sus pensamientos. Por absurdo que fuese, era lo más parecido que le quedaba a un compañero de verdad. No tenía a nadie más cercano ni nadie en todo el mundo a quien le hubiese revelado tanto de sí misma. Con todo, no iba a tardar en desaparecer. Pensó en Estados Unidos. Resultaba alentador que alguien pudiese creer en su país como él creía en el suyo sin dejar de ser uno mismo. Guardaba lealtad a la gente de su nación, no a ningún régimen que asegurase estar actuando en su nombre. Los «patriotas» que conocía ella se veían descarriados y arruinados por unos ideales pervertidos. Lo que entendía el Estado nazi por patriotismo era una abominación, opuesta de medio a medio a todo lo que debía representar el término. Los verdaderos patriotas eran los que profesaban un sano recelo al Gobierno y a los motivos que justificaban sus actos, los que no se dejaban abrumar por los alardes retóricos de los nazis y no habían olvidado quiénes eran, como Hans y Sophie. Como su padre. Quizá los verdaderos patriotas eran los que estaban dispuestos a acoger a los misioneros armados que sin duda iban a llegar a su nación.

El calendario de la pared decía que estaban a 20 de enero de 1944. Daniel Berkel estaba encorvado sobre su escritorio, donde parecía pasar la mayor parte del tiempo aquellos días. Su trabajo consistía sobre todo en revisar papeles, comprobar fuentes e investigar disputas entre vecinos y antiguos amigos. Dado que podía bastar con denunciar a un vecino para que lo arrestasen y hasta lo metieran en la cárcel, los ciudadanos contrariados se habían encontrado de pronto con un poder considerable frente a las personas a las que guardaban cualquier clase de rencor. Con frecuencia, aquellos a los que sus vecinos delataban como enemigos del Estado resultaban ser culpables de poco más que de haber invadido sus tierras o haberle robado el periódico alguna que otra vez. La semana anterior, sin ir más lejos, había tenido que encargarse del caso de un marido celoso que había denunciado al hombre apuesto que vivía en el domicilio contiguo. Los agentes lo torturaron solo lo necesario para llegar al fondo del asunto y el acusado confesó haber mantenido una aventura con la esposa del otro. Después de eso lo soltaron. El de la tortura era todo un arte difícil de dominar. Si el agente se extralimitaba, el sospechoso podía acabar confesando hasta el asesinato del *Führer*. Había que ser todo un maestro para encontrar el equilibrio justo. Cada persona, hombre o mujer, tenía un punto exacto de rotura. El torturador avezado sabía cuándo seguir y cuándo desistir, qué métodos usar y de cuáles prescindir. Al vecino apuesto lo habían golpeado con fustas, pero se habían contenido justo antes de colgarlo y, por supuesto, habían descartado la idea de aplicarle descargas eléctricas en los genitales. Una cosa así la reservaban para situaciones más extremas, aunque casos así parecían ser la norma aquellos días.

Cada día les llegaban órdenes más draconianas. Berkel hizo memoria de los días anteriores a la guerra. En aquella época todo parecía más fácil. Las actitudes liberales y cosmopolitas de algunos ciudadanos, si bien no se alentaban ni se aceptaban, podían tolerarse por aquel entonces. En cambio, desde que había estallado el conflicto, no había lugar para actitudes así en el Reich. La búsqueda de liberales y de los llamados *espíritus libres* se había convertido en una obsesión para sus superiores. Costaba creer que, después del número tan elevado de enemigos del que se había librado el Estado, pudiese haber más entre la población, pero los había. La Gestapo tenía más trabajo que nunca. Hacía mucho tiempo que se habían desechado principios tan arcaicos como la necesidad de pruebas o el debido proceso. La Gestapo ejercía un poder absoluto sobre el pueblo y Berkel no se cansaba nunca del miedo que podía inspirar a hombres que en otras circunstancias no le habrían prestado ninguna atención.

Berkel estaba orgulloso de su labor. Lo único que sentía era ver con tan poca frecuencia a su familia. No le daba tiempo a hacer su trabajo con eficacia y estar con sus hijos tanto como hubiese deseado. Había varias fotografías familiares enmarcadas adornando su escritorio. No era un sacrificio fácil, pero lo hacía por su país. Había consagrado la vida a una causa noble que algún día le agradecerían. Pertenecía a una generación muy dispuesta a sacrificarse por el bien de la siguiente, y ¿qué mejor don podía otorgar a sus hijos que un Reich pacífico y próspero? Era el deber supremo de un padre y lo que lo motivaba a diario.

Alcanzó la taza fría de café y volvió a dejarla en la mesa al darse cuenta de que hacía horas había apagado en ella un cigarrillo. Buscó el paquete de tabaco en el bolsillo y encendió otro con las cerillas que tenía en el escritorio. Como el cenicero estaba lleno, volvió a usar la taza en su lugar. La luz de la lámpara de su mesa horadaba la oscuridad e iluminaba un rimero de papeles que debía leer con detenimiento cuando tuviese la ocasión. Fuera era de noche, aunque el frío había cedido. La nieve empezaba a derretirse al fin y las carreteras volvían a estar transitables en su mayoría. Oyó llamar a su puerta y alzó la voz para indicar a quien estuviese fuera que podía pasar.

Por la puerta apareció Armin Vogel, agente de la Gestapo originario de una granja de Eschbach.

—¿Cómo estás, Daniel?

—Ocupado, Armin. Estoy intentando decidir a quién corre más prisa traer a continuación. ¿Qué tiene prioridad, un camarero que asegura que la guerra está perdida o un sacerdote que está dando misa en secreto?

—Me suena.

El recién llegado se sentó frente a él y encendió su propio cigarrillo. Berkel dejó los papeles, agradecido por la excusa que le brindaba para tomar un respiro.

—He venido porque quería contarte algo.

—Dime.

—Ha llegado a mi mesa un informe que te podría interesar. Recuerdo haberte oído hablar de una antigua amiga a la que te encontraste el año pasado. Franka Gerber, ¿verdad?

—Sí, fuimos novios siendo adolescentes. ¿Qué le pasa?

—Hace unos días recibí un informe de Sankt Peter, sobre cierta conducta sospechosa que tuvo allí Franka Gerber antes de las Navidades. Quería unas muletas para su novio, que al parecer se había caído esquiando.

—¿En serio? —repuso Berkel dando una calada larga a su cigarro—. Me dijo que pensaba volver a Múnich.

—Pues por lo visto está aquí. Uno de mis hombres comprobó los papeles que había de ella aquí, en la ciudad, el otro día. Todo parecía normal, pero he supuesto que querrías saberlo. Lo más probable es que no sea nada…

—Pero nuestro trabajo consiste en sospechar.

—Eso mismo. Te lo quería haber dicho antes, pero estoy igual de atareado que tú.

—Lo entiendo. Gracias. Sé dónde debe de estar, voy a hacerles una visita a ella y a su novio ahora que las carreteras están casi despejadas. No hay nada de malo en ir a ver a una vieja amiga, ¿verdad?

—Nada en absoluto.

Vogel se levantó e hizo el saludo, que el otro devolvió. Berkel se reclinó en su asiento y aguardó unos minutos antes de ir al sótano. Sabía con exactitud dónde estaba el expediente de ella y se fue directo al lugar en cuestión. No pesaba mucho: el trabajo de toda una vida, resumido en unas cuantas líneas que, en realidad, ya ni siquiera necesitaba tener delante. Lo había leído ya tantas veces… Ella le había dicho que se iba, pero seguía allí. ¿Para qué quería las muletas? Sus otros casos iban a tener que esperar.

Enero había sido más cálido de lo que se había esperado y el coche estaba libre casi por completo de la nieve que lo tenía preso. John estaba haciendo ejercicios en la medida de sus posibilidades cuando volvió Franka con la leña. Se quitó la nieve de los zapatos con un par de pisotones antes de anunciar su presencia con un grito. Él apareció unos segundos después.

—Un par de días más y podremos ver cómo te han quedado las piernas. Ya has superado lo peor —anunció.

—Gracias a ti —respondió él antes de salir con la intención de arrastrar la leña al interior de la cabaña.

Franka empujó el trineo, cargado de troncos, y, pese a que él hizo cuanto estuvo en sus manos por ayudar, le ordenó, como de costumbre, que se sentara. Clasificó la madera para lanzar la que estaba más seca al cesto que descansaba frente a la chimenea. Estaban ya a 21 de enero. Faltaban cuatro días para completar las seis semanas que, por insistencia de ella, debía llevar puestas las escayolas. Después, él se marcharía y no volvería a verlo. Franka se convertiría en una cara más de las que habían pasado por su vida antes de desaparecer. John se acercó y empezó a separar el segundo montón de troncos. El fuego chisporroteaba anaranjado y la noche se acercaba.

—¿Qué vas a hacer cuando me vaya, Franka?

—No lo tengo claro. Supongo que buscaré trabajo. —Siguió separando leña—. Siempre harán falta enfermeras y más si continúa la guerra.

—¿Enfermeras con un historial como el tuyo?

—No he dicho que vaya a ser fácil encontrarlo, pero deben de estar tan desesperados que…

—¿Has pensado alguna vez en salir de aquí?

—¿De dónde? ¿De la Selva Negra? Ya lo hice cuando viví en Múnich.

—No, no me refiero a la Selva Negra, sino a Alemania. ¿Has pensado alguna vez en dejar Alemania?

Franka soltó la rama de cinco centímetros de grosor que sostenía con las manos enfundadas en guantes.

—Claro, pero ¿adónde iría? Alemania es lo único que conozco y, aunque tuviera algún lugar al que ir, ¿cómo iba a llegar allí?

—Yo tengo que irme de aquí a unos días. Podrías venir conmigo.

—¿Adónde? ¿A Filadelfia?

—Ojalá. Yo tardaré un tiempo en volver a casa, pero podrías cruzar conmigo la frontera suiza y empezar de nuevo. En todas partes hará falta siempre alguien con tus dotes. Conseguirías trabajo y estarías a salvo.

—Cruzar a Suiza no es tan fácil como presentar tus papeles mientras los de la Gestapo te desean unas felices vacaciones. La frontera está cerrada. Nadie nos garantiza que pudiéramos conseguirlo.

—Ya lo sé. No te discuto que vaya a ser difícil, pero ¿qué razones tienes para quedarte aquí?

—John, aquí es donde he pasado toda mi vida. ¿Por qué me preguntas eso? Aquí está mi hogar.

Él se puso en pie con dificultad, murmurando entre dientes mientras la seguía hasta la cocina. Ella se dirigió a la hornilla para clasificar otro montón de leña que había llevado hasta allí. Él se sentó en una de las sillas, situada a poco más de medio metro de donde estaba ella arrodillada.

—¿Por qué no lo piensas al menos?

—¿Qué iba a hacer yo en un país donde no conozco a nadie ni tengo nada?

—Podrías ser libre. Podrías empezar de nuevo.

—¿En Suiza?

—Si quieres, sí. O quizá hasta en América. Yo podría solicitarte un visado.

—¿Cómo vas a conseguirle un visado a una ciudadana de Alemania en mitad de la guerra?

—Tengo amigos importantes. Si mi padre no puede, a mi jefe seguro que no hay quien se lo impida.

La luz del exterior había desaparecido casi por completo y Franka se puso en pie para encender la lámpara de aceite.

—Eres la persona más valiente que he conocido. ¿De qué tienes tanto miedo?

—Nunca he estado en Estados Unidos. De hecho, tú eres el único americano que conozco.

—Te tengo que advertir que no todos son tan maravillosos como yo.

—¿Y todos son tan seguros de sí mismos? Estás convencido de que conseguirás cruzar la frontera cuando no puedes ni andar.

—Me noto muy bien las piernas. Además, tú misma has dicho que se estaban curando bien. No puedo quedarme aquí sentado con ese microfilm. Lo tengo que llevar al consulado de Suiza. Por lo menos tengo que intentarlo.

—¿Sabes lo absurdo que suena tu plan? Todavía no puedes ir a ninguna parte. ¡Si no puedes andar!

Él se levantó.

—Deja que te lo demuestre. Puedo hacer más que andar. Ven conmigo. —Le tendió una mano mientras sostenía las muletas con las axilas.

—¿Qué haces?

—Tú, ven conmigo.

Franka se quitó los guantes y los dejó caer sin aceptar, sin embargo, su mano. John se encogió de hombros y le hizo un gesto para que lo siguiera hasta la sala de estar. Fue hasta la radio y la encendió. Se oyó un boletín informativo en inglés.

—¿Qué estás haciendo?

—Espera unos segundos —dijo él mientras buscaba entre las emisoras—. Vas siempre con tanta prisa… —Encontró un canal de música—. Puedo hacer algo más que andar —insistió con una carcajada antes de levantar los brazos y hacer caer al suelo las muletas con gran estrépito—. ¿Me concede este baile, *Fräulein*?

—No seas ridículo. Te puedes hacer daño.

Él la tomó de la mano, consciente de que Franka seguía teniendo puesto su antiguo abrigo de lana. Atrajo hacia sí el cuerpo de la joven hasta que sus rostros quedaron a escasos centímetros, con una mano en la cintura de su enfermera y la otra asida a su mano.

—Siempre he sido un bailarín de primera —aseveró. A continuación se balanceó hacia atrás y hacia delante, manteniendo el equilibrio con dificultad. Tenía el cuerpo rígido y Franka dudaba que fuera capaz de tenerse en pie sin agarrarse a ella.

—Ya lo veo —respondió Franka riendo—. Te mueves con una gracia apabullante.

—Yo lo llamo el paso del búfalo con el tobillo roto.

John debía de ser unos quince centímetros más alto que ella. Pasaron unos segundos sin que ninguno de los dos articulase palabra. Los dos tenían el rostro iluminado. Acabó la canción y volvieron a separarse.

—¿Ya se ha terminado el baile por esta noche?

Franka oyó un vehículo detenerse en la colina y se le encogieron las entrañas.

—Un coche —susurró—. Métete en el escondite.

Las muletas estaban en el suelo. Ella las recogió y se las tendió a John, que volvió al dormitorio sin decir nada. Cerró la puerta tras de sí y dejó las muletas al lado de las tablas mientras las levantaba. El motor del automóvil se apagó y la luz de los faros fue menguando. Franka oyó abrirse la portezuela. John se escondió en el agujero del suelo. Tenía a sus pies el macuto con el uniforme de la Luftwaffe dentro. Se sumió en la oscuridad del escondrijo.

Franka se tomó unos segundos para responder a los golpes que sonaron en la puerta. La taza de café de John estaba al lado del fuego. Su libro. No había ningún otro signo de su presencia. Habían tenido cuidado. Todas sus pertenencias se encontraban con él bajo los tablones. Respiró hondo y fue hacia la puerta. Al abrir llegó una ráfaga de viento. Berkel estaba solo.

—*Heil Hitler* —dijo el recién llegado desde debajo de la bufanda que cubría la mitad inferior de su rostro.

—*Heil Hitler* —respondió ella. Se dio cuenta de que le temblaba la mano y la dejó caer para ocultarla en un bolsillo.

—¿No vas a invitarme a entrar, Franka? —dijo él quitándose la bufanda.

—Claro, *Herr* Berkel. Pase, por favor.

Él pasó a su lado y se limpió los zapatos en el felpudo antes de quitarse la gabardina negra y dársela a ella sin mirar, aunque debía de haber visto la percha que había a escasos centímetros de su cara. Llevaba el uniforme completo de la Gestapo, incluidas las medallas que distinguían su entrega a la defensa del Reich. Franka colgó el abrigo. Él ya había entrado en el salón y recorría con la mirada aquel lugar tan familiar para él hacía años.

—Impresionante —dijo él meneando la cabeza—. ¿Cuánto tiempo ha pasado? ¿Ocho años? Este sitio está igual. Lo único que ha cambiado son los retratos de la pared.

—Sí, unos ocho años.

—¡Cuántos recuerdos! —Se quitó la gorra negra.

—Es verdad —fue lo único que consiguió decir.

—¿No vas a ofrecerme una taza de café?

—Claro. ¡Qué poca educación, la mía!

Él la siguió hasta la cocina y se apoyó en el marco de la puerta.

—Me sorprendió mucho saber que seguías aquí. Me habías dado a entender que ibas a volver a Múnich antes de las Navidades.

Franka puso el agua a calentar antes de volverse a tomar una taza del armario.

—Sí, pero al final cambié de planes. Había mucha nieve y, como no podía sacar el coche, decidí quedarme una semanas más.

—Pero, por lo que veo, el coche ya no tiene nieve alrededor. Además, las carreteras llevan varios días abiertas.

Franka se volvió hacia él. Casi sentía sus ojos atravesándola.

—Sí, tenía que haberme ido hace ya mucho. Supongo que me ha dado pereza.

John sosegó su respiración y se llevó la mano al pecho por tratar de apaciguar los latidos de su corazón. Aunque era fácil identificar los sonidos confusos que llegaban de la cocina como los de una conversación, le resultó imposible distinguir más de unas cuantas palabras. Metió la mano en el macuto para buscar una pistola y el tacto frío del metal le dijo que la había encontrado.

—Has tenido que sentirte muy sola aquí durante todo este tiempo —siguió diciendo Berkel—. Con lo sociable que has sido tú siempre.

—Necesitaba aislarme un tiempo después de lo de mi padre y la cabaña era el sitio perfecto para evadirse.

—Eso es verdad —repuso él con un gesto de asentimiento. La observó unos segundos mientras dejaba que vertiese en las tazas el agua hirviendo. En el aire frío ascendió una nube de vapor—. Gracias, Franka —dijo cuando ella le tendió su café—. ¿Volvemos al salón? Tenemos mucho de lo que ponernos al día.

—Claro —respondió ella. Casi le hacía daño sonreír.

Él la condujo a la sala de estar y ocupó el asiento que había usado John hacía unos minutos. El libro que había estado leyendo, *Sin novedad en el frente*, se hallaba bocabajo sobre la mesa que tenía al lado Berkel. Eso habría bastado para hacer que pasara varias noches en la cárcel. Él dio un sorbo a su taza antes de dejarla al lado de aquella edición en rústica vieja y ajada por el uso. Franka se sentó a su lado e intentó no mirarla. Berkel echó hacia atrás la mecedora mientras entrelazaba los dedos sobre su estómago. La gorra descansaba en su regazo.

—Sí, ¡cuántos recuerdos! Pese a todo, pasamos muy buenos ratos, ¿verdad?

La anfitriona sonrió. Sentía la cabeza como si la tuviera sostenida con cables de acero.

—Éramos jovencísimos entonces —prosiguió él—. Casi no parece real. Hay quien dice que la juventud se malgasta dándosela a los jóvenes, pero yo no lo tengo claro. ¿Qué opinas tú?

—Yo me arrepiento de muchas de las decisiones que tomé durante ese periodo loco. Supongo que el dicho viene de ahí.

—Pues yo ya no coincido con esa idea. Quiero decir que siempre habrá casos de gente joven que hace estupideces, pero en mi trabajo uno acaba por darse cuenta de que no hay que serlo para cometer una idiotez. Lo veo a diario. La semana pasada, sin ir más lejos, interrogué a un hombre, un individuo que había cumplido ya los cuarenta, padre de cinco hijos. Se había emborrachado y se había puesto a gritar por todas partes que el *Führer* no iba a parar hasta verlos a todos muertos. Lo llamó mentiroso, canalla y hasta asesino. ¿Puedes creer que alguien llegue a hacer algo así?

—No es fácil entender que nadie pueda pensar semejante cosa.

—Por suerte había toda una legión de ciudadanos dispuestos a hacer lo correcto. Llegué a conseguir la declaración de diez testigos de cargo. Fue alentador saber que había presentes muchos alemanes leales y que la buena gente que vive entre nosotros supera en número con muchas creces a las manzanas podridas. —Tomó otro sorbo de café y dejó la gorra sobre la mesa, en el lugar en que había descansado su taza—. Uno de mis reclutas más jóvenes le aplastó los dedos entre dos barras de metal y le arrancó las uñas. El hombre confesó enseguida. Creo que lo que quería mi agente era obtener cierta venganza por haber dicho cosas así de nuestro *Führer*. Esas cosas nos las tomamos muy a pecho.

Franka apoyó con fuerza las manos en los muslos para evitar que temblasen.

—Su función es muy importante.

—Mucho. Somos el único poder que se interpone entre el Reich y los enemigos que tiene en el seno de nuestra patria. La guerra que se está librando dentro de nuestras propias fronteras empezó mucho antes que la que mantenemos con las fuerzas aliadas y la estamos ganando día a día.

Ella quiso decir algo, pero los labios no le respondían. No le salían las palabras.

—Sí, nos hemos convertido en personas muy diferentes tú y yo. ¿No es así? —preguntó Berkel.

—¿Eso crees?

—Vaya, si lo creo. Antes éramos tan iguales...

«Pero yo supe reconocer el mal y tú lo abrazaste y te fundiste con él.»

—Ahora, sin embargo —siguió diciendo él—, muchos dirían que tú representas los mismos males que estoy intentando erradicar yo del Reich, que eres la encarnación de lo peor de nuestra sociedad.

Franka luchó contra el miedo que amenazaba con apoderarse de ella. Aquel hombre tenía un poder absoluto sobre ella. Podía sacarla de allí a rastras y arrojarla a una celda sin que nadie llegara nunca a enterarse, matarla a su antojo sin que nadie pusiera en duda sus motivos. No tenía por qué mediar proceso legal ni autoridad superior alguna. Los nacionalsocialistas habían convertido a Daniel Berkel en un dios y él estaba dispuesto a ejercer su poder como lo considerase oportuno.

—Quiero pensar que en el Reich siguen teniendo cabida quienes, como yo, han cometido un error. Yo ya he pagado mi deuda c...

—No estoy diciendo que sea lo que yo pienso, Franka —dijo él riendo para sí—. Siempre has sido tan boba... No me sorprende que les resultara tan fácil llevarte por el mal camino.

—Estaba confundida. Después de la muerte de mi hermano no tenía nada claro qué estaba bien y qué estaba mal.

—Sí, me enteré de aquello —repuso él con la mirada fija en el fuego, cuyas llamas iluminaron sus ojos cuando volvió a clavarlos en ella—. Un asunto desafortunado, aunque necesario.

—¿Necesario? —Sintió que luchaban por aflorar sus verdaderos sentimientos. La mención de Fredi fue como queroseno para el incendio de su resentimiento, pero no tuvo más remedio que intentar evitar que estallase su ira.

—Por supuesto. El mismísimo *Führer* fue el primero en señalar que era más caritativo acabar con el sufrimiento de los que tenían enfermedades incurables, los minusválidos y los retrasados. Había que eliminar las bocas inútiles que les estaban quitando el pan a los valientes soldados que combaten por nuestro futuro colectivo. Era algo de sentido común y un componente vital de la política de higiene racial que está devolviendo a nuestra nación al lugar que le corresponde entre las más grandes del mundo.

—Perdone, señor Berkel. —Franka se levantó y se fue al cuarto de baño, donde apoyó la espalda en la puerta cerrada y dejó brotar las lágrimas mientras le temblaba todo el cuerpo. Tenía que dominarse. Lo que estaba en juego no era ya su propia vida. A su mente acudieron temores paranoicos sobre el hombre que le había ofrecido un cigarrillo en Stuttgart. ¿Habría sabido Berkel de algún modo de la existencia del microfilm? ¿Estarían a punto de llegar más agentes de la Gestapo? ¿No estaría jugando con ella sin más antes de detenerla?

«No, no puede ser. No sabe nada. Depende de ti manejar la situación.»

Franka tomó una toalla y se secó las lágrimas. Se miró en el espejo. El odio que brotaba de su interior iba a nublarle el juicio. Intentó apartarlo de sí. Él seguía sentado ante el hogar cuando volvió a la sala de estar. Sus ojos no se despegaban de ella mientras fue a sentarse de nuevo frente a él.

—¿A qué debo este placer, señor Berkel, sobre todo a estas horas de la noche?

—Los defensores del Reich trabajamos a todas horas, porque la insurgencia no duerme jamás, y, por favor, tutéame. Tenemos un pasado en común y siempre vamos a formar parte el uno de la vida del otro.

Franka sintió que le corrían cucarachas por debajo de la piel.

—Está bien, Daniel, ¿qué puedo hacer por ti para que vengas a verme una noche de invierno como esta?

—No estoy aquí por una visita de cortesía. Ojalá pudiese hacer cosas así. ¿Estás sola en esta cabaña, Franka?

—Claro. Aparte de ti, por supuesto, pero sí, estoy sola.

—Y has estado sola todo el tiempo que has pasado aquí.

—Sí.

Berkel dio otro sorbo a la taza de café.

—Entonces, ¿para quién eran las muletas?

Franka se tensó.

—Vaya —dijo tratando de sonreír—. Eran para mi novio. Estuvo aquí unos días, pero se fue. Tenía que habértelo dicho. A veces parezco imbécil.

—Es curioso que no dejes de reprocharte tu mala cabeza, porque tengo que reconocer que yo siempre he pensado todo lo contrario. Te conozco y siempre te he considerado la mujer más inteligente y tenaz que he conocido. Desde luego, no eres ninguna estúpida ni nadie a quien resulte fácil embaucar. —Dejó el café sobre la mesa—. ¿Y quién es ese novio tuyo?

—Se llama Werner Graf, es de Berlín y sirve de piloto en la Luftwaffe.

¿Y si daba con John? ¿Sería posible mantener su tapadera? Si lo encontraba escondido bajo el suelo no, desde luego. Tenía que andar con pies de plomo si no quería revelar nada. Lo único que podía hacer era mentir, pero aquel hombre estaba adiestrado para descubrir a los que mentían y estaba convencida de que no se estaba dejando engañar.

—Un aviador de la Luftwaffe, ¿eh? Me sorprende que uno de mis valientes pilotos se rebaje a estar con una puta como tú.

—Se… se fue hace ya varios días.

—No me digas que le has enseñado ese hermoso culito tuyo. Lo has embaucado para que piense que eres una alemana leal y no una puta disidente.

Tendió la mano para hacerse con la novela que había en la mesa que tenía al lado.

—¡Mira tú por dónde! La furcia está leyendo un libro prohibido. Sabes que no necesito más que esto para encerrarte, ¿no?

—Es un libro viejo, Daniel. Solo lo estaba mirando. Lo siento mucho... —Retrocedió en su asiento y miró hacia la puerta. Sabía que le iba a ser imposible llegar tan lejos.

—Ya me has mentido una vez. ¿Cómo voy a confiar en una sola palabra de las que digas ahora?

—No había querido mencionarlo por el pasado que compartimos. No quería que tuviéramos una conversación incómoda.

—Soy agente de la Gestapo. ¿De verdad crees que puedo permitir que mis sentimientos personales se interpongan en mis investigaciones?

—Claro que no, pero...

—Tengo que decir que me has defraudado, Franka, aunque lo cierto es que no ha sido ahora, sino hace ya mucho, desde que diste la espalda a la palabra del *Führer* para abrazar el pensamiento liberal.

—Siempre te he tenido en muy alta estima, Daniel. Simplemente no estábamos hechos el uno para el otro.

—¿Porque eras mejor que yo? Pues dime: ¿quién es mejor ahora? ¿Sabes las cosas que les he hecho a los que me han mentido? ¿Sabes lo que podría hacerte a ti aquí mismo?

—Claro que sí, Daniel, pero yo ya he pagado por lo que hice, he aprendido la lección. ¿Tienes una fotografía de tu mujer y tus hijos? Me encantaría verlos...

Él se puso en pie y se abalanzó hacia ella.

—¿Cómo te atreves a mencionar a mi familia, puta asquerosa? ¿Cómo te atreves a hablar de ellos con esa boca repugnante?

Franka se levantó y se apartó de él abrumada por el terror.

—Daniel, por favor...

—Estamos solos tú y yo, sin nadie más en kilómetros a la redonda. —Se acercó a ella y ella se alejó de él, pero la pared, situada solo a medio metro, le impedía huir.

—Mira en tu corazón. Eres un buen hombre, un padre excelente dedicado a esta nación y a sus hijos. Y yo soy una mujer alemana. No hagas eso.

—Tú lo que eres es una zorra inútil, que solo sirve para tener a un hombre encima. Eso sí, eres lo más dulce que he probado.

Las paredes de la cabaña parecían estar encogiéndose en torno a ella tanto que hasta empezó a ver borroso. La vieja pistola de su padre estaba en la consola de la entrada, pero la distancia parecía insalvable. Franka lanzó un chillido cuando él arremetió contra ella, la aferró por los brazos y clavó las uñas en sus bíceps como clava la rapaz sus garras en la presa.

—¡Qué buena concubina serías! Puede que deje que te quedes aquí y venga a verte algún que otro día. Si te parece mal, siempre puedo encerrarte en una celda y dejar que hagan lo que quieran contigo tus compañeros de encierro. Tú decides.

Se acercó a ella, que volvió la cara y estuvo a punto de vomitar cuando él le pasó la lengua por la mejilla. Ella intentó asestarle un rodillazo y fue a darle en el muslo al mismo tiempo que conseguía zafarse de él.

—Primero tendrás que matarme.

—Eso tiene fácil arreglo.

Franka echó a correr por la sala, pero él la agarró de los brazos y la arrastró hacia su habitación, la misma en la que habían dormido sus padres aquel verano caluroso de 1934. Ella se revolvió con patadas y arañazos y consiguió hacerle sangre en la mejilla. Él abrió la puerta con violencia y la arrojó sobre la cama. La puerta se cerró de golpe tras ellos.

—Sí, resístete, siempre es mejor así.

Franka volvió a gritar mientras él la sujetaba contra la cama y le rasgaba el vestido dejando al aire su ropa interior. Intentó arañarle de nuevo y él le cruzó la cara con una bofetada enérgica. Franka quedó aturdida sobre el lecho ante él mientras él empezaba a quitarse el cinturón. Entonces se abrió con fuerza la puerta e irrumpió en el dormitorio John, con una muleta en una mano y, en la otra, el destello de su pistola. Berkel se volvió para hacerse con el arma en el instante mismo en que el estadounidense le asestaba con la mano de la muleta un puñetazo encima del ojo izquierdo. La muleta cayó al suelo. La pistola rugió en el momento en que Berkel trataba de nuevo de hacerse con ella y la bala fue a dar en la pared del fondo. John se apoyó en el marco de la puerta mientras el agente de la Gestapo forcejeaba con él, dándole una patada en las escayolas a la vez que le apartaba con violencia la mano. John cayó de espaldas por la abertura de la puerta a la sala de estar. La pistola cayó al suelo y Berkel echó mano de la que llevaba al cinturón. Franka saltó a sus espaldas y lo derribó con su peso. John corrió a agarrarlo del cuello y le hundió los pulgares en la tráquea, pero Berkel consiguió apartarse rodando. El americano volvió a lanzarse sobre él, aunque el agente fue muy rápido y se puso en pie para echar de nuevo mano a su pistola.

—Así que este es tu novio, ¿eh, Franka? —dijo con una carcajada mientras desabrochaba la pistolera.

John alargó la mano para buscar la suya, situada a un metro de él, pero el alemán ya lo tenía encañonado y abrió la boca para decir algo al mismo tiempo que tensaba el dedo del gatillo.

Entonces le estalló el pecho. Dejó caer el arma mientras se daba la vuelta con un gesto lamentable y perplejo. Franka estaba de pie a sus espaldas y la pistola de su padre humeaba en su mano.

—No es mi novio, Daniel, sino un espía aliado. Y tenías razón: sabía en todo momento lo que estaba haciendo.

—Serás ram…

Franka volvió a apretar el gatillo antes de dejar acabar la última frase que saldría jamás de sus labios. La bala le alcanzó el pecho, debajo justo de la hilera de medallas. Él cayó de rodillas y se derrumbó hacia atrás sobre el suelo.

—Y tú eres un cabrón —le espetó Franka entre gemidos—. Un cabrón insoportable.

La sangre de Berkel se extendía por el suelo en un círculo carmesí casi perfecto. Tenía los ojos aún abiertos, clavados en el techo.

—¿Franka? ¿Estás bien? ¿Estás herida?

John se levantó y usó la pared para acercarse a ella. Franka seguía con el arma apuntada al lugar en que había estado de pie Berkel. Él se la quitó y la apartó antes de tomar a Franka en brazos.

—La Gestapo va a venir por nosotros —anunció mientras lo abrazaba—. Sabrán ya que estás aquí. No vamos a conseguir salir con vida de Alemania. No vas a poder llevar el microfilm a los aliados.

—Primero tendrán que atraparnos.

Franka apoyó en él la cabeza al sentir que le brotaban de nuevo las lágrimas.

—Has puesto en peligro toda la misión por mí. ¿Por qué lo has hecho?

—No hay misión tan importante que me haga quedar de brazos cruzados mientras está pasando algo así —respondió él—. Volvería a hacerlo mil veces más. No dejaría nunca que te hicieran daño.

Capítulo 13

Franka bajó la mirada hacia el cuerpo que yacía bañado en sangre en medio de la sala de estar. El brazalete nacionalsocialista que le adornaba el bíceps estaba más rojo aún y tenía el uniforme manchado y rasgado, con el cinturón aún desabrochado. Le entraron ganas de dispararle de nuevo.

John recogió la muleta del suelo, le pasó un brazo por encima de los hombros y la llevó a la cocina. Franka estaba temblando cuando se sentó. John posó una mano en una de sus mejillas y ella inclinó el rostro y puso la suya sobre la de él.

—Gracias —susurró.

—No, eres tú la que me ha salvado. Otra vez. Lo único que siento es haber tardado tanto en llegar al dormitorio. —Dio un hondo suspiro—. De todos modos, tienes razón: van a venir a buscarlo. Tenemos que irnos de aquí esta misma noche.

—¿Tenemos?

—No pienso dejarte atrás. Tampoco voy a poder lograrlo sin ti. Te necesito. La misión te necesita.

—¿Y tus piernas?

—Tendrás que quitarme las escayolas. Ya se han soldado. No he sentido ningún dolor al pelearme con ese animal.

—Me estarán buscando. Te irá mejor si vas solo, no saben que estás aquí.

—Tú vienes conmigo. Te debo la vida y no pienso irme sin ti. Prefiero morir en el intento a dejarte atrás.

Franka apartó la mano que le había puesto él en el rostro.

—Deberías llevarte mi coche. Con tus papeles no tendrás problema en llegar a la frontera y, una vez allí, puedes intentar cruzarla.

—Para. Métete en la cabeza que no pienso irme de aquí sin ti. Si hace falta, te echaré al hombro y te llevaré gritando y pataleando, pero de aquí nos vamos juntos.

—De acuerdo —asintió ella—. Nos vamos juntos.

—Perfecto, porque te necesito.

—Yo también te necesito.

—Entonces, no se hable más. Lo primero que hay que hacer es quitar estas escayolas. Luego haremos el equipaje con todo lo que vayamos a necesitar para la excursión. Nos buscarán por carretera, de modo que deberíamos ir por los bosques. No tenemos otra opción.

—¿En invierno?

—No hay más remedio. De todos modos, les llevamos ventaja. Son casi las nueve. Tengo la impresión de que nuestro amigo tendido en el suelo debe de haber pasado más de una noche fuera sin decirle nada a su mujer, de modo que podrían pasar otras doce horas sin que nadie lo eche de menos. Eso sí, estoy convencido de que tuvo que informar a alguien de que iba a venir aquí. Tenemos que limpiar este sitio y esconder su cadáver para estar muy lejos cuando averigüen lo que ha pasado. Hasta la frontera suiza hay unos ochenta kilómetros. ¿Hasta dónde crees que podremos llegar por carreteras secundarias si pasamos la noche conduciendo?

—Hasta mitad de camino, quizá. Sin luz no será fácil.

—No podemos hacer otra cosa. Está demasiado lejos para ir andando. Tenemos que intentar llegar tan lejos como nos sea posible. El terreno será difícil, puede ser que a pie no avancemos mucho más de quince kilómetros al día. —John tomó las manos de ella—. Va a ser durísimo, Franka, pero juntos podemos conseguirlo.

—Sé de un lugar al que podemos ir para hacer una parada.

—Franka, no podemos confiar en nadie…

—Mi tío abuelo Hermann vive en un pueblo llamado Bürchau, a unos cuarenta kilómetros al sur de aquí, entre nosotros y Suiza.

Él negó con la cabeza.

—Déjame acabar. Tiene más de ochenta años y casi nunca sale de casa. Llevo años sin verlo, pero te puedo decir que no es precisamente un entusiasta del nazismo. Sus dos hijos murieron en la última guerra. Necesitaremos un sitio en el que poder descansar unas horas por lo menos. No podemos pasar la noche despiertos y ponernos a caminar por la mañana y menos con las piernas como las tienes.

—Lo pensaré.

—Tomando carreteras secundarias y cualquier sendero por el que quepa el coche podemos llegar allí por la mañana y dormir.

—¿Y qué le vas a contar?

—Que nos hemos perdido estando de excursión y necesito un sitio en el que descansar unas horas. No hará preguntas.

—¿Y si las hace?

—Primero hablaré con él y, si sospecha algo, buscaremos otro sitio.

Franka se dirigió al cuarto de invitados. Los tablones estaban tirados donde los había dejado John al salir del agujero. Le llevó la otra muleta y a la vuelta esquivó el cuerpo sin vida de Berkel. Puso manos a la obra en silencio, consciente de la importancia vital de cada segundo que transcurría.

Cortó las escayolas con las tijeras y reveló la piel blanca y arrugada que había bajo las mismas. El debilitamiento de los músculos por la falta de ejercicio hacía que las piernas de John pareciesen delgadas en comparación con el resto del cuerpo. John se puso en pie.

—Como nuevas —declaró.

Franka, en cambio, no estaba tan convencida. Todavía les hacía falta otra semana, pero lo cierto es que se les iba el tiempo como agua entre los dedos.

John se sentía como un niño aquellos primeros segundos en que disfrutó de la libertad de movimiento que le habían negado las escayolas. El cuerpo ensangrentado de Berkel en el suelo lo hizo volver a la realidad.

Se dirigió al dormitorio y metió la mano en el agujero para recoger su macuto. En él tenía mantas, un machete, cerillas, una brújula y munición más que suficiente. Tomó también el uniforme de la Luftwaffe, que se encontraba al fondo del escondrijo, y lo metió en la bolsa. Abrió una cremallera oculta y sacó una carpeta con la documentación de otra identidad más que tenía reservada: la de un obrero alemán de viaje. Se metió los papeles en distintos bolsillos con la esperanza de no tener que usarlos.

—¿Papeles? —preguntó Franka.

—No me harán falta, pero para más seguridad prefiero llevar conmigo todo lo que pueda desvelar que he estado aquí.

—¿Qué vamos a hacer con Berkel?

Resultaba extraño llamar por su nombre al grotesco cadáver que yacía en el suelo. Se hacía difícil imaginar que aquel hombre había sido su novio, el viril jefe de las Juventudes Hitlerianas al que miraban todas las muchachas al verlo pasar tan seguro de sí mismo.

—Habrá que esconderlo lo mejor que podamos.

—¿Fuera? ¿Quieres que lo enterremos? Lo más seguro es que el suelo siga estando helado.

—No tenemos tiempo para eso. Hay que salir de aquí cuanto antes. Ayúdame.

John la llevó de nuevo a la sala de estar.

—Vamos a ponerlo debajo de las tablas del suelo. La cabaña acabará oliendo a perros muertos, pero a esas alturas ya estaremos muy lejos. —John la miró y supo que no tenía que haber dicho aquello—. Es el único lugar en el que podemos esconderlo con facilidad. Si registran este sitio solo por encima, quizá ni lo encuentren. Nos bastará con unos días y esconder su cadáver ahí puede darnos el tiempo que necesitamos.

Franka hizo lo posible por no mirar a los ojos abiertos de Berkel, pero parecían estar fijos en cada uno de sus movimientos y seguirla por toda la sala. Su cuerpo seguía aún caliente cuando lo levantó de los pies. John lo agarró de los brazos y Franka no pasó por alto que intentaba ocultar una mueca de dolor al transportar su peso. Lo lanzaron al agujero. Franka fue por la gabardina de Berkel y la arrojó sobre el cuerpo. No sintió la menor lástima, ni siquiera por su mujer y sus hijos. Estarían mucho mejor en un mundo sin él. Estuvo a punto de escupir sobre su cadáver. Saberlo muerto le produjo alivio. Era un consuelo estar segura de que jamás volvería a hacer daño a nadie.

John le pidió que lo ayudase y, después de volver a dejar el suelo como estaba, arrastraron la cama hasta dejarla de nuevo sobre el escondite. Franka fue a la cocina por un cubo de agua jabonosa y los dos dedicaron los veinte minutos siguientes a limpiar el suelo hasta eliminar todo rastro de sangre del lugar de los hechos. Nadie consideraría que había actuado en legítima defensa. Franka Gerber no tardaría en convertirse en el principal enemigo público de la región y los agentes de la Gestapo soltarían sus perros hasta cobrar su presa. La frontera suiza era su única salvación.

Habían hablado muy poco mientras limpiaban, pero en aquel momento John la llevó a la cocina y la hizo sentarse ante la mesa.

—De un modo u otro hay que deshacerse de su coche. ¿Hay algún lugar en el que podamos esconderlo, un sendero o un bosque cercano en el que podamos abandonarlo de manera que lo encuentren lo más tarde posible?

—Alguno podemos buscar.

John lanzó a la mesa las llaves de Berkel.

—Yo te sigo en su coche.

Se abrigaron y salieron. Franka se cubrió el rostro con la bufanda. Aun cuando parasen en casa de su tío abuelo, tendrían que dormir fuera una noche por lo menos. Llevaba una semana o más sin nevar y los días se habían hecho más cálidos, pero las noches seguían siendo heladoras. Su aliento se transformó frente a ella en una nube blanca de vaho cuando alzó la vista a las estrellas que escarchaban el cielo sobre sus cabezas.

John rebuscó en el vehículo del agente muerto.

—Gracias, señor Berkel —dijo.

—¿Qué has encontrado?

—Una tienda de campaña. Es pequeña, pero servirá para resguardarnos de la lluvia. También tiene un botiquín. Podemos conseguirlo. Vamos a conseguirlo.

Después de meter las dos cosas en el maletero de su automóvil, Franka encendió el motor y se alejó de la cabaña. Los faros desprendían sendos haces de luz blanca que se proyectaba en espiral e iluminaba poco más que el trazado de la calzada y el contorno de los árboles que la rodeaban. John había propuesto conducir con las luces apagadas, pero cedió al darse cuenta de que sería un suicidio. La oscuridad de la noche hacía casi imposible distinguir un lugar de otro. Las carreteras estaban despejadas por el uso de trineos y esquís. No se atrevió a avanzar a más de treinta kilómetros por hora mientras rebuscaba en su memoria los escondites que había usado de niña.

Necesitó cinco minutos para llegar al sitio que había recordado, una carretera que no llevaba a ninguna parte, quizá a una casa que jamás había llegado a construirse. Se detuvo al llegar al final e indicó a John que continuara unos centenares de metros antes de seguirlo caminando con dificultad y ayudarlo a diseminar ramas y hojas sobre el Mercedes de Berkel. Aunque resultaba difícil evaluar si lo habían camuflado bien, ya que la noche lo ocultaba todo, apenas tenían tiempo para más. Iban a tener que conformarse. Estaban a un kilómetro y medio de la cabaña y a menos distancia aún del pueblo, pero a aquel rincón nunca iba nadie. Al menos en invierno.

Regresaron al automóvil de Franka en silencio, sin apenas ver el lugar en el que lo habían dejado. Ella escrutó la negrura que se extendía más allá de la línea de árboles.

John renegó entre dientes con la mano sobre el rostro.

—Teníamos que haberlo escondido en el coche. Los nervios no me han dejado pensar con claridad.

—¿Volvemos y lo traemos aquí?

—Demasiado tarde. Perderíamos mucho tiempo.

—Estará más seguro bajo el suelo de la casa que metido en la parte de atrás de su propio coche. Piensa que la cabaña está muy apartada.

—Tendremos que cruzar los dedos para que así sea.

Cuando regresaron eran ya casi las once. Franka iluminó el suelo con la lámpara de aceite en busca de algún rastro de sangre. John estaba en la cocina y cuando fue a sentarse a su lado había desplegado ya el mapa sobre la mesa.

—¿Conoces bien la zona que se extiende al sur de aquí?

—Un poco. De adolescente he hecho excursiones por ahí, aunque nunca de noche ni en invierno. Es una zona montañosa y algunas partes son muy boscosas.

—Mejor, así podremos escondernos con más facilidad —comentó él mientras recorría con el dedo la distancia que los separaba de la frontera suiza, apenas unos centímetros sobre el plano que representaban setenta kilómetros de arboledas hasta el punto más cercano—. La región fronteriza se extiende unos ochenta kilómetros desde la divisoria en la mayoría de las direcciones. El bosque es la única opción realista que se nos presenta. En las carreteras y las líneas de ferrocarril que la circundan hay demasiadas patrullas para poder conseguirlo.

—¿Y en la frontera misma?

—Llegar allí sería todo un logro pero aun así eso solo sería el principio de nuestros problemas. Los nazis han colocado una línea de docenas de puestos de escucha a diez kilómetros de allí. Entre uno y otro hay guardias con perros. Las carreteras y los pueblos de aquella zona están plagadas de soldados y en la misma frontera suiza hay apostados más guardias cada doscientos metros con órdenes de dar el alto a quien vean de día y de disparar sin previo aviso de noche.

—Por eso pensabas llevar a Hahn por las montañas del sur de Múnich.

—Sí, llegar allí no habría sido nada fácil, pero los pasos montañosos nos brindaban una ocasión que aquí no tenemos.

—Y desde aquí no podemos llegar porque de aquí a poco me estarán buscando por asesinato.

—Por eso mismo. Podemos intentar hacerlo antes de que encuentren el cuerpo, pero tenemos que suponer que le dijo a alguien adónde iba. Mañana te buscarán para interrogarte. No lo conseguiríamos. El bosque es nuestra única posibilidad.

—¿Y cuando lleguemos a la frontera...?

—Con suerte, logramos pasar sin que nos vean y somos libres.

—¿Con suerte? ¿Ese es nuestro plan?

—No, necesitaremos mucha suerte para conseguirlo.

—Pero tendremos algún sitio al que dirigirnos, ¿no?

—Sí, cerca de Inzlingen, aunque de momento deberíamos preocuparnos más por mantenernos con vida el tiempo suficiente para llegar allí.

—No, John —repuso ella tendiendo una mano—. Te va a resultar mucho más fácil si huimos por separado. Tú podrías dirigirte hasta la frontera en tren. Con tus papeles...

Él apartó la mano.

—De acuerdo. Reúne toda la comida que podamos transportar. Empieza con lo más ligero: pan y queso. Recoge todo lo que puedas. Después, nos llevaremos unas cuantas latas. Acuérdate del agua y también un abrelatas. Yo tengo cerillas y pedernal y además me llevaré unos cuantos cuchillos de tu cocina. Tengo un saco de dormir, pero quiero que traigas también dos mantas como mínimo. Ponte el abrigo y el gorro que mejor te protejan del frío. Busca también toda la munición que puedas para la pistola y todo el dinero que tengas por ahí. Quizá tengamos que sobornar a algún guardia para que nos deje pasar la frontera si tenemos suerte. ¿Cuánto combustible tiene el coche?

—Puede que medio depósito.

—Debería ser suficiente. Tenemos que acercarnos a la frontera tanto como seamos capaces sin usar carreteras principales. Las rutas más habituales estarán llenas de guardias hasta por la noche. Hay que evitar a toda costa que nos paren y más cuando descubran que ha desaparecido Berkel. No eches artículos de aseo personal ni más de una muda. Cuanto menos peso llevemos, mejor. Coge solo lo que puedas transportar, empezando por comida y agua. —Dobló el mapa y se puso en pie—. Podemos conseguirlo. —Le tendió una mano y ella la tomó—. No tenemos tiempo que perder. ¿Podemos estar listos de aquí a un cuarto de hora?

—Sí.

John acusó la debilidad de sus piernas, una sensación desconocida para él. Se preguntó si sería capaz de correr en caso de necesitarlo, la idea de tener que marchar por bosques nevados ya le resultaba bastante amedrentadora. Siempre había podido contar con su cuerpo, ya fuera para encestar la pelota que decidiera el resultado de un partido o para escalar un muro durante su instrucción básica. Esperaba que en aquel momento, cuando más lo necesitaba, cuando Franka y toda la misión dependían de él, no lo defraudase. Se dirigió al dormitorio celebrando la idea de poder sentarse en la cama, consciente de que sería la última vez que sentiría semejante solaz en un futuro próximo. Metió el microfilm en el compartimento secreto del macuto y volvió a cerrar la cremallera. Tenía limpias las pistolas. Guardó una en el bolsillo del abrigo y la otra en la bolsa antes de ponerse en pie, listo para emprender viaje. Contempló la habitación por última vez y bajó entonces la mirada a las tablas del suelo pensando en el cadáver del oficial de la Gestapo que habían metido bajo las mismas y que había empezado ya su proceso de descomposición. En el cuarto no parecía haber nada que indicase, al menos tras una somera inspección, lo ocurrido. Tomó con él la lámpara de aceite y no dejó tras de sí más que oscuridad.

Franka había guardado los víveres más ligeros en su propio morral y había dejado las latas y las botellas de agua en la mesa de la cocina. John las metió en el suyo y sintió redoblado su peso. Aun así, no era nada en comparación con Guadalcanal ni aun con el adiestramiento básico que había recibido. Podía con ello.

Cuando salió, el cielo estaba despejado. Sin nubes no habría nieve, pero tampoco gozarían del aislamiento que proporcionaban. En las seis semanas que llevaba en Alemania solo había hablado con una persona y apenas había dejado la cabaña. Había llegado el momento de completar su misión.

Franka dobló su muda y la metió en un morral viejo que llevaba diez años o más sin usar. Las manos le temblaban aún, quizá por lo que acababa de ocurrir o tal vez por lo que aún estaba por venir. Era difícil distinguir dónde acababa un sentimiento y empezaba el otro. Volvió a repasar la ruta de cabeza. Había recorrido esquiando aquellas carreteras secundarias en invierno siendo adolescente y las había hecho a pie con el calor del verano, pero nunca había conducido por ellas. En realidad, no eran tanto carreteras como corredores a través del bosque. No tenía la menor idea de hasta dónde podían llegar, pero sabía que tampoco tenían más opción. La Gestapo no tendría compasión alguna a la hora de matar a un conciudadano.

Listo el equipaje, se lo echó al hombro. Pesaba mucho, pero los había llevado peores. Echando un último vistazo al dormitorio, reparó en que probablemente no volviese a verlo. Lo material se volvió de pronto valioso. El papel desgastado de la pared le pareció un tapiz majestuoso; cada mueble, el custodio de una de las gemas de su memoria, y su viejo cepillo del tocador, una reliquia familiar digna de ser cuidada como oro en paño para que pasase a la siguiente generación. Aquel era el lugar en el que había pasado el último verano de su madre.

La sala de estar no le ofreció escapatoria alguna de las sensaciones que la bombardeaban. Vio a su padre ocupando el asiento situado frente al hogar mientras su madre le reía uno de sus chistes trillados. Y a Fredi. Jugando con sus trenes en el suelo cuando las piernas aún lo sostenían para andar y tenía el corazón fuerte, como lo había tenido hasta el final. Dio un paso hacia la puerta y sintió la fría brisa en el rostro. John la esperaba junto al coche. Sabía que apenas tenía ya unos segundos. Los cercos oscuros que habían dejado los marcos en la pared seguían acusando su presencia y el reloj de cuco sonó por última vez. Eran las once en punto. Volvió a la librería. Los retratos estaban en una caja del estante inferior. Pensó sacarla, pero se arrepintió al instante. Con todo, metió la mano para hacerse con la docena aproximada de fotografías en blanco y negro de su familia que había quitado de las paredes. Echó un último vistazo a todo y se dirigió a la puerta.

John ocupó su lugar en el asiento del copiloto y ella se sentó al volante. El vehículo tosió un par de veces antes de arrancar. Franka condujo colina abajo sin apartar el pie del freno. Los haces de luz de los faros hendían la oscuridad e iluminaban unos veinte metros del camino que tenían delante. Las ruedas demostraron su adherencia al terreno mientras el automóvil rugía colina abajo.

—¿Sabes qué carretera hay que tomar?

—Los primeros kilómetros sí, pero después tendrás que ayudarme.

John sacó el mapa y una linterna diminuta del bolsillo. El papel se iluminó en círculos de luz verdosa a medida que lo recorría con su haz. El cansancio había empezado a hacerse patente, pero Franka no le prestó la menor atención. El sueño era un lujo que no podían permitirse.

Avanzaron en silencio durante horas. El vehículo rodaba a menos de treinta. John miraba por la ventanilla en todas direcciones con la pistola en la mano. Las pistas que tomaban tenían trazados diversos y a veces desaparecían tras llegar serpeando al lugar en que habían crecido los árboles y los obligaban a dar la vuelta, cuando no a recular. El bosque parecía resuelto a recuperar los caminos que lo atravesaban. Algunas de las sendas que recordaba haber usado de pequeña se habían vuelto accesibles solamente para los excursionistas más avezados. El mundo de los seres humanos parecía desvanecerse a medida que se internaban en la espesura, lo cual ofrecía una sensación agradable de evasión.

Franka rompió el silencio cuando llegaron a lo que parecía otro camino cortado. La negrura de los árboles daba la impresión de haberlos envuelto. Eran ya casi las cinco de la mañana.

—¿Podemos seguir? —preguntó.

—Quizá si damos marcha atrás. El mapa no está muy claro.

—¿Dónde estamos?

—Yo diría que tenemos Bürchau ahí mismo, bajando la colina que tenemos delante.

Hacía años que no veía a su tío abuelo. En el pasado habría saludado a voz en cuello a los granjeros de los alrededores al pasar con la bicicleta, pero los nacionalsocialistas habían erradicado cualquier confianza que pudiera existir entre las gentes a las que aseguraban estar protegiendo. La confianza daba pie a la libertad de expresión, que era lo que más temían los nazis.

—Es pequeñísimo —señaló John—, poco más que un puñado de casas puestas una al lado de la otra. ¿Crees que habrá guardias o alguna otra clase de presencia militar?

—No sabría qué decirte. Todo esto es zona fronteriza y está llena de soldados.

Tenían los árboles tan cerca que a John no le resultó fácil abrir la puerta. La pista en la que se habían internado llevaba años sin ver un automóvil, si es que alguna vez había pasado alguno por ella. Cruzó afanosamente la arboleda hasta que quedaron a la vista las casas que salpicaban las colinas que se extendían a sus pies. La luna y las estrellas iluminaban los techos inclinados. Nada se movía ni había en las casas luz alguna que perforase la perfecta oscuridad. Se dio la vuelta y regresó por la nieve, que cubría el suelo hasta los quince centímetros.

Franka había apagado el motor y aguardaba sentada en el asiento del copiloto. John volvió a entrar con cierta dificultad.

—Ahí abajo no se mueve nada, ni luces ni guardias. Parece seguro.

Los rasgos del rostro de Franka se confundían en la oscuridad.

—¿Seguro que tu tío es de fiar? —siguió diciendo él—. No podemos permitirnos bajar la guardia.

—Mi tío Hermann no sale nunca de casa y sé dónde guarda la llave de repuesto.

—¿Cuándo fue la última vez que la necesitaste?

—En 1938, pero te garantizo que sigue en su sitio. Por la mañana hablaré con él. Tú te quedarás escondido. No hace falta que nadie sepa que estás conmigo, ni siquiera mi tío Hermann.

Y entonces salieron del coche. Pasaron varios minutos cubriéndolo con ramas y con hojas, hasta que resultó difícil distinguirlo en la oscuridad. Con todo, no se hicieron ilusiones. Sabían que si alguien pasaba por allí, lo vería. Se echaron al hombro los macutos y cruzaron en silencio la línea de árboles para internarse en la nieve.

Franka, que iba delante, se detuvo al llegar a la cima de una loma desde la que se veía el pueblecito. John se puso en cuclillas a su lado. Seguían envueltos en una oscuridad impenetrable, pero en Bürchau no se movía un alma. Estaba igual que lo recordaba, los nacionalsocialistas no parecían haberlo alterado. Resultaba alentador ver que no había una sola de sus banderas ni sus carteles, como si nunca hubiesen llegado a tener noticia de la existencia de aquel lugar. La última vez que había estado allí, aquella pequeña población tenía cincuenta habitantes y dudaba que se hubieran mudado muchos. Hizo un gesto a John para que la siguiera y empezó a descender. La nieve les llegaba a las rodillas, de modo que necesitaron varios minutos para salvar los doscientos metros de la bajada.

Un perro ladró a lo lejos cuando llegaron al pie de la colina. John se agachó para seguir avanzando y Franka, imitando sus movimientos, lo condujo hasta casa del tío Hermann. La tía Lotte había muerto en los años veinte. Según el padre de Franka, había sido de pena tras perder a sus hijos en la Gran Guerra.

Se llevó un dedo a los labios y metió la mano bajo una maceta situada a la derecha de la puerta de entrada de madera. John asintió y ella metió la llave en la cerradura, que se abrió con un crujido suave. Franka se detuvo unos instantes a escuchar. La casa estaba tal como la recordaba, vieja y desgastada. Lo guio escaleras arriba. Desde lo alto los observaba un retrato de la tía Lotte. La alfombra que cubría los escalones estaba ajada y, tras soportar miles de pisadas, se había vuelto gris en el centro. Ni siquiera pegados a la pared lograron evitar que chirriase el suelo. De la puerta del dormitorio de su tío, situada al final de la escalera, les llegó el sonido inconfundible de los ronquidos que emitía. Franka pasó con John por delante y lo llevó a una puerta situada al fondo del pasillo. Puso la mano en el pomo como si pudiera hacerse añicos al tocarlo y lo giró con el mismo cuidado. La habitación no tenía más suciedad que el polvo acumulado con los años y la cama seguía hecha.

—Este era el cuarto de mi primo Otto —susurró ella—. Aquí podremos descansar unas horas.

—¿Y tu tío Hermann?

—Dudo que haya entrado aquí en los últimos quince años. Yo me encargo de él. Aquí estaremos a salvo.

John se quitó el macuto y lo colocó en la silla que había en un rincón. Las cortinas estaban echadas y la luz de la mañana aún no había empezado a colarse por ellas. Las apartó ligeramente y estudió las casas que se veían abajo. No era lo que habría deseado, pero tenían que descansar y aquel lugar era quizá el más seguro que tenían a su alcance. Apenas les quedaban unas horas para emprender el largo camino a pie a la frontera. Las semanas que había pasado en cama lo habían debilitado y el cansancio estaba haciendo mella en él. Indicó con un gesto a Franka que usara la cama y se dispuso a echarse al suelo.

—Déjate de tonterías —dijo ella.

—No me parece apropiado. Además, el suelo me vendrá de perlas.

—Necesitamos descansar y la cama es el mejor sitio para eso. —Dicho esto, se quitó las botas y se tumbó—. Vamos —añadió dándose la vuelta. Notó el peso de él sobre el colchón y estuvo varios segundos con los ojos abiertos hasta que el sonido acallado de la respiración de John la relajó y le hizo conciliar el sueño.

Berkel fue a atormentar su descanso. Sintió sus dedos envolviéndole el cuello, el peso de su cuerpo sobre el de ella y la furia de sus ojos hasta que se despertó. John seguía durmiendo a su lado. Era de día y el cielo se había teñido de gris cemento. Franka oyó a su tío Hermann arrastrar los pies de un lado a otro por la planta baja. El reloj de la pared le dijo que acababan de dar las doce del mediodía. Llevaban durmiendo siete horas, más de lo que habían planeado.

Apenas quedaban unas horas de luz y, si bien atravesar el bosque de noche sería más discreto, también sería más peligroso. Primero tenía que ver a su tío, no solo porque lo contrario sería una falta de respeto, sino también porque estaba convencida de que debía de tener todavía aquella pistola que no dudaba en sacar en cuanto olía problemas. Seguro que no iba a dudar en descargarla contra quien osara entrar sin derecho en su casa.

John iba a necesitar todo el sueño que pudiera permitirse. Su terquedad no podía hacer frente a la cruda realidad. Así que lo dejó dormir mientras se dirigía a la puerta del dormitorio. Su tío estaba sentado a la mesa de la cocina, almorzando sopa con pan, cuando entró. Tenía el rostro arrugado como una pelota de papel después de alisarla y el bigote tan blanco como el abundante pelo que le cubría la cabeza. Al verla soltó la cuchara.

—¿Franka? ¿Qué haces aquí?

—Lo siento, tío. Estaba de excursión y me he perdido. Necesitaba un sitio en el que descansar un rato y sabía que no le iba a importar que me echase aquí.

—Claro que no —dijo él haciendo por dejar su asiento.

—Por favor, no se levante.

Franka se sentó a su lado. Él le ofreció comida e hizo caso omiso de cualquier empeño de ella en rehusarla. Dos minutos más tarde estaba tomando con él la endeble sopa de nabo que, según su anfitrión, constituía su alimento la mayor parte de la semana.

—Espero que no le importe que me haya quedado unas horas a descansar.

—¡Qué me va a importar! Hacía tanto que no te veía…

El anciano arrastró los pies hasta llegar a la olla, sacó de ella el caldo suficiente para llenar hasta arriba un cuenco y volvió a sentarse.

—No sabes lo que sentí lo de tu padre —dijo—. Esta guerra se vuelve más abominable cada día. Además de provocar la muerte de no sé cuántos inocentes, la locura de los nazis ha emponzoñado nuestra nación. Se decía que la barbaridad de hace treinta años sería la guerra que acabaría con todas las guerras, pero parece que hemos vuelto a empezar y esta vez es peor todavía.

—Parece que aquí no les ha afectado demasiado.

—Puede ser.

—¿Y sus vecinos? ¿Piensan lo mismo que usted de los nazis?

Hermann se encogió de hombros.

—¡Quién sabe! No hablamos de eso. De todos modos, por aquí son todos buena gente. Karoline, la vecina de al lado, viene a diario para ver si estoy bien. Ha perdido a sus dos hijos varones en el frente. —Meneó la cabeza—. En realidad, no hay manera de escapar de la guerra, ni siquiera aquí. —Tomó otro sorbo de sopa antes de añadir—: ¿En qué año naciste tú, que no me acuerdo?

—En 1917.

—Recuerdo cuando eras un bebé y te tenía en brazos. Entonces tenías ya esos mismos rizos rubios tan hermosos. —Dejó la cuchara y fijó la mirada en el espacio que tenía delante—. Aquel fue el año de la gran hambruna. La gran hambruna que provocó el bloqueo que nos impusieron los aliados.

—Eso tengo entendido.

—Los británicos cerraron el mar del Norte para intentar que el hambre nos hiciera rendirnos. Teníamos para subsistir, pero estábamos canijos como galgos. Tu bisabuelo murió de disentería y tu bisabuela, de tuberculosis, desfallecida por la mala alimentación. No hubo familia que no sufriera la gran hambruna por culpa de la demencia del káiser, los franceses y los británicos, ese ridículo patrioterismo que destruyó a toda una generación. Y ahora parece que están dispuestos a repetirlo.

Los dos guardaron silencio unos segundos.

—Voy a irme después de comer, tío.

—¿No te quedas un rato más? Llevaba tanto sin verte…

—Me encantaría, pero no puedo.

—¡Qué maravilla tenerte aquí otra vez! Me alegro mucho de que hayas podido hacerme una visita.

—Yo también me alegro mucho.

La silla rechinó sobre el suelo de piedra al levantarse Franka. Sabía que era muy poco probable que volviese a ver al anciano. Lo abrazó en medio de la cocina y no lo soltó hasta que recordó que John la estaba esperando arriba.

Cuando volvió al dormitorio, se lo encontró de pie en la puerta, listo para partir. Distrajo a su tío pidiéndole que le enseñara la vista desde el jardín mientras John bajaba a hurtadillas y salía por la puerta principal. Hermann entró con ella en la casa minutos más tarde. Ella lo abrazó de nuevo, sabiendo que lo más seguro era que no volviese a tocar nunca a nadie más de su familia. Los amados recuerdos familiares serían pronto solo suyos. No tardaría en convertirse en la única persona capaz de describir el sentido del humor de su madre, la voz cantarina de su padre o el amor que compartía Fredi con todo aquel que se cruzaba en su camino. Aquellos restos de su pasado caerían pronto en el abismo del olvido. El anciano le dijo adiós agitando una mano en alto mientras ella salía y cerraba la puerta.

Siguió al americano y se agachó mientras recorría con él la fachada de una casa vecina. Se dirigían hacia los árboles. No había otra salida. Subieron la colina en silencio y se internaron en el bosque, que se fue haciendo más denso a su alrededor. El sol lánguido del invierno se fue apagando tras las ramas cubiertas de nieve hasta que se vieron avanzando casi entre tinieblas pese a estar en pleno día. El suelo tenía más de un palmo de nieve. Franka deseó haber llevado consigo las raquetas de nieve cuando vio que sus gruesas botas de montaña se movían con pesadez en aquel terreno. John encontró unas ramas que podían servir de bastones y siguieron caminando a duras penas, sintiendo a un tiempo las dentelladas del frío y el sudor que se les iba formando en la espalda. Él había insistido en que se mantuvieran en silencio absoluto mientras avanzaban, de modo que ninguno dijo nada.

John repasó todas las posibles situaciones para las que lo habían adiestrado y trató de recordar cada una de las palabras de sus instructores en busca de una respuesta al problema que tenían ante sí: llegar con vida a Suiza. Tenía que estar ahí. Rememoró las instrucciones que le permitirían cruzar la frontera a hurtadillas. Era posible. No había alambradas ni muros: solo una línea de puestos de escucha. Los guardias eran seres humanos que dormían, leían cartas llegadas de sus hogares a la luz de las velas cuando debían estar vigilando y hablaban, gastaban bromas y comían estando de servicio. Tenía que haber huecos y el mapa le revelaría dónde estaban. Muchos hombres la habían cruzado sin ser vistos y, con la presión a la que estaba sometida la maquinaria bélica alemana, era de esperar que hubiese disminuido el número de centinelas. Necesitaban a tantos hombres como pudieran conseguir para combatir a los soviéticos en el frente oriental y protegerse frente a la llegada de las fuerzas aliadas en el occidental.

Franka observaba las espaldas de su compañero mientras caminaban. Se movía de forma estudiada, deliberada. No era fácil decir si le estaban fallando las piernas o solo estaba manteniendo un ritmo calculado. Apoyaba el peso de su cuerpo en los bastones que había improvisado. Intentó imaginar lo que habría tras la frontera y concluyó que resultaba irrelevante. Lo único que importaba era alcanzarla. Ya no había lugar para la duda. Su salvación dependía de que la cruzasen antes de que la Gestapo diera con el cadáver en descomposición de Daniel bajo las tablas del suelo de la cabaña de su padre. Cuando lo encontraran, inundarían las carreteras con cuantos agentes fuesen capaces de reunir y cruzar a Suiza sería casi imposible.

Cada uno de sus gélidos pasos era un paso más que los llevaba a su destino. Apenas faltaban treinta kilómetros. John miró la brújula.

El cielo había desaparecido casi por completo. Lo único que veían a su alrededor era bosque. Le dolían las piernas, pero tampoco era fácil decir si se debía sin más a la caminata o a que aún no habían acabado de soldar. Probablemente se debiera a una mezcla de ambos.

John se paró a esperarla ante el tocón de un árbol muerto hacía mucho tiempo. Ella abrió la bufanda y el americano se sorprendió mirándola como si su rostro fuese una piedra preciosa. Aunque era muy consciente de lo prioritario de la misión, en ningún momento apartaba de su cabeza la idea de llevarla consigo a su hogar.

—Son casi las cinco —susurró pese a haberse esfumado ya todo rastro de vida humana—. Pronto será de noche. Calculo que habremos recorrido unos diez kilómetros desde que empezamos. ¿Cómo te encuentras?

—Con fuerzas —respondió ella.

—Creo que deberíamos seguir, por lo menos un par de horas más. Marchar de noche es peligroso, pero no tenemos otro remedio. Hay que hacerse a la idea de que han descubierto el cadáver de Berkel y están enviando unidades en nuestra búsqueda.

—Estoy de acuerdo.

—Ten cuidado. Mira bien dónde pisas. Luego buscaremos una cueva de cinco estrellas en la que pasar la noche.

—Suena de maravilla.

—No me digas que no te llevo a los mejores sitios.

—Está claro que sabes cómo tratar a una dama.

—Si no encontramos nada, siempre tenemos la tienda de campaña de Berkel. ¿Estás lista?

—Sí —respondió ella y se pusieron en marcha.

A Armin Vogel, que había servido siete años en el cuerpo de policía antes de la llegada al poder de los nazis, no le había costado nada pasar de ahí a la Gestapo. Todo era cuestión de cumplir con la ley y la ley le otorgaba facultades con las que ni había soñado cuando se alistó allá por los años veinte. Aquel poder resultaba muy persuasivo y las ideas que había defendido de joven no tardaron en verse arrastradas por el lodazal nacionalsocialista. A esas alturas era intocable y solo respondía ante sus superiores directos, quienes muy raras veces cuestionaban sus métodos. Mientras siguiera fluyendo el pútrido aluvión de información secreta, tenía garantizado su lugar como engranaje fundamental de la maquinaria legal. En él no había lugar para la compasión ni el remordimiento, al menos en una posición vital como la suya. La compasión era para los débiles y el remordimiento, para los vencidos. Y él no era ni una cosa ni la otra.

Acababan de dar las dos de la tarde cuando sonó el teléfono. Vogel apartó los papeles que amenazaban con sepultar su escritorio y descolgó el auricular, que notó frío en contacto con su oreja. Había necesitado cierto tiempo para habituarse al saludo que, con todo, empleaba ya a todas horas.

—*Heil Hitler*.

—Señor Vogel, soy la señora Berkel. —Era fácil detectar la angustia que impregnaba su voz—. ¿Sabe dónde está mi marido? Anoche no volvió a casa del trabajo y esta mañana tampoco. No es la primera vez que no duerme en casa, pero nunca había tardado tanto en volver. Llevo toda la mañana llamándolo a su despacho y no contesta.

Vogel prometió encontrarlo y colgó. No tenía ningún deseo de seguir hablando con la mujer de su compañero y menos en el estado en que se encontraba. Ya tenía bastante con su propia mujer. Se puso en pie por primera vez en horas y al estirarse le crujieron las articulaciones. El despacho de Berkel estaba al lado del suyo. Entró y lo encontró vacío. El escritorio se hallaba en condiciones similares al suyo, pero Berkel tenía la costumbre de apuntar sus citas en una agenda de piel. La encontró en cuestión de segundos y la hojeó hasta dar con la página correspondiente a la víspera. Berkel era muy meticuloso en cada aspecto de su trabajo y, por supuesto, en el espacio reservado para la tarde había escrito la dirección de la cabaña.

—Así que fuiste a ver a Franka Gerber —dijo en voz alta—. ¡Ay, Berkel, bribón! —Volvió a dejar la agenda entre el desorden del escritorio y decidió esperar una hora antes de hacer nada.

La señora Berkel volvió a llamar quince minutos después. En esta ocasión no le fue tan fácil librarse de ella y tuvo que prometerle que se pondría a investigar de inmediato la desaparición de su marido. Omitió que sabía que había ido a ver a la beldad que había tenido por novia en su adolescencia. Como en el expediente de Franka no figuraba teléfono alguno, sino solo la dirección, no le quedaban muchas opciones. Salió en busca de su vehículo preguntándose si Berkel estaría pensando en dejar a su esposa. Tenían a su disposición bastantes recursos para hacer algo así y el de arrastrar a su compañero a su vida amorosa no era uno de ellos. Aunque en todo momento tuvo agazapada en lo más recóndito de su cabeza cierta inquietud con respecto a las muletas que había adquirido Franka, Vogel pasó la mayor parte del trayecto a los montes maldiciendo la incapacidad de su colega para tener abrochado el pantalón.

Cuando llegó a la cabaña ya eran más de las cuatro de la tarde. Salió del coche renegando ante la idea de que al volver ya sería de noche. La vivienda parecía desierta, pero las huellas de pies y de ruedas que había en la nieve contradecían esa impresión. Allí había habido gente. Mantuvo los ojos fijos en el suelo y notó al menos dos rodadas distintas. En aquella casa se habían reunido varias personas y dos o más automóviles. En el interior no se veía luz y en el aire solo había silencio, sin llamadas telefónicas, protestas de su mujer ni sospechosos dando alaridos al ser sometidos a la tortura. Aquella paz era para disfrutarla. Hacía años que no se encontraba tan solo. Llamó a la puerta y volvió a llamar sin obtener respuesta. Estaba cerrada con llave. Volvió la esquina para asomarse a una ventana pequeña que daba a un dormitorio. El orden en que se hallaba podía hacer pensar que no se había usado en un tiempo, pero la ropa de cama estaba arrugada y las manchas de cera de la mesilla eran recientes. Volvió a la puerta principal para abrirla de una patada. La madera cedió con estruendo al tercer intento. Se mostró orgulloso al ver que aún podía hacer cosas así pese a estar frisando los cincuenta.

El reloj de cuco de la entrada lo recibió con su incesante tictac. Preguntó si había alguien sabiendo que no iba a recibir respuesta. Entonces salvó el pasillo de un par de zancadas y en el suelo de la sala de estar vio un espacio en el que saltaba a la vista que la madera estaba más limpia que en el resto. Se agachó para tocarlo con la punta de los dedos y palpó su suave superficie.

Después de incorporarse, encendió la lámpara de aceite que encontró en un rincón. Asomó la cabeza a la cocina. Aunque estaba impecable, las cenizas de la hornilla no eran de hacía mucho, un día o dos a lo sumo. Salió de nuevo a la sala de estar y estudió las paredes desnudas. Necesitó unos cinco minutos de inspección para descubrir el agujero diminuto que había en la pared del fondo. Pasó un dedo por él y se convenció de que lo había hecho una bala. Aquello bastaba para regresar a la Gestapo y dar parte, pero sabía que había más por desvelar, de modo que prosiguió su búsqueda. Quienquiera que hubiese estado allí había salido a la carrera. Habían borrado bien su rastro, pero todo el mundo, por meticuloso que se creyera, pasaba siempre algo por alto.

Dio con unas cuantas prendas viejas de ropa en las perchas y algunos artículos de tocador. Entonces fue al otro cuarto. El armario se abrió con dificultad y, después de revolver entre prendas de uno y otro sexo, en su interior tampoco dio con nada. Dedicó otros cinco minutos al tocador y a la mesilla de noche antes de sentarse en la cama para ordenar sus ideas. Los muelles chirriaron bajo su peso considerable y fue entonces cuando sintió una leve corriente de aire frío en la franja de piel que le quedaba al descubierto entre los calcetines y las perneras del pantalón. Miró al suelo y notó un hueco en la madera. Se puso en pie para retirar la cama y dejar a la vista todo el largo de las tablas. Fue a la cocina por un cuchillo con el que hacer palanca y levantarlas y poco después se encontró mirando a los ojos ensangrentados y sin vida de Daniel Berkel.

Karoline Biedermann se tenía a sí misma por una buena persona y una vecina solícita y, aunque al principio había sido el sentido del deber lo que la había llevado a casa del anciano, con el tiempo acabó por desarrollar un afecto sincero hacia Hermann y hasta anhelaba que llegase la hora de su visita habitual. Su marido prefería quedarse en casa leyendo el periódico o escuchando la radio entre sorbo y sorbo del aguardiente que hacían en casa. Sus hijos habían dado la vida por el Reich y sus hijas hacía tiempo que se habían ido de casa para casarse una con un funcionario de Bremen y otra prometerse a un capitán del Ejército en Friburgo, de modo que le sentó bien tener a alguien a quien cuidar. Iba a verlo casi todos los días y le preparaba la comida mientras él se sentaba a contar historias de tiempos mejores. Sus opiniones políticas rayaban en lo liberal, palabra censurable en la sociedad de la época, pero lo cierto es que ella no les prestaba demasiada atención. A los ancianos se les permitía que divagasen. Al fin y al cabo, se lo habían ganado.

Metió la mano bajo la maceta para coger la llave de la puerta de Hermann y reparó en que estaba puesta en el sentido opuesto a aquel en el que la dejaba ella siempre. Aquello la extrañó. Abrió. Su vecino dormitaba en su sillón cuando se dirigió a la cocina para preparar un guiso de verduras. Él se despertó al oírla trocear los ingredientes y la llamó desde su asiento.

—No se levante, señor Gerber, que soy yo.

Cinco minutos después estaba lista para poner al fuego las verduras, que metió en el horno antes de ir a hacerle compañía.

—¡Mira que eres buena, Karoline!

—Lo intento, señor Gerber. La comida estará lista de aquí a veinte minutos. ¿Necesita que vuelva?

—No, está todo perfecto.

—¿Ha tenido visita hoy?

—Sí. Ha venido a verme mi sobrina nieta Franka, se había perdido estando de excursión. Llegó de madrugada y se echó a descansar un rato. Hemos almorzado juntos y se ha ido. ¡Qué alegría me ha dado! No sé ni cuántos años llevaba sin verla.

Karoline sintió una punzada.

—Franka… ¿No es la que tuvo problemas con esos disidentes tan espantosos de Múnich que hablaban mal del *Führer*?

—Sí, la misma, pero ya cumplió con la justicia y ahora está rehabilitada por completo.

—Claro que sí. Todo el mundo merece una segunda oportunidad. Casi todo el mundo, vaya. Pues yo me tengo que ir. Avíseme si necesita algo más. Si no, hasta mañana.

Salió de la casa con las muestras de gratitud del anciano resonando aún en sus oídos, pero con la cabeza en otra parte. Quizá no tuviera la menor importancia, pero, con todo lo que estaba pasando últimamente, más valía curarse en salud. Seguro que el señor Gerber tenía razón y que a Franka la habían llevado por el mal camino. Aun así, se trataba de alguien que había sido enemiga del Estado, aunque fuera por una sola vez, y la frontera no estaba muy lejos. ¿Qué hacía de excursión por la noche y por qué no había pedido a ninguno de los vecinos de su tío abuelo que le hiciese el favor de llevarla de regreso a casa? El manto de la noche había empezado a caer y los árboles del bosque se estaban tiñendo de negro. Sí, lo mejor sería informar a las autoridades. Aquello podía interesar a la policía local.

Vogel sintió un gran pesar al tener que dejar el cadáver de su colega bajo el suelo de aquella choza de las montañas, pero sabía que no había que tocar el lugar en que se había cometido un crimen.

En vida de Berkel nunca lo había considerado amigo suyo, pero era un buen hombre, un padre de familia devoto y un súbdito leal del Reich. Su asesinato fue a recalcar las cualidades que no le había reconocido nunca Vogel estando vivo. De camino de vuelta a Friburgo fue creciendo en él un odio desmesurado al asesino de Berkel, tanto que los nudillos se le quedaron blancos de apretar el volante y a punto estuvo de hundir los dientes en las encías. Ni se molestó en aparcar en el espacio que usaba de costumbre frente al cuartel de la Gestapo: abandonó el vehículo mal colocado en la acera. Reunió a los agentes que había de guardia a fin de llevar a cabo una reunión de emergencia. Todos quedaron estupefactos cuando les contó lo que había visto y juraron vengarse de la zorra homicida que había osado perpetrar un acto tan cruel y execrable. La ausencia de fotografías de Franka en su expediente los obligó a llamar al dibujante para que elaborase un retrato robot a partir de los recuerdos de varios de los agentes que habían tenido ocasión de conocerla.

—El coche de ella no estaba —dijo Vogel—. Bloquead todas las carreteras en sesenta kilómetros a la redonda y hasta llegar a la frontera. Avisad a la guarnición local de la Wehrmacht para que nos ayude con la búsqueda. Se dirige a Suiza. No me cabe duda, porque no tiene otro sitio al que ir y dentro del país no se nos escapa nadie. Llamad a todas las comisarías de policía y a los *Blockwarte*. Alguien tiene que haberse enterado de algo. Sabemos que hace un par de semanas consiguió unas muletas, según ella para un novio suyo que había sufrido un accidente esquiando, así que podría ser vaya acompañada. —Los agentes murmuraron entre ellos antes de que él añadiese—: No podemos dejar que escape esa furcia traidora. Nadie osa hacerle esto a la Gestapo. Nosotros somos la ley y el castigo será brutal. —Estrelló el puño contra la pared—. Traedla viva. Quiero que sufra horriblemente las últimas horas miserables que pase en este planeta.

Media hora después recibieron la llamada del *Blockwart* de Bürchau y Vogel convocó otra reunión a la que asistieron el triple de agentes, sedientos de sangre como una jauría de perros famélicos. Iban a destinar todos los recursos de que disponían a la zona que mediaba entre dicha población y la frontera. Aquella puta traidora no llegaría nunca con vida a Suiza.

Los pies de Franka eran témpanos de hielo. Si en aquel lugar había habido una pista, la nieve la había cubierto por completo y los obligaba a levantar cada pierna para liberarla antes de dar el siguiente paso. Habían pasado ya las diez de la noche y tenían las extremidades cada vez más doloridas. John avanzaba a medio metro de ella y de cuando en cuando tenía que alargar el brazo para tocarle la espalda con la mano que tenía libre a fin de hacerle saber que seguía allí y darle aliento. Tenía la mente casi en blanco, ocupada en poco más que la necesidad constante de colocar un pie delante del otro y luchar contra el frío que atenazaba su cuerpo. Los ojos se le habían habituado a la oscuridad. La luna solo se veía cuando un hueco entre el follaje permitía que se colase su luz plateada. Los árboles crecían de forma irregular, de modo que a veces llegaban a un claro que podían salvar con paso decidido y otras topaban con árboles de hoja caduca cuyos troncos pelados semejaban gigantescas espinas que apuntaban al cielo nocturno. Pasaron al lado de casas de labor por cuyas ventanas se filtraba una cálida luminosidad y vieron el humo que se hinchaba al salir de las chimeneas, sumidas en un silencio sepulcral, pero no pararon en ningún momento.

Era casi medianoche cuando John alzó un dedo en el aire y Franka se detuvo tras él, apoyó las manos en los muslos y se dobló hacia delante. Él le indicó con un gesto que no se moviera y avanzó arrastrando los pies. Ella, dolorida y sintiendo que el calor y el frío combatían por la hegemonía de varias partes de su cuerpo, se apoyó en un árbol. Tenía la respiración agitada y no había dejado de jadear cuando él regreso.

—Entre esas peñas hay una cueva —anunció el americano señalando con un dedo—. ¿La ves?

Ella asintió, pero no había visto nada.

—Necesitamos descansar unas horas. Sígueme.

John dio cinco o seis pasos antes de volverse a mirarla y descubrir que se había quedado rezagada. La energía la había abandonado al detenerse. Él le tendió una mano enguantada y Franka la tomó para caminar en silencio a su lado hasta ver aparecer frente a ellos la gruta como poco más que una mancha más oscura que el gris de la piedra. John sacó del macuto una linterna de la que Franka no había tenido noticia hasta entonces. Un puercoespín huyó despavorido cuando iluminó con ella el interior.

—Solo quería asegurarme de que no molestábamos a mamá oso ni a un matrimonio de lobos.

Franka quiso elogiar su precaución, pero estaba demasiado cansada para hablar. Él alargó una mano para liberarla de su morral. Al verse sin ese peso, Franka se sintió mareada y John la llevó al interior de la cueva y la sentó sobre las hojas secas que cubrían el suelo. De su propio macuto sacó media botella de agua y se la ofreció. Aquel líquido frío la reavivó.

John fue a buscar leña y minutos después había encendido una agradable hoguera en el fondo del refugio.

—¿No llamaremos la atención? —susurró ella.

—Si nos están siguiendo, puede que sí, pero lo necesitamos. Podemos descansar aquí un par de horas o tres antes de echar a andar de nuevo hacia la frontera.

Él sacó el mapa y se sentó a su lado. Las caderas de ambos estaban en contacto. Franka sostuvo un extremo del documento y él el otro.

—Creo que estamos aquí —dijo John—, a unos quince kilómetros de la frontera. Si pasamos la noche caminando, podemos llegar por la mañana.

—¿Vamos a cruzarla a plena luz del día?

—No, primero tenemos que echar un vistazo. Creo que podemos cruzar por aquí más o menos. —Señaló una zona cercana al pueblo de Inzlingen—. Aquí, en el extremo del bosque, hay una pista que lleva a un puesto de aduana suizo. Podemos seguirla, debería llevarnos hasta allí. Según este mapa, allí no hay guardias ni puestos de escucha. Es un punto ciego, una zona estrecha que han pasado por alto. ¿Has estado alguna vez allí?

—No, una vez fui a Suiza de niña, pero fue con el colegio y se ve que a las profesoras no les pareció necesario colarnos de forma clandestina al amparo de la noche.

—Eso le habría dado mucha emoción a la excursión.

—Será que no compartían tu afán aventurero.

—Encontraremos ese arroyo y cruzaremos la frontera cuando caiga la tarde. Mañana a esta hora deberíamos estar sanos y salvos en Suiza.

—Haces que suene muy sencillo.

—Es que no tiene nada de complicado.

—Y con eso habrás completado tu misión.

El americano lanzó un palo al fuego.

—Sí, supongo que en cierto modo, sí. —Se levantó, aunque la altura de la cueva resultaba insuficiente para ponerse en pie—. Hora de comer.

Sacaron el pan y el queso que habían llevado y en cuestión de segundos devoraron la ración que habían reservado para la cena. También abrieron una de las latas de carne. Ella acabó su parte primero y luego lo vio a él dando cuenta de la suya. El envase vacío fue a aterrizar con un golpe sordo al fondo de la cueva. John permaneció sentado junto a ella mientras contemplaban el centro de la candela.

—¿Y, luego, una vez que crucemos la frontera…?

—Supongo que pasaré el resto de la guerra en un centro de detención suizo, hacinada con el resto de refugiados y prisioneros de guerra que han cruzado. ¿Y tú?

—Iré a Berna, donde tenemos un cuartel. Allí informaré de lo que he descubierto y, a continuación, imagino, me mandarán a casa a esperar mi próxima misión.

—El regreso del héroe, ¿no?

—No creo. De todos modos, la guerra no durará para siempre. ¿Qué vas a hacer tú entonces?

—No lo sé. Durante todo este tiempo solo me ha preocupado mantenerme con vida. No he pensado mucho en lo que pueda pasar después. Puede que vuelva a Múnich y me centre en la reconstrucción, de mi vida y también de mi país. Harán falta enfermeras con experiencia.

—Alemania existía antes de los nazis y seguirá adelante sin ellos.

—Puede ser, pero tardaremos mucho en limpiar sus manchas.

John tuvo un golpe de tos que reverberó en el espacio cerrado de la cueva.

—Espero que podamos mantener el contacto cuando acabe todo esto. Estoy en deuda contigo.

—Yo te debo tanto como tú a mí por lo de la cabaña y por el momento en que te encontré.

—¿Cuando me encontraste? Pero ¡si fuiste tú quien me salvó la vida!

—Tú le diste un motivo a la mía cuando no tenía ninguno. Eras precisamente lo que necesitaba en el momento exacto en que lo necesitaba.

—Lo mismo puedo decir yo de ti.

El fuego crepitó y escupió pavesas y John se inclinó para arrojar más leña seca.

—¿Te plantearías venirte conmigo a América? Aquello es muy distinto de esto, lo sé, y la distancia no es poca, pero puede que te guste.

—¿A Filadelfia?

—¿Por qué no? Filadelfia es una gran ciudad, pero serías libre de ir adonde quisieras.

Franka tomó un palo y dedicó unos segundos a remover el fuego con él antes de responder:

—Primero concentrémonos en llegar vivos a pasado mañana, ya tendremos tiempo de pensar en el futuro.

—Sí, quizá me he dejado llevar por la emoción. —Dicho esto le rodeó los hombros con un brazo—. Duerme un poco, que de aquí a tres horas hay que ponerse otra vez en camino.

Franka sacó el saco de dormir y lo tendió en el suelo de la cueva, que resultó más blando y cómodo de lo que había imaginado. John siguió sentado, contemplando la oscuridad de la noche que se extendía más allá de la entrada de la cueva. Lo último que se preguntó ella antes de sumirse en un sueño profundo fue cuándo se echaría él también.

Berkel volvió a poblar sus sueños, pero esta vez con cientos de soldados que blandían picas, espadas y antorchas encendidas mientras entonaban las canciones que había cantado ella de adolescente con la Liga de Muchachas Alemanas. Él estaba ensangrentado y desgarrado por las marcas de las balas que le había disparado ella y sostenía un pastor alemán que tensaba la cadena de hierro con la que lo tenía atado del cuello. La horda de *berserker* iracundos la perseguía hasta el bosque e iluminaba con sus teas la noche mientras ella pisaba su propia sombra.

El corazón parecía querer salírsele del pecho cuando la despertó la claridad de la fogata. John daba la impresión de no haberse movido desde que la había vencido el sueño.

—Son las tres de la madrugada —anunció él—. Hora de irse.

Capítulo 14

Vogel se frotó los ojos para luchar contra el cansancio cuando se detuvo el automóvil. Llevaba años sin pasar la noche en vela de ese modo. Las responsabilidades que exigían que un agente trabajase tantas horas solían asignarse a los jóvenes y no a un hombre de su experiencia. Aquello, en cambio, era muy diferente. En ese caso le daba fuerzas la sed de venganza. Recibió animado la mañana y la oportunidad que le brindaba de interrogar a placer al anciano. Ya tendría tiempo de dormir. Había pasado la noche recorriendo las carreteras en busca de cualquier indicio de Gerber y poco después de las seis habían dado con su vehículo en una pista cubierta de maleza cercana a la aldea de Bürchau, la misma a la que se dirigía en ese instante con su escolta armada. La guarnición local de la Wehrmacht le había ofrecido setenta y cinco hombres. No hacía mucho habría podido esperar cientos de ellos, pro, dado el escaso aprecio que se profesaban los oficiales de la Wehrmacht y la Gestapo, tendría que conformarse con los setenta y cinco que dijeron poder poner a su disposición en el último minuto. Sumados al centenar aproximado de agentes de la policía y la Gestapo, serían más que suficientes para encontrar a una jovencita que vagaba por el bosque.

Fue él mismo quien llamó a la puerta, ansioso por ver la cara que ponía el anciano al responder. El oficial de la Gestapo se presentó con un saludo e hizo caso omiso del desconcierto de que daba muestra el anciano cuando entró en la casa sin pedir permiso acompañado de cinco soldados. Vogel se sentó a la mesa de la cocina, enfrente del lugar que había ocupado él para tomar una taza de café que aún humeaba. El anciano preguntó si podía servirle una a él y el recién llegado rechazó el ofrecimiento y le indicó con un gesto que se sentara. El tiempo apremiaba.

—¿En qué puedo ayudarlo, señor Vogel?

—Tengo entendido que tuvo ayer visita.

—Mi vecina, Karoline, viene a verme casi todos los días. Me echa una mano…

—No juegue conmigo, abuelo. —Cada palabra de Vogel llevaba implícita una amenaza—. Estoy buscando a Franka Gerber y me han dicho que estuvo aquí ayer. Ha asesinado a uno de mis colegas, un buen hombre casado y con hijos. Su sobrina lo abatió a sangre fría.

—No sé de qué me habla. Llevo años sin ver a Franka.

—No me haga perder el tiempo, Gerber. Sabemos que estuvo aquí. A mí no me engaña. ¿Qué le dijo? ¿Le contó adónde iba? ¿Estaba sola? —Dio un golpe con la mano abierta en la taza, que salió despedida de la mesa y fue a hacerse añicos en el suelo de losas.

—¿Cree que le tengo miedo?

—Lo que creo es que debería tenerlo. Aquí no tiene a nadie a quien recurrir. —Miró a los cinco soldados apostados en torno a la mesa, de uniforme completo y con las armas pegadas al pecho—. Podría sacarlo a la calle y hacer que lo fusilen ahí mismo sin que ningún tribunal de este Reich me declare culpable de nada, encerrarlo en una celda y dejarlo morir de hambre o simplemente torturarlo por mera diversión. Y, ahora, voy a volver a preguntárselo: ¿adónde le dijo que iba esa puta que tiene por sobrina nieta?

—¡Haga el favor de cuidar su lenguaje! Recuerdo cuando esta nación era grande, cuando éramos el bastión de la industria y de las artes, cuando los matones como usted vivían recluidos en las sombras a las que pertenecían, pero ahora creen que ese brazalete y esa chapa que llevan les da algún poder sobre mí.

Vogel sacó la pistola y apuntó con ella a Hermann, pero el anciano no se encogió ni flaqueó.

—Hace muchos años que no mato a un hombre. No me obligue a hacerlo hoy. Dígame dónde está Franka. Ya le he dicho que ha asesinado a mi compañero. ¿Estaba sola o iba acompañada?

—Y yo ya le he dicho que llevo años sin verla.

El agente de la Gestapo amartilló el arma y la apoyó en la frente del anciano.

—Ya soy muy viejo, Vogel. La muerte nos llega a todos antes o después. No les tengo miedo, ni a ella ni a usted, conque no lo dude y dispare, porque prefiero morir a traicionar a mi propia sangre frente a una marioneta presuntuosa de los nazis.

—Como usted desee. —Vogel apretó el gatillo.

El dolor se veía anestesiado por el frío glacial. El peligro de congelación se había convertido en una preocupación constante para Franka. Las horas que había estado caminando por la nieve le habían transformado los pies en poco más que un par de bloques de cemento sobre los que guardar el equilibrio. Recibió con gran alivio la parada que hicieron para desayunar. Ya no podían encender fuego ni hablar más que entre susurros.

—¿Qué vamos a hacer si nos encuentran, John?

—Habrá que asegurarse de que no sea así.

Tendió una manta en el suelo sobre la que sentarse y le ofreció una botella de agua. El cuerpo de Franka anhelaba un sueño que no podía permitirse.

—Tenemos que andar con cuidado de no deshidratarnos —dijo él—, aunque entre toda esta agua helada no parezca algo natural de lo que preocuparse.

Franka aceptó el pan duro y el queso que le ofreció él y los masticó tres veces antes de tragarlos. John sacó el mapa detallado de la divisoria suiza y ella no pudo menos de preguntarse si sería lo bastante preciso, sus vidas dependían de ello.

—Debemos de estar a unos ocho kilómetros de la frontera. ¿Cómo te encuentras?

—Bien. Tengo la impresión de que pronto estaremos en Suiza. ¿Y tú?

—Yo también.

Franka se recostó en un árbol y alzó la vista hacia el tronco que ascendía diez metros o más hacia el cielo. Los envolvía el intenso olor a pino, tierra y nieve que ofrecía el bosque por la mañana y lo que tenía de familiar aquel aroma le resultó reconfortante. Aquel era su entorno. Eran los agentes de la Gestapo los que no pertenecían a aquel lugar. Las nubes bajas parecían sábanas de algodón sucio y había empezado a arremolinarse un viento fresco que agitaba las ramas a su paso. John sacó el cuchillo que llevaba al cinturón, partió el poco queso que quedaba y le tendió un trozo.

—¿Qué estarías haciendo ahora si no estuviésemos en guerra? —preguntó ella.

—No lo sé. Aunque no hubiera guerra, dudo que hubiese dejado la compañía. Habría buscado cualquier otra causa por la que luchar. Quizá seguiría casado. ¿Quién sabe? ¿Y tú?

—En mi caso, la respuesta no es tan sencilla. Aquí tendríamos a los nazis de todos modos y el conflicto que azota a la nación seguiría activo.

—¿Y en caso de que no estuvieran en el poder los nazis?

—No lo sé. Desde mi adolescencia no he conocido otra cosa.

—Mientras manden ellos, no podrás vivir aquí.

—No me importa. Mi antigua vida murió hace mucho. —Se llevó el queso a la boca—. No me importa —repitió—. Aquí ya no queda nada para mí. Ya no tengo nación ni familia. Solo me tengo a mí.

Tendría que tomar una decisión al respecto si lograban cruzar con vida la frontera. Si es que lo lograban. John llevaba toda la noche con las piernas doloridas y trató de consolarse masajeándolas con las manos. El cuerpo le pedía a gritos unas horas de sueño. Sabía que si se echaba sobre aquella manta, lo conciliaría de inmediato. Entonces lo encontrarían y morirían Franka y él. Había llegado el momento de marcharse, de modo que se puso en pie.

—¿Por qué me rescataste de la nieve?

—¿Cómo?

—Llevaba uniforme de la Luftwaffe. Para ti era a todas luces un representante del régimen que te destrozó la vida después de hacer lo mismo con tu país. ¿Por qué me rescataste?

—Porque eres un ser humano y yo soy enfermera. Me dedico precisamente a eso.

—Sin embargo, arriesgaste la vida por un extraño que, por si fuese poco, era aviador de la Luftwaffe.

—Necesitaba algo a lo que aferrarme.

—Eso nos pasa a todos —dijo él mientras la ayudaba a levantarse—. Hay que ponerse en marcha. Puede que lleguemos a la frontera de aquí a una hora o dos.

Vogel desplegó el mapa en la mesa de la cocina con cuidado de no mancharlo con la sangre que había salpicado. Estaba claro que en enero no iban a meterse en el Rin, desde luego. Más bien se dirigirían a Inzlingen, donde la frontera entre Suiza y Alemania se separaba de las aguas gélidas del río. Ya había enviado a cincuenta hombres allí para que hicieran a la inversa el camino a través del bosque y había otro centenar rastreando la zona en quince kilómetros a la redonda. Aquella furcia no tardaría en verse atrapada como una rata y él tendría la ocasión de vengarse lentamente. Había que dar ejemplo. ¿Sería posible colgar su cuerpo en medio de la ciudad como hacía la Gestapo en los territorios ocupados? Estaba deseando defender tal idea ante sus superiores. Volvió a doblar el mapa y se dirigió a su automóvil seguido por la escolta. Los separaba de la frontera un viaje de cuarenta y cinco minutos y tenía la intención de estar allí cuando la encontrasen para ver la expresión de su rostro al reparar en que no había en el mundo poder alguno comparable al suyo.

Cada paso se había convertido ya en un pequeño triunfo. El rigor de la caminata de la víspera empezó a manifestar todo su peso sobre sus cuerpos extenuados. John arrastraba una pierna y luego la otra a través de la nieve apoyándose en los árboles y descansando todo su peso en el bastón que se había fabricado.

—Ya casi estamos —aseveró—. Pronto serás libre por primera vez desde tu adolescencia.

Resultaba paradójico que fuese a tener que pasar sus días de libertad en un centro de detención de Suiza sin poder hacerse con un empleo, pero la guerra no tardaría en llegar a su fin. Él no veía la hora de ser quien la liberase. Su misión se había transformado en algo totalmente distinto. Se imaginaba entregando el microfilm al mismísimo Bill Donovan, el Bestia —el apretón de manos, la bandera...—, pero era la esencia de ella la que lo envolvía en cada uno de sus pensamientos. No había vislumbre de su futuro en el que ella no estuviera presente y tal hecho le brindaba consuelo y un motivo por el que seguir adelante.

Siguieron avanzando penosamente por la nieve. Estaba convencido de que a esas alturas debían de haber dado con Berkel y de que las fuerzas de la Gestapo estarían pisándoles los pies. Si podían confiar en el mapa, no se hallaban a más de un kilómetro y medio del arroyo que habría de llevarlos sanos y salvos al otro lado de la frontera.

Llegaron a un claro en el que se bifurcaba un camino. Hizo una señal a Franka para que se detuviera y se adelantó para asomar la cabeza más allá de los árboles. Miró a ambos lados de la carretera, que parecía tranquila y vacía por lo que alcanzaba a ver antes de describir una curva. Se encontraba a pocos pasos de la arboleda de la que estaban a punto de emerger, pero el bosque del otro lado estaba al menos a doscientos metros de la cuneta. Si cruzaban, quedarían varios minutos al descubierto, pero no había otra alternativa. La corriente que los llevaría a la libertad se hallaba a menos de un kilómetro de allí. Debía de haber puestos de escucha en las inmediaciones y aquella carretera no estaría mucho tiempo así de solitaria.

Franka se había colocado ya a su lado.

—El bosque nos cobija. Solo por eso estamos vivos. Fuera del bosque estamos condenados. —Señaló al claro que se extendía al otro lado de la carretera y a los árboles que crecían tras él—. El arroyo al que nos dirigimos debe de estar en esa arboleda. Si queremos encontrar cobijo otra vez, tenemos que cruzar. Estoy convencido de que han encontrado ya a Berkel y nos están buscando. La ruta que hemos tomado es la única imaginable. Saben que no vamos a cruzar el río a nado en invierno. Si no están ya aquí, lo estarán pronto, pero ya casi estamos. Podemos lograrlo.

—¿Quién crees que ha podido dejar esas huellas en la nieve? —Había varios pares de rastros de zapatos que se entrecruzaban en el campo nevado que llevaba a los árboles del otro lado de la carretera.

—No es fácil saberlo. Se diría que por aquí hace días que no nieva. Parecen antiguas.

—¿Un granjero con sus vacas quizá?

—Puede ser. Estoy seguro de que no hay nadie esperándonos al otro lado si es lo que preguntas.

—Parece muy tranquilo.

—No perdamos el tiempo —concluyó el americano mientras salían de entre los árboles.

Avanzó agachado mientras cruzaba la carretera y Franka lo siguió a pocos pasos imitando sus movimientos. John la esperó al otro lado antes de internarse con ella en el prado cubierto de nieve que llevaba a la arboleda que los esperaba a lo lejos. Él avanzaba al trote y ella lo seguía dando trompicones y con el morral de medio lado. Volvió a echarse las correas al hombro. Él salvaba el terreno con tal velocidad que Franka quedó rezagada unos treinta metros. John acababa de llegar a la línea de árboles cuando se oyó doblar la curva de la carretera el rugido de un motor.

Vogel viajaba delante, escrutando uno y otro lado de la carretera, cuando vio la figura que se afanaba en avanzar por la nieve en dirección al bosque.

—¡Alto! —gritó y el conductor pisó el freno de golpe—. ¡Allí está! ¡Traedla aquí! —Golpeó la lona para azuzar a los soldados que dormitaban en la parte de atrás.

Franka se volvió en el momento en que se detuvo el camión y sintió que la invadía el miedo. Se puso en pie e hizo cuanto pudo por correr por entre la nieve, que parecía querer tragársela. John se agazapó detrás de un árbol y sacó la pistola con la esperanza, infundada, de poder vencer con ella a los cuatro hombres de la Wehrmacht bien armados que bajaron del vehículo. Uno de ellos se echó el fusil al hombro y empezó a disparar. Las balas caían alrededor de Franka, que no dejaba de correr mientras John tendía la mano con desesperación y la miraba como si pudiese atraerla hacia sí a fuerza de desearlo.

Vogel siguió a sus hombres por la nieve y el camión quedó abandonado cuando sus seis ocupantes echaron a correr tras la figura que tenían a un centenar de metros. El agente de la Gestapo sacó la pistola para disparar en el instante mismo en que ella desaparecía en la espesura.

John la tomó de la mano y tiró de ella.

—Vamos. Hay que correr más que ellos. Tenemos cerca la frontera. Suelta el macuto.

Franka obedeció y no pudo evitar recordar las fotografías familiares que había metido en los bolsillos. Volvió fugazmente la vista hacia los soldados que avanzaban por la nieve a duras penas y el orondo oficial que los seguía cada vez más a lo lejos. Los primeros daban la impresión de estar acortando distancias. John iba tirando de su mano mientras remontaban una colina y echaban a correr ladera abajo por entre árboles. Como la loma y la espesura bloqueaban su línea de visión, habían perdido de vista a los soldados.

—Ya casi hemos llegado —anunció John.

Franka vio asomar luz ante ella. La arboleda llegaba a su fin doscientos metros más allá de donde estaban. De delante de ellos llegaba una intensa luz blanca y la joven se dio cuenta de inmediato de algo que había callado el mapa. Los árboles se acababan ante una caída de más de diez metros sobre rocas escarpadas que se extendía a un kilómetro y medio en ambas direcciones.

John soltó un reniego.

—No, no. Podemos descender.

—Los tenemos justo detrás. Nos matarán mientras bajamos. Para mí ya no hay salida.

—¿Cómo dices?

—No saben que estás conmigo. Seguro que no han distinguido tus huellas de las otras que había en la nieve. Cuando han bajado del camión, tú estabas ya entre los árboles. Si yo no podía verte, ellos tampoco. Sigue sin mí. Tú sí puedes descender y cruzar al otro lado antes de que caiga la tarde.

—No pienso dejarte atrás.

—Es inútil, John. Juntos no lo vamos a lograr. Piensa en tu misión. Corre, vete.

—Tiene que haber otro modo.

—No lo hay. Volveré y así los distraeré.

—No, no puedo dejarte aquí. No pienso hacerlo.

—Acuérdate de tu misión. Esto es más grande que nosotros. Recuerda para qué te enviaron aquí. Por favor. Nos quedan solo unos segundos. —Ya alcanzaba a oír a los soldados que se acercaban por entre los árboles, quizá a unos cien metros de ellos—. Hazlo por mí —insistió.

John la estrechó contra sí y la besó. Franka se apartó tras unos segundos y apoyó su frente en la de él.

—No puedo dejarte.

—Tienes que irte. Ahora.

—No sabes cómo lo siento, Franka —dijo él mientras se descolgaba por el borde de la escarpadura.

Franka lo miró por última vez mientras él alzaba la vista para hacer otro tanto. Entonces se volvió con los brazos en alto hacia los que la perseguían. Oyó a los soldados gritarle que se echase al suelo y pusiera las manos en la nuca.

Se vio a kilómetros de allí, a años de allí, en la cabaña con sus padres durante una cálida noche estival mientras el sol se ponía tras los árboles.

El oficial barrigudo dejó escapar un chillido de júbilo al llegar adonde estaban los demás.

—¿Franka Gerber? Soy el *Kriminalinspektor* Vogel, de la Gestapo. Queda arrestada por el asesinato de Daniel Berkel. Déjeme decirle que ahora es mía. Va a pagar por lo que le ha hecho a mi amigo. No sabe lo que estoy disfrutando de ver esas lágrimas. Tenga por seguro que todavía le quedan muchas más por derramar. —Guardó el arma en su pistolera—. ¿Dónde está su novio?

—¿Qué novio?

—No me venga con esas —dijo él dándole una bofetada—. Si hasta pidió unas muletas para él. ¿Dónde está?

—Se fue hace una semana. Cruzó la frontera y me dijo qué camino tenía que tomar para reunirme con él al otro lado.

—Echad un vistazo —ordenó él.

Sus hombres se desplegaron entonces y dedicaron unos minutos a reconocer la zona. Vogel dedicó ese tiempo a cachearla, deteniéndose en determinados puntos de su anatomía, y le sacó de los bolsillos la cartera y la pistola de su padre.

—Nada —anunció uno de los soldados cuando regresó con el resto—. Aquí no hay nadie más. Hay huellas por todas partes. Es imposible determinar si había alguien más con ella.

Franka pensó en John, en su huida a Suiza, y lo consideró una victoria para ella. Se lo imaginó cruzando la frontera, entregando el microfilm, recibiendo la aclamación que merecía… y aquello le bastó. La agonía de las horas que estaban por venir pasaría, pero lo que habían logrado juntos estaba destinado a perdurar.

El americano seguía entre los árboles, consciente de que solo tenía que alejarse de allí y de que tenía ya expedito el camino a la divisoria. Le esperaban la libertad y la gloria que le valdría el haber completado su misión. El microfilm revestía una importancia vital. Tal vez hasta podía cambiar el curso de aquel conflicto. Se imaginó de nuevo con su familia y pudo ver la expresión de orgullo de su padre. Intentó apartar a Franka de sus pensamientos. Su vida dependía de un sencillo viaje a través de la frontera.

Los soldados desplazaban la nieve con los pies mientras regresaban al camión disfrutando de aquel momento. Vogel no dejaba de apuntar a la cabeza de Franka. ¿Y quién iba a detenerlo? Aquel era su mundo y aquella furcia pronto se daría cuenta de ello. Tardaron un cuarto de hora en llegar al vehículo y, al llegar, los soldados lo celebraron con un cigarrillo. El oficial la obligó a arrodillarse sobre la nieve de la cuneta con las manos en la nuca mientras él informaba de su triunfo por radio. Había vivido muchos grandes momentos durante su carrera, pero aquel quizá fuera el mejor de todos. Pensó en Berkel en el momento de tomar el aparato. Pronto se haría la justicia que exigía su muerte. Transmitió las buenas noticias y las repitió varias veces.

—Ahora voy a llevarla al cuartel de la Gestapo —dijo—. Será el último lugar que vea.

La hizo subir a la caja del camión y le ató las manos con un cordel. Con las prisas había olvidado las esposas, pero daba igual. No en vano la acompañaban cuatro soldados. No iba a ir a ningún lado. Los hombres de la Wehrmacht se sentaron a su lado, en tanto que Vogel, el conductor y otro soldado más ocuparon la parte delantera.

—¡Enhorabuena, muchachos! —gritó el oficial cuando estuvieron listos para partir—. Cuando volvamos, os espera una noche de permiso.

Todos prorrumpieron en vítores mientras el conductor arrancaba el motor y empezaban a moverse. No habían recorrido más de unos cuantos centenares de metros cuando vieron frente a ellos una figura que pedía ayuda a voz en cuello. Vogel se inclinó hacia delante para observar al oficial de la Luftwaffe que caminaba hacia ellos con sus documentos de identificación en alto. Tenía el uniforme sucio y andrajoso, cubierto de nieve y barro, y parecía extenuado, quizá incluso a un paso de la muerte. El conductor frenó hasta detener el vehículo.

—¡Ayúdenme, por favor! —exclamó el hombre.

—¿Qué pasa ahora? —preguntó entre dientes el de la Gestapo.

El aviador estaba justo delante del camión con las manos en el aire, tan cerca que Vogel alcanzó a distinguir el color de sus ojos.

—Llevo toda la noche aquí. Mi aeroplano se estrelló durante un vuelo de instrucción en el bosque, a unos pocos kilómetros de aquí. Ya me había hecho a la idea de que iba a morir allí cuando he oído los disparos y he corrido hacia aquí.

—Estamos transportando a un reo. Tenemos una misión importante entre manos. Hay una ciudad a unos tres kilómetros hacia el oeste.

—Dudo mucho que pueda llegar allí. Tengo mal las piernas. Por favor, no me dejen aquí.

Vogel reflexionó unos segundos. Desde luego, el rescate de un oficial de la fuerza aérea perdido en el bosque le iba a valer más elogios aún y quizá hasta una medalla. Además, esos capullos engreídos de la Luftwaffe no tendrían *más remedio que guardarle respeto si les devolvía a uno de los suyos. Señaló con el pulgar la caja del camión.*

—Lo llevaremos a la ciudad.

El hombre rodeó cojeando el camión mientras Vogel avisaba a los hombres de detrás de que tenían un compañero más de viaje. Uno le tendió la mano para ayudarlo a subir.

Franka no levantó la mirada al principio, pero cuando los otros levantaron la lona que cubría la parte trasera, salió del estado en el que se había sumido. Sintió que se quedaba sin sangre en el rostro al ver a John sentarse a su lado con su uniforme de la Luftwaffe. Ella quedó a su izquierda con otro soldado al otro lado. Los otros tres estaban frente a ellos con los fusiles al costado. El motor volvió a encenderse y el camión siguió adelante. El recién llegado se inclinó hacia delante jadeando mientras apoyaba los antebrazos en los muslos y colocaba el macuto entre sus pies.

—Gracias por recogerme. Os debo la vida. ¿Quién es la nena?

—La acabamos de apresar —lo informó uno de sus compañeros de viaje—. Ha matado a un oficial de la Gestapo.

—¿En serio la habéis arrestado por eso? —John soltó una carcajada—. ¿Y en qué diablos estaba pensando una muchacha bonita como usted para matar a uno de nuestros queridísimos oficiales de la Gestapo? ¿No le gustaba su gabardina negra? Sabéis lo que dicen de los hombres de la Gestapo, ¿no?

—No, ¿qué dicen? —preguntó sonriente el que estaba más cerca de él.

—Que son todos gente honrada e inteligente, pero yo no estoy de acuerdo.

—¿Por qué?

—Pues porque si uno de ellos dice que es inteligente, es porque no está siendo honrado. Si es honrado, no puede decir que sea inteligente y si es honrado e inteligente, no puede ser de la Gestapo.

Los cuatro se echaron a reír.

—Ya sé que puedo meterme en un lío, pero es solo un chiste.

—Claro —respondió el mismo soldado.

Franka estaba petrificada. No podía creer lo que estaba ocurriendo. John no le había hecho señal alguna. Nada.

—Tengo otro, pero tenéis que prometer que no se lo vais a contar a nadie más.

—Cuente con ello —dijo el que tenía a su lado.

—Pues ahí va. Es muy bueno. ¿En qué se diferencian el cristianismo y el nacionalsocialismo?

—Ni idea —repuso otro.

Él guardó silencio un segundo antes de responder:

—En que en el cristianismo murió un hombre por todos y en el nacionalsocialismo están muriendo todos por uno.

Todos estallaron en una carcajada sonora. John se puso en pie en ese instante y sacó las pistolas de los bolsillos.

—¡Franka, agáchate! —exclamó mientras acribillaba a balazos en el pecho a los soldados que tenían delante. El último se levantó para hacerse con su fusil y John le disparó dos veces en el rostro.

El camión se detuvo entonces y estuvo a punto de tirar al suelo al falso piloto, que dedicó un segundo a recobrar el equilibrio antes de vaciar sus armas en dirección a la cabina a través de la lona. Se inclinó hacia ella, que tenía la cara manchada de sangre de los soldados.

—¿Cómo estás? ¿Te ha alcanzado alguna?

—No, estoy bien.

El americano agarró la pistola de uno de los soldados y bajó de un salto de la caja. Franka lo siguió. En ese momento se abrió la puerta de la cabina y Vogel, tambaleante, se apeó con la pechera manchada por una herida de muy mal aspecto. Consiguió dar dos tiros antes de que John lo abatiese. Su cuerpo se derrumbó sobre la nieve convertido en un bulto informe. John comprobó que tanto él como los otros dos hombres de delante estaban muertos. Se apoyó en un costado del camión y Franka fue hacia él.

—Has vuelto. A estas alturas podrías estar ya en Suiza.

—Ya te he dicho que no pensaba dejarte atrás.

Ella lo abrazó, pero al separarse de él vio una mancha roja en el lugar en que habían estado en contacto sus cuerpos.

—¡Oh, no! —exclamó sintiendo que se le helaba la columna vertebral—. Enséñamelo.

Él levantó el brazo y dejó ver una herida de bala en el costado derecho, a la altura del codo.

—No parece tan grave —mintió ella.

—Puedo arreglármelas, pero tenemos que irnos ya, vendrán más soldados.

—Espera. Primero tengo que hacer algo.

Fue a la cabina del camión y abrió la puerta. Los dos hombres de dentro yacían echados hacia delante como dos muñecos de trapo. El parabrisas, hecho añicos, estaba cubierto de sangre. El cadáver del conductor cayó a la carretera a la manera de un fardo de formas imprecisas. El botiquín estaba en el suelo. Cuando volvió, John estaba sentado sobre la nieve. Cortó una porción de venda y le envolvió el pecho por tratar de cortar la hemorragia. Tenía ya la cintura del pantalón empapada en sangre. Él se quitó la casaca de la Luftwaffe y la arrojó al suelo nevado.

—Sujeta esto. —Le tendió una torunda de gasa—. Mantén presionada la herida tanto como puedas.

Él asintió. Tenía el rostro blanco como la porcelana. Buscó en su macuto el abrigo de paisano y logró a duras penas meter los brazos. Unos segundos bastaron para que quedase teñido de rojo.

—Tenemos que salir ya de aquí —dijo Franka antes de sacar el mapa del bolsillo de él.

Habían recorrido varios kilómetros desde el punto desde el que habían planeado pasar a la frontera y una vez allí los aguardaba el precipicio.

—Podemos lograrlo —aseveró él—. Saca el cadáver de la cabina para que podamos conducir hasta el sitio al que habíamos llegado.

Franka rodeó el camión hasta llegar al lado del copiloto a fin de tirar del cuerpo del otro hombre de la Wehrmacht. Luego ayudó a John a ponerse en pie, se pasó un brazo de él por encima del hombro y lo acompañó a la cabina, donde consiguió auparse y ocupar su asiento. El motor seguía ronroneando y las llaves estaban intactas en el contacto. Franka dio media vuelta y pisó el acelerador. El viento frío les daba en la cara mientras se alejaban de la carnicería que habían dejado en la carretera.

—Necesitas un médico cuanto antes.

—De momento, llévame al otro lado de la frontera, ya tendremos tiempo de resolver el resto. Ya me has salvado la vida una vez y parece que vas a tener que repetir el milagro.

Condujeron unos minutos antes de llegar a un punto en el que el barranco parecía más bajo y la línea de árboles más cercana. John pasó el brazo por encima del hombro de Franka cuando salieron del camión sin molestarse siquiera en cubrir su rastro. La frontera. La libertad. Ella tomó el macuto de John y sacó cuanto pudo antes de echárselo a la espalda. Avanzaron juntos, él apoyado en ella, y fueron dejando a sus espaldas una estela carmesí sobre la nieve.

—Puedo hacerlo —repitió él.

Avanzaban cojeando sobre un palmo de nieve. Llegaron de nuevo al precipicio, que en aquel lugar tenía seis metros de altura.

—Saca la cuerda, átala bien a un árbol y bájame.

Franka tomó la cuerda del macuto y la enrolló en el tronco de un árbol recio. Él se la enroscó en los brazos y la asió con las dos manos mientras ella lo soltaba poco a poco. A medida que descendía, John iba apoyando los pies en la roca. Ella era muy consciente del cansancio, pero también sabía lo que ocurriría si se detenía. Se descolgó tras él, que se había ido a sentar sobre una piedra sin fuerzas casi para dejar erguido el cuerpo y, al llegar al fondo, lo levantó de nuevo.

—¡Vamos, marine! —exclamó ella en inglés como le había enseñado él.

Oyó el suave murmullo del arroyo y avanzó entre los árboles para dar con él. El agua, helada en las márgenes, fluía con libertad en el centro.

—Aquí está —anunció—. Podemos hacerlo.

—Claro que sí —coincidió él, aunque con una voz tan débil que hacía pensar que cualquier paso que diera podía ser el último. Volvió a trastabillar y ella se agachó para recogerlo.

—Vamos, John, ya casi hemos llegado. Solo un poco más.

Fueron recorriendo la orilla paso a paso. Los pies de John tropezaron de nuevo y lo hicieron caer y arrastrar consigo a Franka. El herido gruñó cuando ella trató de levantarlo, pero Franka no le hizo caso y lo obligó a pasarle el brazo sobre el hombro. Cada vez se sostenía con menos fuerza a ella, aunque, pese a todo, seguían avanzando. De algún modo.

—Estamos cerquísima. Confía en mí.

Su penosa caminata se prolongó unos minutos más, hasta que él se soltó y cayó al suelo. El edificio de la aduana apareció entonces entre los árboles. Estaba a escasos treinta metros.

—¡Lo hemos conseguido! —exclamó ella—. Estamos en Suiza. ¡Somos libres!

—Eres libre —musitó él—. Gracias, Franka, por todo. Toma el microfilm.

—¡No! —gritó—. No pienso dejarte morir y menos estando tan cerca. Levántate. ¿Me oyes? Levántate. No voy a dejarte atrás.

Se agachó, lo rodeó con un brazo y se echó todo su peso a los hombros.

—Podemos hacerlo. Vamos a hacerlo. No pienso dejarte morir —repitió una y otra vez mientras caminaban hacia el modesto edificio de color gris piedra. Los árboles de la Selva Negra se mostraban tan frondosos sobre sus cabezas que no alcanzaba a ver el cielo.

Capítulo 15

Inmediaciones de Basilea (Suiza), octubre de 1945

El sol poniente pintaba de rojo, naranja y púrpura el horizonte. Franka estiró los músculos de la espalda mientras se apoyaba en la azada que tenía en la mano. A lo lejos se vislumbraban las colinas y arboledas de la Selva Negra como formas oscuras contra el cielo. Las noches se habían vuelto ya más frescas y el calor del verano empezaba a disiparse con la llegada del aire del otoño. Pulcras hileras verdes de plantas de patata cubrían la tierra a varios centenares de metros a la redonda. Solo rompían su uniformidad las figuras de los otros peones que volvían de su jornada de trabajo. Franka se agachó a recoger el cubo de malas hierbas que había arrancado y emprendió el camino de regreso al granero. Rosa Goldstein, que la aguardaba al lado del árbol bajo en el que almorzaban a menudo, la recibió con una sonrisa.

—No te esperaba todavía aquí, Franka. Pensaba que habrías vuelto a casa.

—Pues sigo aquí. No sé por qué, pero se ha retrasado mi vuelta. Hoy es mi último día en la granja. Aunque parezca absurdo, voy a echar de menos este sitio y a toda la gente maravillosa que he conocido aquí.

—Se ha acabado la guerra y los nazis han desaparecido. Es hora de que sigamos con lo que sea que nos quede por vivir.

Las dos jóvenes echaron a andar juntas. Se les fueron sumando otros, de tal modo que, al llegar al granero, su número sumaba ya más de veinte personas que habían ido a despedirla y a desearle lo mejor.

Mientras se aseaba antes de la cena en el cuarto de baño que compartía con las otras diez mujeres a las que ya trataba como hermanas, acudió a ella el recuerdo de Hans. Sus palabras seguían vivas más allá de su fugaz existencia. Hans, Sophie, Willi y los demás que habían dado la vida por la causa de la libertad no tardarían en erigirse en los héroes por los que ella los había tenido siempre. Regresó al dormitorio y se sentó en su camastro. La sala estaba vacía, todas las demás habían salido a disfrutar de un trago al sol de la tarde. Sacó de debajo del lecho la maleta a la que se habían reducido sus pertenencias. El folleto estaba doblado en el bolsillo lateral. Lo sacó, igual que había hecho tantas veces los últimos meses, y leyó las letras titulares:

Manifiesto de los estudiantes de Múnich

Se trataba de la sexta hoja de la Rosa Blanca, que había sacado de manera clandestina de Alemania un abogado y habían reproducido para que los bombarderos aliados los arrojasen por cientos de miles desde el cielo germano. Sylvia Stern, refugiada judía de Ulm, la llevaba consigo al cruzar la frontera y se la había dado a Franka a fin de alentarla cuando esta llegó al recinto el invierno de 1944. Ella nunca le dijo, ni a Sylvia ni a nadie más, que había estado presente la noche en que Hans, su hermana Sophie y su mejor amigo Willi habían redactado aquel panfleto. Tampoco que había colaborado en su distribución ni que había estado en la cárcel por las palabras que se recogían en aquel trozo de papel. Aquel recuerdo era ya de ellos, ellos eran quienes merecían tal honor.

Dobló el documento, volvió a meterlo en la maleta y se dirigió a la ventana que había en un extremo de la hilera de camastros. Contempló la Selva Negra, de la que la separaban muchos kilómetros. ¿Qué le aguardaba a su regreso? Los nazis habían sido derrotados y su Reich, ese imperio que iba a durar mil años, también. Pero ¿qué quedaba allí para ella? Todo el mundo al que había querido había muerto. Solo tenía ya recuerdos, que la henchían de consuelo y de pena a un tiempo y la bañaban en amor. Seguía hablando con su madre, sentía aún los brazos de su padre en torno a su cuerpo y no había dejado de ver en sus sueños la sonrisa de Fredi. Mientras viviera, siempre estarían con ella.

También pensaba todavía en John. Sentía su peso en los hombros, el calor de la sangre que había derramado sobre ella y el gesto, entre compasivo e incrédulo, del funcionario de aduanas que la vio entrar por la puerta con él a cuestas. Aquel hombre había intentado convencerla de que lo dejase, de que John estaba muerto, pero ella se había negado a creerlo. Lo había obligado a punta de pistola a llevarlos al hospital que tenían a cinco kilómetros. Estaba segura de que la encerrarían por aquello, pero no fue así. El consulado estadounidense medió por ella. El microfilm cruzó el charco de forma subrepticia y después cayeron las bombas de Hiroshima y Nagasaki. Nunca llegó a saber con exactitud en qué grado había contribuido al horror de aquellos días. Con todo, la guerra ya había acabado. Los americanos aseguraban que aquellas bombas habían salvado cientos de miles de vidas. Mejor pensar que debía de ser cierto, porque cualquier otra explicación resultaba demasiado dolorosa. Tal vez el papel que habían representado en el fin de la guerra fuera el legado con el que un día lograría hacer las paces consigo misma. De entrada bastaba con saber que habían aportado su granito de arena.

Se había visto confinada a la seguridad de aquel campo después de que él ingresara en el hospital. No lo había vuelto a ver desde aquel día ni había sabido nada más que aquello que había leído por carta del milagro de su curación. Él le había escrito para agradecerle que le salvara la vida sin más ayuda que su indestructible voluntad y le había repetido hasta la saciedad su promesa de volver a por ella, pero, fuera como fuere, seguía sintiéndose sola. No podía acabar de creer lo que él prometía y la esperanza que albergaba en su interior se fue consumiendo a medida que el aluvión de cartas que se habían intercambiado disminuía hasta quedar en un chorrito.

Caía la tarde y la luz del día no era ya mucho más que un fulgor sobre la remota Selva Negra. No había encendido la lámpara del rincón. El dormitorio se había oscurecido a su alrededor. Le parecía un sinsentido iluminar una sala cuando estaba a punto de marcharse. Había llegado la hora y ya no podía eludirlo. La maleta descansaba sobre su cama. Se dirigió a ella para meter sus últimas posesiones. Apenas se había llenado hasta la mitad cuando la cerró. Al recogerla, sintió en una mano el peso de lo que quedaba de su vida.

Oyó el leve sonido de la puerta del dormitorio al cerrarse.

—Te dije que vendría a por ti —dijo una voz a su espalda, una voz que llevaba meses sin oír más que en sus sueños.

Tendió la mano hacia la lámpara del rincón y la encendió. La sala quedó envuelta en luz dorada que iluminaba el lugar en que, de pie ante la puerta, se encontraba John de completo uniforme y con una hilera reluciente de medallas en el pecho. Se quitó el sombrero y se lo puso bajo el brazo.

—Nunca más voy a separarme de ti.

—Es que no te lo pienso consentir —repuso ella.

Se acercó a ella y la tomó en brazos. El resto de palabras se perdió entre sus cuerpos.

AGRADECIMIENTOS

Estoy en deuda con Jill, mi mujer, por creer en mí y por ser mi brújula en todo momento. También con los lectores de las primeras redacciones, que cribaron la paja que contenía: Jack Layden, Shane Woods, Betsy Frimmer, Carol McDuell, Chris Menier, Jackie Kosbob, Nicola Hogan, Liz Guinan Havens, Morgan Leafe y, por supuesto, la guapísima Jill Dempsey. Gracias también a la doctora Liz Slanina y al doctor Derek Donegan por su asesoramiento técnico; a mi fabuloso agente, Byrd Leavell, y a mis editores: Jenna Free, Erin Anastasia y Will Champion, que me provocó no pocas carcajadas con los agudos comentarios añadidos en los márgenes del original. Gracias a Jodi Warshaw y a Chris Wermer, mis fantásticos editores de Lake Union, y a toda la gente afectuosa y responsable que trabaja con ellos.

Gracias a mi hermano Brian por salvaguardar mi sinceridad y a mi hermano Conor, a quien debo en parte el amor que profeso a todo lo histórico. Gracias a mi hermana, Orla, por su apoyo inquebrantable, y, por supuesto, a mis padres, Robert y Anne Dempsey, por hacerme así. Y gracias a mis guapísimos hijos, Robbie y Sam. Os habéis convertido en la razón de todo y en la fuerza que me impulsa en mi camino a convertirme en el escritor que espero ser algún día.